中国现代文学馆青年批评家丛书

丛书主编 吴义勤

张晓琴 著

一灯如豆

北京大学出版社
PEKING UNIVERSITY PRESS

图书在版编目(CIP)数据

一灯如豆 / 张晓琴著 . —北京：北京大学出版社，2017.3
（中国现代文学馆青年批评家丛书）
ISBN 978-7-301-27205-3

I.①一… II.①张… III.①中国文学—当代文学—文学研究 IV.①I206.7

中国版本图书馆 CIP 数据核字（2016）第 122678 号

书　　名	一灯如豆 YI DENG RU DOU
著作责任者	张晓琴　著
责任编辑	李冶威　黄敏劼
标准书号	ISBN 978-7-301-27205-3
出版发行	北京大学出版社
地　　址	北京市海淀区成府路 205 号　100871
网　　址	http://www.pup.cn　新浪微博：@北京大学出版社 @培文图书
电子信箱	pkupw@qq.com
电　　话	邮购部 62752015　发行部 62750672　编辑部 62750112
印刷者	三河市国新印装有限公司
经销者	新华书店
	660 毫米 ×960 毫米　16 开本　18.25 印张　240 千字 2017 年 3 月第 1 版　2017 年 3 月第 1 次印刷
定　　价	42.00 元

未经许可，不得以任何方式复制或抄袭本书之部分或全部内容。
版权所有，侵权必究
举报电话：010-62752024　电子信箱：fd@pup.pku.edu.cn
图书如有印装质量问题，请与出版部联系，电话：010-62756370

目 录

丛书总序　　吴义勤　5

第一辑　一灯微明

老生梦蝶几人醒
　　　——贾平凹的《老生》　3

一灯难除千年暗
　　　——贾平凹的《带灯》　15

玄冥神秘中的矛盾
　　　——论《狼图腾》　26

千年孤独　中国经验
　　　——论《一句顶一万句》　47

直抵存在之困
　　　——读《我不是潘金莲》　59

启蒙者的颓败
　　　——关于刘心武的《飘窗》　68

第二辑　隐者之像

隐者之像与时代之音
　　——关于格非的《隐身衣》　77
南方的"新民族志"
　　——论艾伟的《南方》　90
一次不彻底的远行
　　——余华的《第七天》及其他　107
伊卡洛斯的羽翼
　　——刘建东小说论　112
现代人的残缺与救援
　　——蒋一谈论　119
异质空间的色语与政治
　　——关于张万康的《ZONE》　139

第三辑　真实之路

新媒体时代的怕和爱　147
日常的、寓言的和文化的
　　——当前城市文学的三种形态　156
小说中国的方式
　　——2014年长篇小说走向观察　167
抵达真实之路　182
论新世纪小说的文化建构意义　195
论新世纪短篇小说的价值追求　203

第四辑　从容对话

民族灵魂的发现与重铸
　　——论雷达的文学批评　219

写作是一个悲喜交加的过程
　　——杨显惠访谈录　229

穿透时间的方式
　　——彭金山其诗其人　240

从先锋批判到从容对话
　　——陈晓明访谈录　243

黑暗内部的闪电
　　——张清华的文学世界　256

后记　280

丛书总序

中国现代文学馆是在巴金先生倡议和一大批著名作家的响应下，于1985年正式成立的国家级文学馆，也是目前世界上规模最大的文学博物馆。中国现代文学馆的主要任务是收集、保管、整理、研究中国现当代文学书籍、期刊以及中国现当代作家的著作、手稿、译本、书信、日记、录音、录像、照片、文物等文学档案资料，为文化的薪传和文学史的建构与研究提供服务。建馆二十多年以来，经过一代代文学馆人的共同努力，中国现代文学馆的事业不断发展壮大，现已成为集文学展览馆、文学图书馆、文学档案馆以及文学理论研究、文学交流功能于一身的综合性文学博物馆，并正朝着建成具有国际影响的中国现当代文学资料中心、展览中心、交流中心和研究中心的目标迈进。

为了加快中国现代文学馆学术中心建设的步伐，中国作家协会党组决定从2011年起在中国现代文学馆设立客座研究员制度，并希望把客座研究员制度与对青年批评家的培养结合起来。因为，青年批评家的成长问题不仅是批评界内部的问题，而且是一个对于整个青年作家队伍乃至整个文学的未来都具有方向性的问题。青年评论家成长滞后，特别是代际层面上70后、80后批评家成长的滞后，曾经引起了文学界乃至全社会的普遍担忧甚至焦虑。因此，客座研究员的招聘主要面向70后、80后批评家，我们希望通过中国现代文学馆这个学术平台为青年评论家的成长创造条件。经过自主申报、专家推荐和中国现代文馆学术委员会的严格评审，中国现代文学馆已经招聘了三期共30名青年评论家作为客座研究员。第四批客座研究员的招聘工作也已经完成。

四年多来的实践表明，客座研究员制度行之有效，令人满意。正如中国作协党组书记李冰同志在中国现代文学馆第二批客座研究员聘任仪式上的讲话中所指出的那样，青年评论家在学术上、思想上的成长和进步非常迅速。借助客座研究员这个平台，通过参加高水平的学术例会和学术会议，他们以鲜明的学术风格和学术姿态快速进入中国当代文学批评现场，关注最新的文学现象、重视同代际作家的创作，对于网络文学、类型小说、青春文学等最有活力的文学创作进行即时研究，有力地介入和参与着中国当代文学的创作实践，在对青年作家的研究及引领方面发挥了不可替代的作用。作为70后、80后批评家的代表，他们的"集体亮相"，改变了中国当代文学批评的格局和结构，带动了一批同代际优秀青年批评家的成长，标志着70后、80后青年批评家群体的崛起。鉴于客座研究员工作的良好成效和巨大社会反响，李冰书记在第一批客座研究员到期离馆时曾专门作出了"这是一件功德无量的事情，要进一步扩大规模"的批示。

为了充分展示客座研究员这一青年批评家群体的成就与风采，中国作家协会和中国现代文学馆决定推出"中国现代文学馆青年评论家丛书"，为每一个客座研究员推出一本代表其风格与水平的评论集，我们希望这套书既能成为中国当代文学批评的重要收获，又能够成为青年批评家们个人成长道路的见证。丛书第一辑8本、第二辑12本分别在2013年6月、2014年7月由北京大学出版社推出后引起了巨大反响，现在第三辑11本也即将付梓出版，我们对之同样充满期待。

是为序。

吴义勤

2016年夏于文学馆

第一辑

一灯微明

老生梦蝶几人醒
——贾平凹的《老生》

一直以来,我对那些自我阐释能力很强的作家心存敬畏,甚至敬而远之,却又忍不住要走进他们的作品世界,并对他们的每一部新作翘首期待。贾平凹就是一位自我阐释能力很强的作家,几乎他的每一部长篇小说都有后记,2013年还出版过一部《前言与后记》[①],收录文章十八篇,其中后记十一篇,《浮躁》序二篇,间有其他五篇。这些文章可独自成篇,具有散文的魅力。它们最为重要的意义则在于作家文学观的阐发,与其所牵涉的长篇小说共同构成了一个独特的文学空间。然而,这些文章一方面给阅读与批评提供了重要的线索,另一方面却也带来了批评的难度。《老生》也不例外,后记中对于这部作品写作的初衷、历史与命运、故事与人物,甚至书名等细微之处都有不同程度的阐释。要深入阐述《老生》,就不能不考虑贾平凹本人的创作初衷,唯此方可看清其外在结构,进入其内里经纬。

一种小说中国的方式

贾平凹似乎决意要为《老生》设计一种精致高超的艺术结构。面对《老生》,我想起了纳博科夫那句有名的话:"风格和结构是一部书

[①] 贾平凹:《前言与后记》,海豚出版社,2013年。

的精华,伟大的思想不过是空洞的废话。"①2014年出现了许多在小说结构与叙事形式上创新的长篇小说,有人说这是一种巧合,而这很大程度上是作家们拥有文化自觉和文化自信之后,在如何传达中国经验、讲述中国故事时产生的形式方面的焦虑与探索,似乎现在最大的问题就是如何讲好中国故事。在这一点上,《老生》是成功的,它是2014年长篇小说最为奇异的收获。

《老生》是立体的。它的整体结构独特,内部采用多声部配合的结构方式,在叙事结构的转换方面同样精巧自然,这样的艺术结构与贾平凹以往的小说迥然不同。总体看来,《老生》主体部分由四个故事构成,同时又辅之以开头、结尾。每个故事的名称就是"第几个故事",这些标题的名称都是用繁体字写的,字体也与正文不一样。其中每个故事长度大约七十页,第四个故事稍长,约八十页。开头不到六页,结尾约四页。这种凤头猪肚豹尾的结构是一种典型的中国古典小说的结构方式,但其内部却极为丰厚、复杂。

《老生》是时空交错的。四个故事在纵向的时间上交错,横向的空间中位移。小说中有两重叙事时间,一个是属于作者的叙事时间,这一时间共二十七天:老唱师不吃不喝二十天,放羊人的孩子回来又三天,又请来饱学之人讲《山海经》四天,至老唱师离开人世。另一个则是老唱师的叙事时间,大约一百年。也就是说,老师给孩子讲《山海经》的四天,老唱师讲了百年间秦岭不同地点的四个故事。

既然主体部分名为"故事",那么谁来讲故事,讲什么故事?《老生》中讲故事的老唱师可以被看作老生,他见证和讲述的百年中国的四个故事是小说的重心所在,老生的声音是小说最重要的一个声部。与此同时,小说又在每一个故事中间穿插了一位饱学之人给放羊人的孩

---

① [美]约翰·厄普代克:《文学讲稿·前言》,见纳博科夫:《文学讲稿》,申慧辉等译,生活·读书·新知三联书店,1991年,第12页。

子讲述《山海经》的声音,这是小说的又一个声部。这两重声音共同构成了《老生》的复调性质。当然,这只是就小说整体而言的,具体到每一重声音内部,又由多重声音构成,比如《山海经》部分既有老师讲的声音,又有师生问答的声音。这种多声部配合的结构方式是一种文学对于音乐的移植,在复杂的声音中获得小说的丰富性与深厚性,获得普通的小说结构难以达到的戏剧性效果。

在多声部同时展开并配合的同时,贾平凹运用了一种巧妙的衔接来完成叙事结构上的转换。小说"开头"部分由秦岭山中的风俗到上元镇到石洞,再到与此相关的人物老生匡三放羊人一家及饱学之人,在短短的六页之内完成如此多的转换,却又全无突兀之感。第一个故事里从正阳镇的三宗怪事起笔,迅速完成从猫到蛇到人的转换,引出匡三、王世贞、雷布、老黑等人。《老生》中较为独到的是对老生所讲的故事和《山海经》内容的精巧衔接。老生讲故事时的听众是潜在的,是读者,而当饱学之人给孩子讲《山海经》时,他又成了一个潜在的听众,他要讲的故事往往是因窑洞外师生有关《山海经》的对话而起。可以举几个例子来说明:《山海经》中讲到祭祀"白菅为席",孩子问为什么是白颜色,老师回答:"白颜色干净,以示虔诚吧。"老生就以自己的不同理解而开始回忆:"这不对吧,之所以丧事用白布用纸,是黑的颜色阳气重……"[①]第三个故事开头,师生对话中说到名分,老生立刻从名分想到自己在县文工团里多少年没有名分的生活。第四个故事开头,放羊人的孩子说"比如古人采草入药",老生马上想到秦岭里的两千多种草能入药,又想到以药材而得名的村庄当归村,由此引出第四个故事。

除上这些明确的转换与衔接外,贾平凹在叙事视角上的转换往往不着痕迹,让人在阅读时惊喜又惊叹。最令人称道的是小说"开头"

[①] 贾平凹:《老生》,人民文学出版社,2014年。

部分的最后，先是老唱师感觉到自己的身体变化，同时听见炕席下蚂蚁在爬，蝴蝶要出窑去。这是人物，也就是老唱师的叙事视角，然后，孩子也看见了那只蝴蝶，起身要去逮，老师用钢笔在孩子的头上敲了一下，说：专心！后又描述蝴蝶飞出窑门栖在草丛变成了一朵花。这显然又变成了一种全知全能的叙述视角。

2013年出版的《带灯》中，贾平凹已经表现出对叙事的重视，小说中已经出现了叙事的双重结构，对带灯生活的叙述中穿插了数十封带灯写给元天亮的信，二者间的转换主要通过书信的方式完成。但在《老生》中，叙事结构上的转换则显得更加自然流畅，不着痕迹。如果说《带灯》的叙事结构转换是刚性的，直线性的，《老生》中的转换则是柔性的，曲线性的。《老生》结构复杂精巧，叙事形式自由多变，以一种奇特的方式实现了小说中国的初衷。

两重中国的历史空间

如果仅仅停留于小说形式和叙事上的努力，那会走上小说的小道，贾平凹在进行叙事探索的同时，将小说的重心立于中国的历史之中，关注百年中国人的命运，这使得《老生》走在了小说的大道上。贾平凹在《带灯》后记里说自己"到了既喜欢《离骚》，又必须读《山海经》的年纪了"。《山海经》的反复阅读与百年世事的思考形成了一部宏大而诡秘的《老生》，前者以师生诵读《山海经》及有关其问答形成了一重远古中国的历史空间，而后者则以老唱师的回忆和讲述形成了一重百年中国的历史空间，二者遥相呼应，互为印证。

在四个故事中，饱学之人讲《山海经》，每日一次，每次两节。依次为《南山经》首山系、次山系、次三山系，《西山经》首山系、第二山系、次三山系、次四山系，《北山经》北山首山系，再加上"结尾"部分的《北山经》次二山系共九节。《山海经》中对这些山水的方位、矿产，以及其中怪异的花草树木、飞禽走兽的描述是百年中国故事的一个遥远的精神背景，是贾平凹的一次精神寻祖。

贾平凹借饱学之人之口说，《山海经》的"经"，不是经典的意思，是经历，是写人类的成长。《山海经》可以说是整个人类童年时期带着初心看世界的一部自然之经。《山海经》是九州定制之前的书，"那时人类才开始了解身处的大自然，山是什么山，水是什么水，山水中有什么草木、矿产，飞禽走兽，肯定是见啥都奇怪"。"《山海经》可以说是写人类的成长，在饱闻怪事中逐渐才走向无惊的。"《山海经》中那些貌似荒诞不经的人类的"经历"其实是早期人类看世界的历史，而这一历史时期是有神的。学生问："……这证明了人已经在那时在耕种，纺织，饲养，冶炼，医疗，那么，这些技能又是怎么来的？"老师答："是神的传授。"学生问："真有神吗？"老师答："……黄帝就是神，伏羲就是神，老鼠和牛也都是神。神或许是人中的先知先觉，他高高能站山顶，又深深能行谷底，参天赞地，育物亲民。"显然，《山海经》的讲解与师生问答是《老生》的精神背景，它的意义不仅仅在于小说结构上的丰富性，更在于地理历史文化的溯源和哲学思考。

老唱师讲述的四个故事发生地点分别是正阳镇、老城村（岭宁城）、棋盘村（过风楼镇）、当归村（回龙湾镇）。第一个故事大约起于20世纪初，止于1935年。秦岭里开始有了红色革命力量，但并不成气候。老黑和李得胜的陕南游击队最后以残败而告终。这是整部作品中写得最为惨烈的一部分，尤其是老黑的死。最后，陕南游击队也几乎全军覆没，只剩下匪三一个人去投奔二十五军。第二个故事虽然起于民国33年，也就是1944年，重点写土改运动，浑水摸鱼的孤儿马生、丢掉性命的地主。这一时期徐副县长让唱师去了县文工团，此后几十年他没有再唱阴歌。中间又穿插了两个无辜者白土和玉镯的故事，这两个人都有痴的一面，他们避开世间纷扰，隐居首阳山至终老。第三个故事大体写新中国成立后合作社道路时期以及其后的大饥饿、政治运动时期,各色人等上演悲喜剧及墓生的悲剧命运。第四个故事的时间大体是改革开放至今,老余、戏生为了村人致富不择手段,最后当归村的许多人死于一场外来瘟疫。

这是《老生》的一个百年大事年谱。贾平凹在《老生》后记中说:"在灰腾腾的烟雾里,记忆我所知道的百多十年,时代风云激荡,社会几经转型,战争,动乱,灾荒,革命,运动,改革……太多的变数呵,沧海桑田,沉浮无定……而不愿想不愿讲的,到我年龄花甲了,却怎能不想不讲啊?!""这也就是我写《老生》的初衷。"贾平凹写的是百年中国历史。百年中国的四段历史时期,人面临的是不同的生存困境与精神困境,而第四个时期的人却遭遇了最复杂的时代和诱惑。当归村人一心想过上好日子,为此有人在镇上拾破烂,也有人相互残杀(双全和平顺)。戏生当村长出事被撤职,在矿区被人潜规则,接受性贿赂;为了村子的发展在秦岭山中寻老虎不遇,造假被揭穿,后领头种植当归,成了回龙镇首富。戏生一直想见传说中的匡三司令,终于见到后却被误会,极度失落中回当归村,死于瘟疫。这段历史中的一些素材来源于新闻或公众事件,但贾平凹却用一种巧妙的方式让它成为当代历史的一部分,避免了新闻拼接的陷阱,一个主要的内在原因是他对生活世界的重视与深掘。

贾平凹一直是擅长书写生活的。从陕南的游击队到迅速运转的经济社会,每一时期的国情、世情、民情,都是他要表达的内容。他说:"当文学在叙述记忆时,表达的是生活,表达生活当然就要写关系。《老生》中,人和社会的关系,人和物的关系,人和人的关系,是那样的紧张而错综复杂,它是有着清白和温暖,有着混乱和凄苦,更有着残酷,血腥,丑恶,荒唐。"贾平凹在书写历史时用了一种真诚的态度,不戏说。正因为此,我们在《老生》中看见了百年中国的历史,也看见了百年中国人的命运。

三个讲故事的人

米兰·昆德拉在《小说的艺术》中强调："简化的蛀虫一直在啃噬着人类的生活，现代社会又可怕地强化了这一过程，一个民族的历史被简化为几个事件，而这几个事件又被简化为具有倾向性的阐释；社会生活被简化成政治斗争，而政治斗争被简化为地球上仅有的两个超级大国的对立。"[①] 从这个角度看《老生》，它无疑是丰厚的，贾平凹没有简化历史中的生活和人。

《老生》中人物众多，合上书，他们仍然活生生地行走在秦岭山间，老黑鲁莽残忍、果敢壮烈，白土、玉镯善良无辜、远离尘世，戏生通透精灵、高歌呼喊，而更多的人奔走忙碌、逆来顺受……这些人物似乎决意要挣脱贾平凹这个创造者，急于成为"自由的人"。贾平凹在塑造人物方面与陀思妥耶夫斯基有相似性，恰如巴赫金评价陀思妥耶夫斯基："恰似歌德的普罗米修斯，他创造出来的不是无声的奴隶，而是自由的人；这自由的人能够同自己的创造者并肩而立，能够不同意创造者的意见，甚至能反抗他的意见。"[②]《老生》的所有人物中，老唱师和讲《山海经》的饱学之人是关键。这两个人都在讲述中国，但前者讲述自己百年亲历的人事，后者讲述远古祖先经历的山川河流和自然万物。

老唱师，也就是老生，是整部作品的灵魂。依书中信息进行推算，老生的年龄至少是在一百二十岁左右。老生每一次唱阴歌都是有指向、有意义的。第一个故事结束时，老生为惨死的游击队员唱阴歌，却没有人听。第二个故事中，老生为八个人唱过阴歌，其中最后一个是被强行定为地主的张高桂，他死后也不甘心。第三个故事中，老生被剥

[①] [法]米兰·昆德拉:《小说的艺术》，董强译，上海译文出版社，2011年，第22页。
[②] [俄]巴赫金:《陀思妥耶夫斯基诗学问题》，白春仁等译，生活·读书·新知三联书店，1988年，第28—29页。

夺了唱阴歌的权利，在县文工团里度日如年。老生参加了革命工作，却演不了那些新戏，唱不了那些新歌，他的使命感和光荣感茫然无存。老生在这一幕中只唱了一次阴歌，是他目睹墓生死后，忍不住唱起了阴歌，给自己唱，给墓生唱，却因此失掉了工作。此后几十年也没有唱过阴歌。这让人自然产生了作家的隐喻联想，十七年与"文革"中的许多作家，就是不能唱歌的老生。第四个故事中当归村死了太多的人，老生应荞荞之请为当归村唱阴歌。这是他人生的最后一次唱了。他把自己会的所有阴歌唱了一遍，然后回到了自己的窑洞里，静静地离开了人世。

老生的更深寓意却是在中国传统文化深处，他唱的第一首阴歌："人生在世有什么好，墙头一棵草，寒冬腊月霜杀了。人生在世有什么好，一树老核桃，叶子没落它落了……"显然是直逼《红楼梦》中跛足道人的《好了歌》。贾平凹的重要作品都与《红楼梦》有着不可分割的关联，这种关联是骨子里的，与某些形式上的学习模仿是不一样的。2013年出版的《带灯》中，带灯喜欢看书，喜欢在山里跑，累了就在山坡上睡觉，这与《红楼梦》第六十二回"憨湘云醉眠芍药裀"中的湘云精神上是一脉相承的。老生的人生是一场梦，他讲述的故事也是时代的一场大梦。"这个人唱了百多十年的阴歌，他终于唱死了。"这是老生的墓志铭。小说后记中更是直接表明没有人是不死的，没有时代是不死的，"眼看着高楼起，眼看着楼坍了"的蕴义也是传统的，与清代戏曲家孔尚任《桃花扇》中"眼看他起朱楼，眼看他宴宾客，眼看他楼塌了！"异曲同工。这样的起落是小说第四个故事中戏生的人生的起落，更是一种哲学观念。

讲《山海经》的老师是仅次于老生的一个形象，他貌似讲课，实则用另外一种方式讲故事。他对学生问题的某些回答其实就是贾平凹本人对这些问题的回答。"人史就是吃史"、"人只怕人，人是产生一切灾难厄苦的根源"、"神仍在"、"神是要敬畏的"、"当人主宰了这个世界，大多数的兽在灭绝和正在灭绝,有的则转化成了人"、"过去是人与兽的关系,现在是人与人的关系"、"现在的人太有应当的想法了,而一切的应当却使得我们人类的头脑越来越病态"……这显然是作者的终极思考。

除去上述两个文本内讲故事的人之外,还有一个隐藏得比较深的讲故事的人,就是作者。小说后记和封底上的那首诗的叙述者显然是作者。他想使故事的表达让人觉得这不是他在写故事,而是天地间就存在着这样的故事,就像摄影家在拍摄时是极力隐藏自己在摄影。贾平凹认为,这样会使作品更长久些,而且也符合中国人的思维。回望贾平凹的长篇小说,许多人物身上有作家本人的精神影子,而且在同一篇小说中也会有两个人物同时具备这一特征,共同构成一种互补互动的张力,比如《秦腔》中的引生和夏风,比如《带灯》中的元天亮和带灯(带灯的精神困境与燃烧自身的追求与贾平凹有着某种同构关系)。在《老生》中,老唱师和讲《山海经》的饱学之人共同构成了贾平凹的复杂精神投影。《老生》中老唱师的唱和老师的讲都可以等同于作家的写,他们与作者一道讲述中国故事。正是在这个意义上,贾平凹说:"我有使命不敢怠,站高山兮深谷行。风起云涌百年过,原来如此等老生。"

几个深远的意象

贾平凹往往以独特的意象推进小说发展,实现意义。《老生》中以下几个意象值得关注:倒流河、石洞、当归、鸽子花、发型、狗、梦、蝴蝶。

倒流河。河水流动,历史流动,逝者如斯。河水名曰倒流,即向着历史深处流去,向着生命源头流去。秦岭的风俗是要沿着这条河走,回岁。宋张栻云:"律回岁晚冰霜少,春到人间草木知。"四季循环,律回自然。倒流的河水呈现出贾平凹独特的生命轮回意识，书中多次出现有关转世托生的描写便是例证。

石洞。石洞位于上元镇，在空空山上。石洞太高，人上不去，鸟飞不进去，只有贵人来了就往外流水。地名上元，新的一年第一个月圆之夜，世人何尝不期盼着新的开始？山名空空，世事何尝不是空空洞洞？所以，当老生离开人世之时，石洞流了很大的水，一直流到了倒流河。一个生命的终结处，或是另一个生命的开端。

当归。贾平凹对当归情有独钟，在《带灯》中，带灯给元天亮开药方时每一副药方的第一味都是当归。当归，取女子思夫，望其当归之义。《老生》中一个村子的名字叫当归，可村子里所有的人都无比渴望外出，最后因瘟疫都离开了，没有归来。

鸽子花。雪白的鸽子花在小说中往往和死亡联系在一起。小说开头写放羊的父子去老唱师的土窑，"土窑外一丛鸽子花开了四朵，大若碗口，白得像雪"，而老唱师却是病了，这是他一生中唯一一次生病，也是离开人世前最后一次生病。另一次鸽子花的意象是在老生的叙述视角中出现的，他给惨死的游击队员唱完阴歌后，"山坳里就刮开了风，草丛里开着拳大的白花，一瞬间，在风里全飞了，像一群鸽子"。风吹白花，茫茫一片，灵魂飘逝。

发型。在合作社时期，冯蟹当上了棋盘村村长，墓生因为冯蟹的头不规则，就把四周的头发理短了，头顶上没有动。冯蟹突发奇想把棋盘村的男人都理成这种发型，让墓生以后定期来棋盘村给他们理发。后来，棋盘村的女人们也统一了发型。发型在这里意味着权力和统治。当然，后来村里把服装也统一了。

狗。狗在《老生》中是一种不可或缺的动物。被老黑打死的狗是无辜死去的人的象征；玉镯想把黑狗洗成白狗是想找回自己的清白，她和白土死后，这条黑狗回村找人埋葬他们。在政治运动中，贾平凹表现出了一种黑色幽默气质。其中一个是霍火让墓生在狗头上剪毛试验,狗剪了毛后从镜子前经过,瞧见了镜子里的自己,嗷的一声就昏倒了。棋盘村每天学习和唱歌,狗去的次数多了,吠起来也是刘学仁讲话的节奏,夹杂着咳嗽,还学会了唱歌。狗就是被异化的人。

梦。《老生》的"开头"部分很短,不到六页,但信息量大,至关重要。老唱师说:"人是黄土和水做的,这另一个家园就在黄土和水的深处,家人会通过上坟、祭祀连同梦境仍可以保持联系。"这里的一个重要关键词是"梦"。在《老生》中,梦又可分为两个层次:凡人之梦和老生大梦。前者充满了暗示与隐喻,后者蕴藏着历史和命运。

我做了一个统计,整部《老生》中有七次写到普通人物的梦:被押的四凤做的梦是一群猪狗在自家院子里说话,它们都是被四凤的哥哥三海阉割过的,这暗含着一种宗教上的现世报应。土改前孤儿马生梦见自己的牙齿掉了,暗示着他在土改运动中的"脱胎换骨",其实是一种浑水摸鱼。张高桂拼了命修地是因为梦见他爹的质问和责骂,父子两代用性命换来的土地却在土改中被没收,且他本人差一点死无葬身之地。地主王财东梦见大海,然后被尿溺死。姓许的媳妇的死婴被人吃掉,她便经常梦见有婴儿咬她的腿。戏生梦见拍到老虎,老余就拿来老虎照片合谋造假。唱师梦见死去的张高桂在质问,隐喻张高桂的有冤无处伸。

此外,老黑误杀了人后从来没有做过噩梦,间接呈现出他的勇敢鲁莽,做错事后心中没有悔恨。而当归村的孩子不做跳崖的梦,就证明这个孩子不再长高了。梦是如此重要,所以棋盘村开展割资本主义尾巴活动没有人揭发时,刘学仁就在村里逐一让人说这七天里都做过什么梦,声称他搞一次调查,将政治运动变成了审梦,一个时代的荒谬感可窥一斑。

这些只是表象层次的梦。老生的故事是他躺在窑洞炕上回忆的,他做的是百年世事的大梦。由此,我想回到小说"开头",寻找那只蝴蝶。即将离开人世的老生静静躺在炕上,听到蝴蝶的粉翅扇动了五十下在空中走过一步,飞出窑去栖在草丛里变成了一朵花。这样的情景不免让人想到庄周梦蝶的典故,又想到《废都》中的庄之蝶,也让人想到印度教的观念中,我们都是毗湿奴梦境的一部分而已。从某种程度上说,秦岭的百年故事就是老生的梦,而老生是贾平凹,又不是贾平凹。

读完《老生》,自然看到封底那首七言诗,在此,我也有七言四句,送给"老生":

秦岭峰头河流倾,石洞无端知晦明。
百年世事老生梦,老生梦蝶几人醒?

一灯难除千年暗
——贾平凹的《带灯》

> 我相信全部中国文化是一个整体（至少其各部门各方面相连贯）。它为中国人所享用，亦出于中国人之所创造，复转而陶铸了中国人。
>
> ——梁漱溟：《中国文化要义》

《带灯》是一个复杂矛盾而又浑然一体的文本：直录与隐喻、现实与虚幻、暗夜与光明、温暖与疏离、卑微与高蹈、尖锐与混沌……《带灯》呈现的是中国文化深刻影响下的当代中国农村，其中的矛盾和人的行为都刻着中国文化的印记。贾平凹通过小说呈现社会，提供了一个中国经验的世界，并以此思考中国文化之特质。在写法上则直录史实，以细节推进整部作品，细密却不乏深厚，写实却不乏隐喻。《带灯》裹挟着尖锐之声，在暗夜里发出微明，在困境中寻找方向。

带灯还是幽灵？

带灯是贾平凹小说世界中寓意最为丰厚的一个女性。《坛经》有云，"一灯能除千年暗，一智能灭万年愚"，而带灯能否用自己的心灯照亮有限的空间？这是一个悬念，也是小说真正的主线。进入《带灯》，你会发现——带灯在寻找,在等待,但结果是无,一无所有的"无"。所以,带灯身上的光越来越弱,最后几乎幻化成一个夜游的幽灵。

带灯的人生似乎特殊,却又普遍。她美丽聪慧,敏感诗意。大学毕业后到樱镇政府工作,镇政府的人觉得她不适合这个工作,因为她太美丽;村民们也觉得她出现在樱镇不合时宜,分明是一朵鲜花插在了牛粪上。事实上,带灯在樱镇遭遇了人生的种种挫折,婚姻的失败、工作的失败、爱情的渺茫、社会的残酷……

带灯本名萤,她从古诗词中无意中发现"萤虫生腐草",便对自己的名字心生不满。随后,亲历镇政府强行到一位农村妇女家为其进行结扎手术的过程,在尖锐的冲突中心慌不已,躲到了麦草垛中,却看见一只萤火虫明灭不定地飞过。她一方面怨恨萤火虫,一方面却发现萤火虫夜行时给自己带了一盏小灯,于是第二天就将自己的名字改成了带灯。[①]

带灯充满诗性。她喜欢看书,喜欢在山里跑,累了就在山坡上睡觉,犹如《红楼梦》中的憨湘云醉眠芍药裀,四面芍药花飞了一身。带灯眠处则是盈川的烟草在风里满天飞絮,无数的小路牵着群峦,乱云随着落日把众壑冶得一片通红;北山的梅树大如数间屋,苍皮藓隆,繁花如簇;南沟天降五色云于草木,云可手掬,以口吹之墙壁而粲然可观。带灯的身上既有中国古典气质,又有西方思想的滋养。比如她在给元天亮的信中说人实在是一株有思想的芦苇,这显然是从帕斯卡尔处得来的。她在说空话大话的会议上记的是孔子、庄子、耶和华、爱迪生、虚云和尚、王国维等人之事之理。《提了一篮子的水》一节是诗性的极致,带灯极为欣赏竹篮打水的小姑娘,空篮而回;一路上将水喂了花,喂了草。带灯赞曰:"这过程多美妙的!"这种空的美妙,实在是一个有诗性的人才能懂的。

[①] 贾平凹:《带灯》,人民文学出版社,2013 年。

然而，现实却在等她。带灯是樱镇政府的综合治理办公室主任，主要职责之一是维稳，比如阻止上访、处理纠纷，这工作是"泼烦的"，也是很能考验人的智慧和耐性的。带灯的精神世界与现实格格不入，但她仍然在尽力工作。时间久了，她有了一套自己的工作方法和处世方法，她想尽一切办法为得了职业病的村民寻找治病和赔偿的机会，她甚至可以自如地应对"一院子的上访者"。这人生是中国式的人生，是"向里用力之人生"。带灯在这个社会中，各种关系从四面八方包围了她，她似乎有无尽的义务，摆脱不得。她只能向里用力，也就是"只有自责，或归之于不可知之数，而无可怨人"。①长此以往，她的神经变得脆弱，身形消瘦，开始夜游。虽然带灯"向里用力"，但她为人处事时也有另一面，为了维稳，她不得已时也会恩威并施。甚至为了阻止王后生的行动，让陈大夫吓住王后生。竹子给带灯的纸条中即写，萤火虫虽然表面柔弱，却是个食肉动物，猎杀蜗牛时既巧妙又恶毒——显然是对带灯行为的一种暗喻。虽然带灯凡事竭尽全力，但往往以失败告终。

一个人在不断的挫败中仍然要发出向上的光芒才是最难的。刘秀珍活着的希望是她的儿子；书记镇长活着的希望是不出乱子、干出政绩后被提升；竹子希望得到爱情，元氏兄弟梦想发财，但带灯找不到希望，她的婚姻名存实亡，尽力工作却事业无望，所以，就出现了一个热爱与倾诉的对象——元天亮。这个人更大程度上是带灯的阳光、信仰。带灯不停地给元天亮写信，所有的信都情深意切，构成一个与带灯的现实生活迥然不同的情感空间。她说："我看见你坐在金字塔顶上，你更加闪亮，你几时能回樱镇呢？闲暇时来野地看看向日葵，它拙朴的心里也藏有太阳。"在我看来，元天亮是个隐喻，类似于海子的远方，海子说："远在远方的风比远方更远"，然而，"远方除了遥远一无

---

① 梁漱溟：《中国文化要义》，上海人民出版社，2011年，第185—187页。

所有"。元天亮对带灯的信偶尔会简短回复,但更多的时候并不回复,带灯刚工作时远远看见过他,但他在小说中却再也没有出现过。

《带灯》的下部名为《幽灵》,带灯在无数次的挫败后开始夜游,并和疯子一起奔跑,一起行动,俨然一个现代农村的幽灵。陈晓明就此阐发得十分彻底,他认为带灯是社会主义新人的幽灵化,"她是夜行自带灯的萤火虫;她有着'不可告人'的历史性——在这一意义上,她具有幽灵重现的意义。"[①] 他认为贾平凹试图以带灯重建社会主义的新人形象,但带灯的品格却找不到政治的源泉,转向了其他方向。我以为,这其中似乎以宗教为最,从带灯的名字到她的言行,都是如此。"带灯大哭"一节中,带灯仿佛一个顿悟的修行者,她说:"我曾经悲伤然而今晨我又醒悟虚化是最好的东西","或许或许,我突然想,我的命运就是佛桌边燃烧的红蜡,火焰向上,泪流向下"。

带灯(萤)就是千万普通人中的一个,生于腐草,却用生命发出向上的弱光。所以,才有了小说结尾处的萤阵,只有众多的微光汇聚在一起,才会有真正的明灯。"一只一只并不那么光明,但成千的成万的十几万几十万的萤火虫在一起,场面十分壮观,甚至令人震撼。""……萤火虫越来越多,全落在带灯的头上、肩上、衣服上。竹子看着,带灯如佛一样,全身都放了晕光。"

一个优秀的小说人物一旦产生,作者往往会受其牵引而行。带灯的内心与现实之间的巨大落差与矛盾导致贾平凹在对待这个人物时不由自主地产生了矛盾的情怀。带灯是一只在暗夜里自我燃烧的小虫,一个在浊世索求光明的灵魂。她想带着一颗微弱的心灯向上飞翔,遭遇的却是无情的现实社会。于是,她虽然带着心灯,想要飞翔,现实中却只能在腐草上行走,幻化成一个夜游的幽灵。

[①] 陈晓明:《萤火虫、幽灵化或如佛一样》,载《当代作家评论》,2013年第3期。

重复还是转身？

《带灯》一出版就毁誉参半，贾平凹对此有足够的心理准备。事实上，几乎贾平凹的所有作品都面临了这样的遭遇，他本人也说别人老觉得他一些地方不好，恰恰是他一直坚持创作的一个重要原因。在一次采访中，贾平凹说："我一定要写得更好，这种气还在，这是促使我写作的动力。"《带灯》引起争议的一个重要原因是它的写法问题，若以小说的故事性论，《带灯》的故事性确实不强，也不是以好看的故事吸引人的小说。这并不是说贾平凹不会讲故事，而是他有意识的一个转变。

贾平凹自语"到了这般年纪，心性变了，却兴趣了中国西汉时期那种史的文章了。它没有那么多的灵魂和蕴藉，委婉和华丽，但它沉而不靡，厚而简约，用意直白，下笔肯定，以真准震撼，以尖锐敲击"。他说自己写《带灯》就是"有意地学学西汉品格了，使自己向海风山骨靠近。可这稍微地转身就何等艰难。写《带灯》时力不从心，常常能听到转身时关关节节都在响动，只好转一转，停下来，再转一点，停下来，我感叹地说：哪里能买到文学上的大力丸呢？"[①]

的确，对于一个已经成熟的作家来说，稍微转一下身就很艰难。《带灯》是一部成功的转身之作吗？还是如一些评论家所说，只是"贾平凹对其以往旧作的自我抄袭和重复书写"呢？[②] 客观看来，《带灯》与《秦腔》、《高兴》和《古炉》等作品既有相似之处，又有新的变化。它依然书写秦地文化，依然关注这片土地上那些渺小的人物，小说中细节的河流依然在涌动，文字依然绵密而细碎……但变化同样明显：直录无隐的文风、不露声色的锋芒、以小见大的构架、不避小事俗事，

---

① 贾平凹：《带灯·后记》，人民文学出版社，2013年，第361—362页。
② 唐小林：《〈带灯〉与贾平凹的文字游戏》，载《文学报》，2013年2月21日。

兼采奇闻异说。《带灯》宛如中国古代文人笔记，文直而事核。

贾平凹的许多重要作品都有后记，读后记会让人更容易理解作品。在《带灯》的《后记》中，有许多问题值得思考，就写法上，贾平凹以巴塞罗那足球自喻。巴塞罗那足球给贾平凹一种感悟，他们的踢法带给贾平凹小说创作上的自信。巴塞罗那以细腻的脚法而闻名，他们的每一个球员都可以是进攻主力。《带灯》显然运用的是巴塞罗那足球的方法——细腻，力气用在每一个细节上，由这些细节共同推进整部作品向前，最终汇聚成一股强大的力量。

说到细节，好的小说必然有让人难忘的细节。《带灯》则是一条完全由细节的浪花汇成的河流，它们又往往呈现出隐喻的气质，使得小说在直录无隐的同时寓意无穷。

先说虱子。小说第三节就开始写"虱子飞来"，接着写"虱子变了种"，后又写"还是虱子"。高速路修进秦岭时，樱镇飞来了新的皮虱。樱镇的虱子是白色的，外来的是黑色，又与樱镇的虱子杂交产生了灰色的。樱镇人不怕虱子，因为这是一种古老的虫，唯一怕虱子的是带灯，她来到樱镇最让她紧张的不是工作而是虱子。她喜欢洁净，极力抵抗虱子，甚至想动用政府的力量灭虱。但灭虱的事到底不了了之。小说结尾处，带灯不可避免地染上了虱子并终于习惯了这种古老的虫，还笑说："有虱子总比有病着好。"竹子说："我想，真要到没有虱子的时候了，樱镇人还会怀念虱子的。"而曹九九的老爹九十多了，竟然因为自己身上有了一只白虱子嘀嘀地笑，他发觉自己心里仍还有着一种怀念老虱子的感觉。虱子隐喻樱镇古老守旧的一面，个人的力量与此难以抗衡，带灯的妥协是个明证。

再说药方。药方是另一个隐喻。带灯会开中药药方，她给村民开，给自己开，同时也给元天亮开。问题是，她没有治好自己，而元天亮有没有吃她开的药则不得而知。中药在小说中含义丰富。"茵陈"一节，带灯通过茵陈表达她对元天亮的心意；"当归"一节则更进一步，带灯对当归这一味药情有独钟，用得多，名字也好，且"有思夫之意"。她给元天亮的两副药方的第一味药都是当归。然而，元天亮并未归乡。传统的中国药方是否能对现代文明冲击下的中国起到疗救作用呢？贾平凹说：医不自治。

天气。天气就是天意。《带灯》中，有关天气的笔墨较多，有着特殊的意义。带灯每晚必看中央电视台的《新闻联播》和《天气预报》，而竹子则非常关注樱镇历史上的天气记录。竹子夜里翻阅县志，想从中寻出天气变化和社会发展的关系，却发现了其中记载的祥异。小说中则同样将天气与社会联系在一起。连续两个礼拜三十八度的高温后竟然又是暴雨，灾情严重，其后樱镇则发生了一场惨烈的群体械斗事件。

故乡。故乡也叫血地。小说中元天亮在他的书里说：你生在那里其实你的一半就死在那里，所以故乡也叫血地。随着现代文明的入侵，故乡越来越脆弱乏力。尽管带灯给元天亮开了当归的药方，但元天亮却久未归乡。

埙。在樱镇人纷纷涌向歌厅的时候，带灯却专注地吹起埙来。她吹得很投入，众人皆以为是鬼哭之声，听了感伤。她只好到河滩山坡上吹。但后来，带灯的埙竟然不知去向。这隐喻着古典文明在现代工业文明挤压下的不知所踪。

还有蜘蛛。这个意象是贾平凹小说中一个独特的意象。《秦腔》中的引生疯癫，却能将自己变幻成蜘蛛去自己想去的地方，听自己想知道的事。《带灯》中的蜘蛛略有不同，元天亮谢绝了带灯要寄地软的好意后，带灯失意之时看到一只背上有人脸的蜘蛛，她把这只蜘蛛当成了元天亮心意的化身。自此，人面蜘蛛的出现对带灯来说就是喜悦之事，蜘，即知，知晓心意之隐喻。

贾平凹在《带灯》中极尽隐喻之事，细节如此，整个结构亦如此。小说由三部构成，就整体构架而言，是个典型的凤头猪肚豹尾结构，上部《山野》只有四十页，高速路修进秦岭，意味着现代文明闯入秦岭，山野开始面临破坏，而带灯就在这个时候来到了樱镇。中部《星空》是主体，将近三百页，除去带灯写给元天亮的信，其余全是直录樱镇最基层民众的生活，他们的生存，他们的利益，他们的易于满足，他们的相互斗争，带灯的菩萨心与复杂的社会格格不入。下部《幽灵》则只有十五页，一盏心灯沦为一个幽灵。

尖锐还是混沌？

有人指出《带灯》的一些内容与新闻信息的内容很相似，以至于对作品的意义提出了质疑。这种质疑事实上不仅仅针对《带灯》，而是针对小说存在的质疑。米兰·昆德拉说："假如小说的存在理由是要永恒地照亮'生活世界'，保护我们不至于坠入'对存在的遗忘'，那么，今天，小说的存在是否比以往任何时期都更有必要？"① 这段话放在今日中国同样适合。

贾平凹说："我想要说的是，围绕在带灯身边的故事，在选择时最让我用力的是如何寻到这些故事的特点，即中国文化特有的背景下的世情、国情、民情。"的确，《带灯》呈现的是中国在发展中的困境，"中国基层社会出现的种种矛盾和人的各种行为，它是带着强烈的中国文化特点的"。② 《带灯》确实实现了贾平凹的初衷：沉而不靡，厚而简约，用意直白，下笔肯定，以真准震撼，以尖锐敲击。在细节的洪流中，贾平凹不虚美，不隐恶，其尖锐之声就隐藏在一种表面的混沌之下。

《带灯》中，贾平凹以尖锐敲击社会现实。带灯给镇长反映了樱镇的赌博、办沙厂、维稳的事情后，镇长的眉心就挽了绳，说：这社会是

---

① [法] 米兰·昆德拉：《小说的艺术》，董强译，第23页。
② 贾平凹：《致林建法的信》，载《当代作家评论》，2013年第2期。

咋啦,这么多的事!带灯则说社会是"陈年蜘蛛网,动哪儿都落灰尘,可总得动啊!"在面对这张陈年蜘蛛网时,只有樱镇书记是成熟老道的,他处理问题的老辣令人吃惊。在面对选举事件时,他借塔山阻击战说明自己的要求:啥叫成功?没有上访就是成功!他为了自己的升迁不惜一切力量,甚至想打元天亮的牌。在面对即将爆发的群体性事件时,他能迅速地稳住群众,在上报灾情时,他能将死了十二人的灾情迅速地转化成只死了马八锅和她孙女两个人,且将马八锅报成抗洪英雄。镇长从他的身上明白了什么是政治家。书记处理几次突发事件的圆滑老辣、带灯对村民的恩威兼施,镇政府工作人员应对上级的方式,都是中国式的思维方式与应对方法。

　　基层工作者面对着无数的问题与无奈。贾平凹认为:"正因为社会的基层问题太多,你才尊重了在乡镇政府工作的人,上边的任何政策、条令、任务、指示全集中在他们那儿要完成,完不成就要受责挨训被罚,各个系统的上级部门都说他们要抓的事情重要,文件、通知雪片似地飞来,他们只有两双手呀,两双手仅十个指头。而他们又能解决什么呢,手里只有风油精,头疼了抹一点,脚疼了也抹一点。他们面对的是农民,怨恨像污水一样泼向他们。这种工作职能决定了它与社会摩擦的危险性。"正是基于这样的一个认识,《带灯》中才有了那一场恶斗。这场爆发在元氏兄弟和拉布换布兄弟之间的恶斗因利而起,元老三的眼珠子吊在脸上,河滩里的苍蝇聚了疙瘩。马连翘也被打,而且奶头子也被拧掉了。其后,拉布换布兄弟又分别手持钢管菜刀和元黑眼等人展开了一场恶斗,带灯和竹子冒着生命危险拉架。这样凶恶的场景在贾平凹的小说中极为少见,其描写非常惨烈极端,读来实在是惊心动魄。回望20世纪80年代贾平凹的静虚村与商州,再来看樱镇的这场恶斗,实在是天悬地隔。社会经济的发展带来了意想不到的另一面——人性深处的恶由利而萌发并迅速膨胀。在这场全县十五年来特大恶性暴力事件之后,樱镇的书记和镇长没有承担任何责任,只是需要"认真反思",带灯和竹子则受了处分。所幸的是,人性的善尚未泯灭,带灯的老伙计为她和竹子做了饭来安慰她们,让她们回家时把烦恼挂在树上。但从此带灯和竹子身上虱子不退。尽管竹子把自己的名字改成了笛子,却无法发出悠扬的声音,这也意味着她对带灯人生的一种重复。于是,萤不止一个,而是两个,或者更多。有诗性的心却只能生活在腐草中,一心想飞翔却只能逆光行走,人生的悲剧莫过于此。

贾平凹在《带灯》的《后记》中说,写《带灯》的过程也是他整理自己的过程,他通过写《带灯》进一步了解了中国农村,了解了那里的生存状态和生存者的精神状态。他说,"我的心情不好。"因为他看到了基层社会的问题,各级组织也都知道这些问题,却又很难解决。《带灯》中几乎涉及了中国基层社会的所有问题:选举与对抗选举、上访与阻止上访、半隐蔽半公开的赌博、无处治疗的职业病、无人敢言的恶势力、自古至今的自然灾害、民众对政府的不信任和易于满足……虽然贾平凹写得较为隐忍,但其中的殷忧和愤怒却是显而易见的。这样的书写难道还不够尖锐吗?

《带灯》是贾平凹写得颇为艰难的一部作品,因为其中渗透着他对乡土中国以及其间生命的深切的爱与恨。在写作过程中,一个声音来自天空来自内心,对贾平凹说:"突破那么一点点提高那么一点点也不行吗?"于是贾平凹伏在书桌上痛哭。痛哭之后继续琢磨,作家与一个时代的关系应该是怎样的,作家应该怎样去做?《带灯》就是一份答卷,它已经在这里了。《带灯》是中国式的"带灯",它提供了一份重要的当代中国经验。

贾平凹以文观察世间,有敢担当。2013年5月25日,在西安的《带灯》研讨会上,雷达如是说:"有些人说写得很混沌,没有思想,有些人说写得不疼不痒,我认为,贾平凹的尖锐思想就裹藏在混沌中。贾平凹是少量敢于直面时代的人,我们处在这个时代,但无法言说这个时代,贾平凹试图这样去做。"

梁漱溟说:"生命是什么?就是活的相续。活就是向上创造。向上就是有类于自己自动地振作,就是活;活之来源,则不可知。"[1] 虽一灯不能除去千年暗,但其弱光却已然存在。或许,我们也该像带灯一样,带一盏心灯,观人世沧桑,用生命发出向上的微明。

---

[1] 梁漱溟:《人生的三路向》,当代中国出版社,2010年,第174页。

玄冥神秘中的矛盾
——论《狼图腾》

回首新世纪以来出版的长篇小说，禁不住驻足于《狼图腾》之前。不仅仅因为它是一本罕见的畅销书[①]，而且因为其宣扬的"狼"的精神让人瞠目玄想。一幅幅形态各异、玄冥神秘的狼图腾，尤其是那匹不失野蛮而又宁折不弯的小狼，真是一次古今狼相的绝佳再现。我们不禁要问：作者姜戎为什么要这样写？在一个恶狼憎狼的文化背景下，他冒天下之大不韪宣扬狼性为的是什么？这是一个什么样的文本？

一 罕有的生态文本

当我重读《狼图腾》时，还是首先惊呼：一本难得的罕见的生态文本。

特殊的经历让姜戎拥有清醒的生态意识。他1967年自愿赴内蒙古额仑草原插队，在那里生活了11年，1978年返回北京。"在草原，他钻过狼洞，掏过狼崽，养过小狼，与狼战斗过，也与狼缠绵过。并与他亲爱的小狼共同患难，经历了青年时代痛苦的精神'游牧'。蒙古狼带他穿过了历史的千年迷雾，径直来到谜团的中心。是狼的狡黠和智

[①] 姜戎：《狼图腾》，长江文艺出版社，2004年。该书在中国出版后，被译为30种语言，在全球110个国家和地区发行。目前已经在中国大陆再版150多次，正版发行近500万册，多次进入文学图书畅销榜前十名。

慧、狼的军事才能和顽强不屈的性格、草原人对狼的爱和恨、狼的神奇魔力,使姜戎与狼结下了不解之缘。狼是草原民族的兽祖、宗师、战神与楷模;狼的团队精神和家族责任感;狼的智慧、顽强和尊严;狼对蒙古铁骑的训导和对草原生态的保护;游牧民族千百年来对于狼的至尊崇拜;蒙古民族古老神秘的天葬仪式;以及狼嗥、狼耳、狼眼、狼食、狼烟、狼旗……"显然是狼的神奇深深地穿透了作者的灵魂,以至于他回到北京仍然是身在汉地但心在草原。那段游牧的生活改写了他。那时,他还没有写"生态"这个概念,他想得更多的是狼性与人性的问题。这从他的小说中可以看出。他总是以鲁迅为例子。显然,鲁迅是他的精神资源,也是他当时思考草原与狼的精神靠山。那个时代,正是批"四旧"的时期,儒家的一切都是中国人全力批判的,而儒家就是"羊"。如果说,草原是作者的感性的话,那么,狼就代表了作者的理性。蒙古草原上的一切将这一理性嵌入了他的灵魂。就在那时,他动了写作的念头。

《狼图腾》于1971年起腹稿于内蒙古锡盟东乌珠穆沁草原,但直到1997年才初稿于北京。问题就在这里。随着他对中国政治经济学的研究,特别是对中国政治学中如何使国家富强这一命题深深地苦恼过。在这种苦恼中,他继续研究中国游牧民族的历史与中国的历史,将"狼"与"羊"引入了历史的深思。20世纪80年代中后期,是一个知识分子为中国命运而苦思冥想、争鸣不休的时代,也是一个对古老文明再次发难的时期。《河殇》中对长城的责罚就是一例。可以想象,在那个时代,作者就已经形成了初步的用"狼性"来改造中国人"羊性"的观点,但那时,理性远远地盖住了感性。自90年代开始,内蒙草原的沙化已经非常严重了,这又无形之中增强了作者对草原和狼的怀念,作者生命中那些温柔的地方被刺痛了,一个真正的作家诞生了。他写道:"听说牧民大多骑着摩托放羊了,电视上还把这件事当作牧民生活富裕的标志来宣传,实际上是草原已经拿不出那么多的草来养马了。狼没了以后就是马，马没了以后就是牛羊了。马背上的民族已经变成摩托上的民族，以后没准会变成生态难民族……咱们总算见到了农耕文明对游牧文明的'伟大胜利'。""草原狼的存在是草原存在的生态指标，狼没了，草原也就没了魂。现在的草原生活已经变质，我真怀念从前碧绿的原始大草原。作为现代人，在中原汉地最忌怀旧，一怀旧就怀到农耕、封建、专制和'大锅饭'那里去了。可是对草原，怀旧却是所有现代人的最现代的情感。"

"生态"一词就此突现了出来，在他生命里立刻化为一片感性而辽阔的草原。20多年前就已经开始写小说的冲动随着这感性强烈地撕扯着他。感性的生态与理性的中国人的精神生态这两者终于汇聚到了一起。他开始了写作。现在我们不得而知他的初稿如何，显然，他在六年以后才定稿肯定是有他觉得不满意的地方。是对狼的感性的描述不够？还是他对自己的思考和清理有些担忧？肯定都有。特别是小说最后长达44页的《理性探掘》是最为艰险的，也必然是最为刻意的。至此，他终于使这部狼的精神图腾"升华"为中华民族需要嫁接的原始力量了。

从自然的生态抽象为精神的生态，这是这部小说的成功所在（先不论这精神生态存在的问题）。从作者所取的笔名也可以看出，作者是被游牧精神彻底征服了。按作者所言，姜姓是炎帝之姓，属游牧民族，而戎则更进一步说明了这是北方和西北的游牧民族。姜戎这个名字与《狼图腾》这个书名可以说是天然地结合在了一起，他们休戚相关，荣辱与共，一道烈风中将那狼皮挂在旗杆上，他们看见，那狼皮里有灵魂在蠕动，然后随着风飘上了腾格里。这更进一步说明了姜戎的立场所在。

同时，姜戎通过"狼王"毕利格老人有力地表达了生态意识。

在第一章里面，作者就写道："毕利格老人是额仑草原最出名的猎手，可是，老人很少出猎。就是出猎，也是去打狐狸，而不怎么打狼。"

为什么？从第二章开始，老人就一点点地讲了。他说："我也打狼，可不能多打。要是把狼打绝了，草原就活不成。草原死了，人畜还能活吗？你们汉人总不明白这个理。"为什么草原与狼有这样的关系呢？先是黄羊。这在汉族人看来多么温顺的动物，可在草原上就成了恶者。老人说："黄羊可是草原的大害，跑得快，食量大，你瞅瞅它们吃下了多少好草。一队人畜辛辛苦苦省下来的这片好草场，这才几天，就快让它们祸害一小半了。要是再来几大群黄羊，草就光了。今年的雪大，闹不好就要来大白灾。这片备灾草场保不住，人畜就惨了。亏得有狼群，不几天准保把黄羊全杀光赶跑。"于是，当狼群截杀黄羊时，老人只有赞扬，对狼的残酷恶毒没有一点儿怨言。本来，一切生态的中心点还是人，但现在老人的意识超越了人。草原是大命，其他的一切都是小命。这无疑是在告诉人们，地球是大命，地球上的一切包括人都是小命，人与狼、人与羊、人与其他一切生命都是小命。

老人认为草原上的人死后，要把自己还给草原，要懂得"吃肉还肉"的道理。因为，草原上的人，吃了一辈子的肉，杀了太多的生灵，是有罪孽的。"人死了把自己的肉还给草原，这才公平，灵魂就不苦啦，也可以上腾格里了。"

在老人眼里，狼是最聪明的生物。他说："人和狼是腾格里派来管理草原的，所以人和狼是平等的。狼没了，草原保不住。狼没了，蒙古人的灵魂就上不了天了。"人与狼应该互相尊重、互相依存。在人把狼的食物抢走，并掏了狼窝时，白狼王带着巨狼、头狼和发了疯的母狼开始对人报复。它们把无数匹马杀死，并作为它们来年春天的食物，但即便如此，老人依然对狼是敬重的。在草原人心中，他们的民族的兽祖图腾，经历了几千年依然一以贯之，延续至今。这就如同中华民族对黄河一样，并没有因为黄河祸害、吞没了无数农田和千万生命而否认黄河是中华民族的母亲河。

正是因为这样，当老人的儿子巴图第一次带着陈阵打狼的时候，他们杀死了一匹狼,而把另一只眼看就要死亡的狼放生了。巴图已经完全继承了父亲的草原生态观念:不能把狼杀光。正是因为这样,当包顺贵带着牧民们把白狼王带领的一大群狼围住时,他让儿子巴图和另一个牧民去追白狼王,当最后白狼王神秘失踪后,他笑了。正是因为这样,当草原在失去狼这一生态管理者后,便遭遇了白灾之后的黄灾、蚊灾、鼠灾甚至马灾,当草原一片片失去时,老人心痛不已,认为这是没狼的缘故。正是因为这样,当陈阵领养了那匹小狼后,老人极不满意,他不允许人们把狼变成狗和羊一样的驯化动物,他尊重狼的野性和神性,最后,在小狼快要死亡的时刻,他要陈阵将狼打死,要让小狼像战士一样神圣地死去,而不要它病死。正是因为这样,当狼群被包顺贵为代表的军队打得只剩下白狼王和老弱病残时,他流泪了,在他听到从遥远的边境线上传来白狼王低低的怒吼和凄声,他老泪纵横。在他临死时,他要求将自己的尸体用古老的方式天葬,让人们把他送到有白狼王的地方去。老人对白狼王充满了尊敬,而白狼王似乎对老人也充满了尊敬和爱。他们互相理解,互相热爱。

　　小说中最具神采的一点就是白狼王的神秘。白狼王从头至尾始终存在,要么是他的狼队,要么是他庄严而低沉的号令声,要么是他神秘地一现,但我们始终不知道白狼王是什么样子。特别是最后他还活着。这使人不禁想起福克纳的《熊》。《熊》中那个只见其踪但始终不见其真身的熊代表了古老的森林和自然,小说中"我"从小就跟着大人去打熊,但这只熊没有人能够打到。在与这古老而神秘的熊的对话中,"我"终于悟到,人的一切价值就包含在与自然的和谐中,在于荣誉、牺牲、尊严、爱、正义、公平等。我不知道作者是否读过福克纳的《熊》,但两部小说的神韵有类似之出。他们都共同表达了一个主题:对古老自然的尊重、敬畏。自然是人类真正对话的背景,在这种对话中,人学会了一切。在《狼图腾》中,毕利格老人认为,人类的一切智慧特别是生态智慧和战斗的智慧都是从狼那儿学来的。

小说是随着老人的去世和狼在草原上的失去而匆匆结尾的。老人是整部小说的灵魂所在，他的所有言行都表达了一个主题：生态精神。

二　大游牧生态精神

高扬游牧精神是这部小说的初衷，也是这部小说的中心。小说一开始，当汉人陈阵看到狼群有些哆嗦时，老人说："就你这点胆子咋成？跟羊一样。你们汉人就是从骨子里怕狼，要不汉人怎么一到草原就净打败仗。"只要是一个汉人，在开篇就看到这样的呵斥，心里总是不舒服的，但是，作者执意要这样来写，而且从头至尾一意孤行，越写越对农耕文明充满了批判和讽刺，最后直接把游牧文明与农耕文明对立了起来。

对游牧精神的歌颂是从三个角度来展开的。

首先是主人公陈阵的论述。虽然这些论述常常会阻碍小说的叙事，但除了最后一章有些多余外，其他的议论与叙事还能够贯通一气。主人公陈阵是一个读书人，他跟着毕利格老人，并认其为阿爸，一心想做一个草原人，但是，他的所作所为总是与真正的蒙古人有差距。这种差距便引发了他对蒙古精神和更广阔的游牧文明的向往，当然同时也伴随着他对农耕文明的贬低。

在军马被狼围杀后，包顺贵领着大家来现场调查。他不相信狼有那样大的本领。在经过勘察现场后，代表农耕文明的包顺贵终于也说道："我看你们这儿的狼也太神了，比人还有脑子。"作者的化身陈阵顺着包顺贵的思路继续说下去："草原人和草原狼，是蒙古草原生物的激烈竞争中，惟一一对进入决赛的种子选手。以前的教科书认为，游牧民族卓越的军事技能来源于打猎——陈阵已在心里否定了这种说法——更准确的结论应该是：游牧民族的卓越军事才能，来源于草原民族与草原狼群长期、残酷和从不间断的生存战争。在这持久战争中，人与狼几乎实践了后来军事学里面的所有基本原则和信条，例如：知己知彼、兵贵神速、兵不厌诈、上知天文、下知地理、常备不懈、声东击西、集中兵力、各个击破、化整为零、隐蔽精干、出其不意、攻其不备。打得赢就打，打不赢就走……"古代汉人虽有孙子兵法也只是纸上谈兵，更何况"狼子兵法"本是孙子兵法的源头之一。

后来，他又发现了狼的团队精神、狼的亲情观念、狼的生态意识、狼的博爱、庄严、神圣以及宁折不弯的精神品质。特别是在他养了一条小狼后，他发现了很多"真理"："狼可杀可拜，但不可养。一个年轻的汉人深入草原腹地，在草原蒙古人的祖地，在草原蒙古人祭拜腾格里，祭拜蒙古民族的兽祖、宗师、战神和草原保护神狼图腾的圣地，像养狗似的养一条小狼，实属大逆不道。"

从狼的身上，陈阵还发现："其实现在世界上最先进的民族，大多是游牧民族的后代。他们一直到现在还保留着喝牛奶、吃奶酪、吃牛排，织毛衣、铺草坪、养狗、斗牛、赛马、竞技体育，还有热爱自由、民主选举、尊重妇女等等的原始游牧民族的遗风和习惯。游牧民族勇敢好斗顽强进取的性格，不仅被他们继承下来，甚至还发扬得过头了。人说三岁看大，七岁看老，对于民族也一样。原始游牧是西方民族的童年，咱们现在看原始游牧民族，就像看到了西方民族的'三岁'和'七岁'的童年，等于补上了这一课，就能更深刻懂得西方民族为什么后来居上。西方的先进技术并不难学到手，中国的卫星不是也上天了吗。但最难学的是西方民族血液里的战斗进取、勇敢冒险的精神和性格。鲁迅早就发现华夏民族在国民性格上存在大问题……"

这样，他就看到了中国文化的病根了。他说："儒家思想体系中，比如'三纲五常'那些纲领部分早已过时腐朽，而狼图腾的核心精神却依然青春勃发，并在当代各个最先进发达的民族身上延续至今。蒙古草原民族的狼图腾，应该是全人类的宝贵精神遗产。如果中国人能在中国民族精神中剜去儒家的腐朽成分，再在这个精神空虚的树洞里，移植进去一棵狼图腾的精神树苗,让它与儒家的和平主义、重视教育和读书功夫等传统相结合,重塑国民性格,那中国就有希望了。"

这便是作者写作《狼图腾》的真正理性目的。他是要从原始生态中来寻找中华民族性格上的弱点,从而建立新的精神生态。关于这一点,在最后显得多余的《理性探掘》中陈阵讲得更清楚,更明白。

其次是通过蒙古人对汉人的批评,特别是对以包顺贵为首的农业文明的代表的言行的批评,来体现游牧文明与农耕文明之间的冲突。

在小说中,代表汉族文明的有三类人。第一类是如陈阵、杨克等知青。他们对草原文化有一种疯狂的喜爱,都愿意做一个草原人,所以他们在尽可能地靠近草原人和草原以及狼。通过陈阵和杨克的多次对话,表达了他们对农耕文化的反思,进而认为农耕文化是落后的,而游牧文化是先进的,或者说,农耕文化是懦弱的,而游牧文化是强悍的,只有游牧文化给农耕文化输血,农耕文化才能焕发出被长久压抑着的野性力量。

在这里,要特别指出的是(也许连作者也根本没有意识到这些),陈阵养狼这件事蕴含着极深的心理背景。在小说中,作者频频指出,狼也曾经养过人的孩子,说要有博爱精神,所以他也养了一匹狼。尽管这匹狼是他们从狼窝里抢来的,他有悔恨之意,但是,慢慢地,他就没有了这种悔意,有的只是他对狼的恩情。当狼第一次将他撕咬的时候,他就觉得多日来养它白养了。有人建议打死狼。当狼第二次咬他的时候,他的这种要狼报恩的心情更严重了。这虽然可以用他与狼之间的感情来解释,但是,这就是人类一直强调的报恩思想。人类的生态始终都是以自我为中心的生态,从来就没有真正的万物平等、众生平等。人类吃了那么多的生物,为什么从来就没有回报于那些生物呢?从深层意义上来讲,作者无意识地养狼其实正是人类驯化自然的奴性意识在起作用。人类驯化动物,种植植物,把自己树立为自然的主人。凡是有利于人类的一切都是对的,凡是无利于人类的一切都是不对的,这就是人类对自然的伦理观。懂得信仰的老人和其他草原人就不会去养狼，他们懂得，要给人类留下一些神性的存在，而这恰恰是人类精神生态中最为重要的环节。汉人的下意识的养狼和草原人无意识养狼的区别，恰恰说明草原人还是有原始信仰的，而汉人已经失去了原始信仰。

第二类是以包顺贵为代表的蒙古人，但他们已经倾心于农耕文化，是失去游牧精神的草原人。包顺贵说："不懂牧业，从小在农村长大，上面非让我负责这么大的一个牧场，我心里真是没底。"可以想象，在当时，整个上层管理者对草原的生态管理是多么草率，正是因为这种决策才导致了中国生态的恶化。包顺贵一进牧区，首先就遇到了军马被草原狼围杀的事，他认为这是有"四旧"思想的毕利格父子的有意作祟，甚至认为是一场人为的阴谋，他不相信狼的智慧。当他第一次勘察现场时才领略了狼的精神，但是，他的认识恰恰与毕利格老人和整个草原的生态精神相背。他认为，正是因为有狼在，所以才导致了草原的不宁和各种狼祸的频频发生，只有彻底地消灭狼才能保人民平安，也才能发展生产。当毕利格老人和场长以及巴图等和他辩论时，他非常轻率地得出结论：草原人的思想皆属"四旧"，还扬言要给他们办学习班。包顺贵的打狼和开垦草原为农田都是向着农耕文明在转变，这类人渴望在有限的草原上无限地获得生产力，最后他们破坏了草原的生态。

第三类是纯粹的汉族人，他们代表了更加野蛮的农耕文明。这类人又包括两部分，一部分是盲流，另一部分是军队。前一部分以老王头人为代表。这些人受到了包顺贵的指示和包庇，不但用枪、炸药杀狼，而且还枪杀草原上最美丽的神鸟——天鹅，把天鹅湖糟践了。还有那让人心疼的大片的野芍药，这些带有神性的草原生态的存在在这些人眼里都成了欲望，最后都毁在他们的手里。后者也是包顺贵请来的。因为毕利格老人和草原人不主张杀狼，于是，包顺贵就请来了军队。他们第一次追杀一匹头狼的描写可以称得上惨烈无比、惨痛无比、残忍无比。他们让爱狼的陈阵带着他们去找狼,结果碰到了一匹巨大的狼。

"两辆吉普终于把狼赶到了一面长长的大平坡上。这里没有山沟,没有山顶,没有坑洼,没有一切狼可利用的地形地貌。两辆吉普同时按喇叭,惊天动地,刺耳欲聋。巨狼跑得四肢痉挛,灵魂出窍。可怜的巨狼终于跑不快了,速度明显下降,跑得连白沫也吐不出来。两位司机无论怎样按喇叭,也吓不出狼的速度来了。包顺贵抓过徐参谋的枪,对准狼身的上方半尺,啪啪开了两枪,子弹几乎燎着狼毛。这种狼最畏惧的声音,把巨狼骨髓里的最后一点气力吓了出来。巨狼狂冲了半里路,跑得几乎喘破了肺泡。它突然停下,用最后的一丝力气,扭转身蹲坐下来,摆出最后一个姿态。"就这样,他们把草原上最具神性的狼打死了。而最让人无法忍受的是:"包顺贵抓着枪跳下车,站了几秒钟,见狼不动,便大着胆子,上了刺刀,端起枪慢慢朝狼走去。巨狼全身痉挛,目光散乱,瞳孔放大。包顺贵走近狼,狼竟然不动。他用枪口刺刀捅了捅狼嘴,狼还是不动。包顺贵大笑说:咱们已经把这条狼追傻了。说完伸出手掌,像摸狗一样地摸了摸巨狼的脑袋。这可能是千万年来蒙古草原上第一个在野外敢摸蹲坐姿态的活狼脑袋的人。巨狼仍是没有任何反应,当包顺贵再去摸狼耳朵的时候,巨狼像一尊千年石兽轰然倒地……"

至此,你不能不惊愕,不能不心痛。我甚至觉得这部小说开始为我们一点点聚汇的一股神力突然间崩溃了,而随着这神力的崩溃,原来聚集在心的其他神力也随之在崩溃。对人的憎恨,对人性的彻底失望,对那个时代的无言无泪的鄙视,以及对大地的无限悲悯都一一诞生了。这是尼采所说的悲剧的诞生,是真正的悲剧。无泪之泪会模糊每一个读者的心,会让每一个对人类和大地有一丝情怀的人都低垂下高贵的头,忏悔,再忏悔。

但是,那些军队没有丝毫的忏悔。

现代技术的诞生是地球生态最大的劲敌，也是真正的魔鬼。它不仅摧毁了人类的古老的信仰，而且必将彻底消灭此信仰，把人类送往虚无的太空，成为真正的孤魂野鬼；它不仅破坏地球的生态平衡，还将破坏整个宇宙的生态平衡。人类自以为是的核武器，可以随时将人类送往地狱。《狼图腾》所描绘的虽然是已经发生了的悲剧，但人类并没有从深层意义上去认识这悲剧。人类最多反思的是自己的行为有什么不当，但对科学技术却仍然深信不疑。更何况在当代，谁要反科学，谁就是反人类。究竟是科学重要，还是人类重要？究竟是以科学为目的，还是以人类为目的？人类已经进入价值虚无的时代，已经进入无信仰的时代，而科学和所有的欲望将取代"神"，成为新的迷信和宗教。我们无法知道，这种科学之神和宗教会把地球和宇宙变成一个什么样子？但是，凡是有良知的人士、科学家、思想家都已经强烈地意识到，科学是一面双刃剑，用好了可以为人类造福，用坏了就消灭了人类。

最后是通过那篇显得多余的《理性探掘》来说明大游牧精神对于中国历史和当下的重要性。在那长达44页的"长篇论文"中，作者站在大游牧精神的立场上，激情澎湃地解读中国的历史。

第一，中国的历史就是一部游牧民族不断地给农耕民族输血的过程，一旦游牧精神被压抑而农耕精神占了上风，中国就注定要被外族侵略，就要挨打。关于这一点，从炎黄二帝开始直到清末都是如此。

他认为，中国的历史可以用四个字来解读，即"羊性"和"狼性"。中华民族的振兴与委顿便都是"狼性"与"羊性"之间的关系处理了，似乎有些中庸之道了。而中华文化为何一直在农耕文化中前进或停滞，其他文化为何又能摆脱农耕文化的束缚呢？作者以为："华夏族生活在世界上最适合农业发展的、最大的'两河流域'，也就是长江黄河流域。这个流域要比埃及尼罗河流域，巴比伦两河流域，印度河恒河流域大得多。因此，华夏族就不得不受世界上最大规模的农耕生活摆布，这就是华夏民族的民族存在。民族性格也不得不被农耕性质的民族存在所改造，所决定。而西方民族，人口少，靠海近，牧地多，农业不占绝对优势。狩猎业、牧业、农业、商业、贸易、航海业齐头并进；草原狼、森林狼、高山狼、陆狼、海狼一直自由生活。西方民族强悍的游牧遗风和性格顽强存留下来，而且在千年的商战、海战和贸易战中得到不断加强，后来又进入到现代工业残酷的生存竞争之中，狼性越发彪悍，所以西方民族强悍进取的性格从来没有削弱过。民族存在决定民族性格，而民族性格又决定民族命运。这种性格是西方后来居上并冲到世界最前列的主观原因。"这番话不仅仅把中华文化与其他文化的区别讲了出来，而且似乎以此便可以来解读整个世界历史了。

第二，华夏文明是从游牧精神起源的，龙图腾来自于狼图腾。不仅如此，中国人的审美追求、信仰都来自于游牧文明。

作者从炎黄二帝的祖先说起，论证了古羌族的图腾就是狼图腾。如此追本溯源，狼图腾便是我们中华民族最初的图腾。"可惜，狼图腾所包含的巨大精神价值，从未被怕狼恨狼的汉人重视和研究过，甚至还故意将其打入冷宫。如果没有'从未中断'的狼图腾精神和文化，那么华夏几千年的农耕文化和文明就可能中断。中国几千年的文明从未中断，这已经成为世界公认的世界文明历史中的奇迹，而奇迹背后的奇迹却是历史更久远、又从未中断的狼图腾文化。狼图腾之所以成为西北和蒙古草原上无数游牧民族的民族图腾，全在于草原狼的那种让人不得不崇拜的、不可抗拒的魅力和强悍智慧的精神征服力量。这种伟大强悍的狼图腾精神就是中华游牧精神的精髓，它深刻地影响了西北游牧民族的精神和性格，深刻影响了中华民族和中华文明，也深刻影响了全世界。"

第三，作者在结合以上这些论述的基础上得出，"中国病"就是"羊病"，就是"家畜病"，中国要复兴就得在农耕文明的基础上结合游牧精神，变成一个半羊半狼的文明，这样才能发展，才不至于再挨打。很显然，作者很多年来的理论修养在这里得到了充分、勇敢而又汪洋恣肆的发挥。"我所说的游牧精神,是一种大游牧精神,不仅包括草原游牧精神,包括海洋"游牧"精神,而且还包括太空'游牧'精神。这是一种在世界历史上从古至今不停奋进,并仍在现代世界高歌猛进的开拓进取精神。在历史上,这种大游牧精神不仅摧毁了野蛮的罗马奴隶制度和中世纪黑暗专制的封建制度,开拓了巨大的海外市场和'牧场',而且在当前还正在向宇宙奋勇进取,去开拓更巨大更富饶的'太空牧场',为人类争取更辽阔的生存空间,而这种游牧精神是以强悍的游牧性格、特别是狼性格为基础的。草原的'飞狼'最终还是要飞向腾格里、飞向太空的啊。"

至此,我们将再也不觉得这最后的《理性探掘》是多余的了,而是要让读者深层探掘《狼图腾》的最好的钥匙。一个作家的真正用心彻底地袒露了出来。他是在为中华之复兴寻找良药。

三 矛盾的生态精神

尽管姜戎先生用尽苦心,为的是寻找中华文明再次复兴的文化道路,也似乎寻找到了这剂良药,但是,细究之下,用简单的"羊性"和"狼性"两个元素来解释中华文明乃至世界文明便显得极为武断,很多问题已经不是简单的文学问题,而是文化哲学乃至宗教问题。

首先,中华文化的精神究竟是以"富强"为目标,还是以和平幸福为目标,是值得探讨的。在这部小说中,作者从未停止过思考,这是近年小说中最为耐读的一部小说,但是,问题也恰恰出在这种耐读上。作者思考的出发点也是蒙古人最自豪的精神资源:成吉思汗。在成吉思汗之前有什么人,似乎蒙古人并不去提。蒙古人的历史好像就是从成吉思汗开始的。先是老人毕利格引出了问题:"成吉思汗就那点骑兵,咋就能打败大金国百万大军?打败几十个国家?"他们总结出,这是因为蒙古人从狼那儿学来了本领。后来,读过书的知青陈阵和杨克也一直好奇这个历史问题。是啊，究竟是什么力量使成吉思汗建立了当时世界上最大的帝国？这个问题使他们开始研究狼。在研究狼的过程中，他们不停地发问，又不停地自顾自地回答。当我们读到最后一页时，便不难得出一个结论：作者要我们学习狼的精神，从骨子里将狼的野性的力量发挥出来，发扬竞争精神，并改造我们的儒家文化，重新打起狼图腾，那么，中国就一定会富强起来。

难道这就是目的？这就是结论？那么，富强的目的又是什么？所有的文学一旦牵涉到这一问题时，便不是单纯的政治问题，而是一个哲学问题。但是，真正的哲学是要超越民族、国家界线，以人类的存在为依据来思考人的价值、信仰和幸福的问题。从这一角度来看，《狼图腾》强烈的国家和民族主义意识恰恰成了这部小说的弱点，成了狭隘的思想。因为任何一个国家和民族的最高目标是让全人类幸福，而不单单是自己的民族和国家幸福。那么，这就又要回到人类思维的原点：人活着是为了什么？人的价值是什么？人要到哪里去？人类与地球和宇宙的关系是什么？人类与万物之间的伦理关系究竟是什么？等等。

显然，作者没有回答这些问题，因为他的着力点和全部的注意力放在了民族复兴这个点上。但是，他的这些意识恰恰说明了一点：他之所以口口声声学习狼文化，以成吉思汗为中心，他在骨子里是一个赞成弱肉强食的社会进化论者。

在小说中，使我常常陷入迷惘的是，为什么作者一提起中国文化，就恨不能将其粉身碎骨。作者的叙述视角已经完全地偏移向游牧文化，甚至已经丧失了基本的客观性。

不错，成吉思汗与人类历史上最强大的帝国之一相联系，难道这就是真正让人尊敬他的原因？他是靠什么来打下这个帝国的？是爱？是正义？还是同情？都不是。靠的是残酷的战争、战刀、牺牲、奴役。如果这些人类的负价值都成了作者所赞同的，那么，爱、牺牲、同情、怜悯、和平就都成了他所反对的。似乎也真的如此。在他看来，农耕文明所推崇的和平是一个没有狼性的文化，是一种失去竞争力也失去活力的文化，是懦弱的文化，是应该全力改造的文化。这难道不是弱肉强食的社会进化论者思想吗？生命之间应该保持一种和谐的生态关系，否则，生态一旦破坏，一切生命都就将不复存在。这一点，似乎是小说中毕利格老人常常强调的，可是，为什么一牵扯到具体的历史时，作者就失去了方向呢？深层的原因还是作者意识中的社会进化论思想在起作用。

在社会进化论者看来，人类的最终目标在于财富的无限增长，也就是欲望的完全满足，但这可能吗？人类最初的欲望是果腹，人类很快就实现了。人类接下来的愿望是吃得好些，也很快满足了。但是，人类的数量也同时多起来，同时也有了其他欲望。欲望是无止境的。身体的欲望还没有满足，心理的欲望又多了起来。作者说，古代圣贤治理天下的主要方法是治欲，所以要治理人身上的"狼性"，后来这"狼性"慢慢地消失了，直到程朱理学时期，想把人欲彻底消灭，只留下天理。这就是中国人的性格开始软弱和枯竭的原因所在。这些说法我认为都是对的，非常中肯的，但是，作者又说，现在是人身上的"狼性"几乎彻底没了，所以要把这"狼性"注入中国人的性格。毋庸置疑，作者的本意是好的，但是，我认为，他对当下中国人的"狼性"估计得不足。我们权且把这种"狼性"就叫欲望吧。自从"五四"时期反封建反传统以来，中国人的文化便彻底地成了外来文化，即西方马克思主义和其他西方文化。新中国建立以后，既"反右"，又"批孔"，中国文化还是没有立锥之地。"文革"十年可以说是中国人的"狼性"发挥到极端的一个时期，所有的文化都被糟践了一次，作者不是说，连生态都被破坏了吗？改革开放以后，再一次把世界文化引进来，但中国传统的文化并没有被重视起来。可以说九十年代开始的市场经济把人们的欲望彻底地鼓动了起来。在一个道德式微而大众文化流行的时代，欲望成了真正的上帝。这也许是中国人的经济取得很大发展的一个原因,也的确是作者说的"狼性"发挥后的作用。但是,此时,我们最需要的是什么?90年代末时,"德治"的出现便说明中国人急需要用道德来治理这种"狼性"。那么,还是回到了古人的治欲思想。近年来,"和谐"主题的出现和国学热的升温直接告诉我们,中国人不是说需要太多的"狼性"(即欲望),而是需要更好的道德文化。

一个民族,一个社会,一个国家,其最高目标定然是形而上的哲学原则,是人类的共同理想。如中国古代社会的最高理想不外乎是孔子所讲的"大同世界",外加老子所讲的"小国寡民",每一个朝代的盛世不就是向着它吗?而中国古人生活的最高理想也是道德,儒家讲仁义,道家讲道,佛家讲善,而不是欲望。倡导欲望是一种形而下的政治经济活动。西方社会也一样。基督教宣扬爱,伊斯兰教宣扬正义,看看《圣经》和《古兰经》,通篇讲的是伦理道德,在讲人如何规范自己,而不是欲望。道家、佛家、基督教、伊斯兰教都提倡爱人,特别是前三个宗教都强调要做弱势者,做"羊"(基督教认为,人类是上帝的羔羊),做空门中人(道家和佛家),难道我们要把这些宗教都消灭?

可见,在真正触及人类的本质问题时,作者的前言和后语都显得过于肤浅。

其次,对于农耕文明和游牧文明的精神生态的探讨过于简单化。

中国古人讲,"一时之胜在于力,千古之胜在于理"。的确,在中国历史上,每一次的历史大变革和文化大变革,不外乎是外来文明的侵扰,这文明不外乎是海洋文明和游牧文明。鸦片战争之前,更多是受游牧文明的侵扰。中国历史的变迁就是农耕文明被游牧文明一次又一次地扰乱又重新整合的过程。鸦片战争以来,中国又受到海洋文明的侵略。作者将其概括为大游牧精神。

这种概括是极为牵强的。也许作者是为自己把人类的文明划为这样两种对立的文明,从而来解释中国文化史乃至人类文化史而甚为自豪和喜悦,不然,他也不会说自己"总算理出头绪来了",但是,这种头绪究竟是什么呢?

其实,早在 20 世纪三四十年代,钱穆曾论述道,人类的文明不外乎三种:农耕文明、游牧文明和海洋文明[①]。在《狼图腾》中,作者也曾探讨过,人类直立行走的真正里程碑可能是在草原上完成的。他说,若在森林中的话,人类的手臂应该是最发达的,而在草原上就不一样。人要常常站起来察看其他动物的威胁。作者没有过多地谈海洋文明。事实上,从地球的变迁就可以看出,最早的文明应该是在海洋里,因为地球上最早是一片汪洋。然后慢慢地才有了山丘,也就有了山地和草原,最后是陆地的出现。很显然,农耕文明是这三种文明中最先进的文明。人类在这地球上最想拥有的是什么?安定,幸福,而并非作者所讲的动荡、竞争、战争。没有哪一个民族真正喜欢战争。草原民族在数千年来为什么屡屡向农耕地区发动战争?是因为他们的水草是有限的,他们需要更为安定的生活局面。成吉思汗和其子孙们统一中国后为什么不仍然生活在草原上,却要在较为富庶的农耕地区?因为他们也不喜欢战争,而是喜欢稳定、幸福的生活。翻开历史仔细地看看,当成吉思汗的铁骑们一路向西征讨的时候,那些士兵们是怎么想的?战争,是人的欲望造成的,是政治家和军事家所代表的利益集团的欲望在起作用。

钱穆先生讲,海洋文明在激烈的竞争中诞生出了商品经济,因此,海洋文明也可以说是商业文明。而游牧文明与商业文明根本就是两种文明。因此,把海洋文明纳入"大游牧精神"有些过于牵强。当然,假如从海洋文明和游牧文明的本质来讲的话,二者也有相似之处,那便是两种文明都具有本质上的侵略性。海洋和草原都有一个特点,那就是它们都只能供一时之用,不能长久用之。比如,在草原上,游牧民族总是要不断地寻找水和草滩,这种不安定的生活使他们总是渴望稳

---

① 钱穆:《中国文化史》,商务印书馆,1994 年。

定,尤其是他们总是靠天吃饭,灾情是经常遇到的事。于是,由于这种地理环境和生存条件的影响,他们总是要不断地向外寻求生存的条件,这就使他们不得不养成一种侵略的习性。海洋边生活的人也一样,近海的食物很快就打捞完了,就必须得到远海去寻找,这也使他们不得不向外索取。所以,钱穆先生认为,游牧文明和海洋文明从骨子里就具有侵略性,也就是他们天生就有一种狼性。他们的天性中缺少的是和平,所以他们需要宗教来规矩他们的狼性,即欲望。

而农耕文明呢?钱穆先生认为,农耕文明由于自给自足的特点,使农耕文化始终可以自足,不必去侵略,也就是说,农耕文明的天性中就有一种追求和平和宁静的特点。而和平是整个人类追求的终极价值。这也就是钱穆先生之所以对中国文化充满了热爱的根本原因。

可是,在作者看来,农耕文明的自给自足与追求和平的特点恰恰是弱点,是需要割除的,因为这种文明没有竞争力,没有狼性。从作者的角度出发,人类的终极价值不应该是和平,而是战争,因为只有有了战争,人类才能始终保持狼性。这是什么理性呢?

最后,作者将人性和文明简单地用狼性和羊性来处理,未免有些表象化。

自古以来,哲学家们将人的组织分为两个部分:精神的和物质的。换句话说,就是道德的和欲望的。也就是说,人的一生始终是在道德和欲望之间作调整。当一个人的道德观太强时,其欲望必然被压抑,其心灵也将枯萎,而当其道德观太差,其欲望便强烈,其心灵也便糟践。都不能太强或太弱,要保持一种适中的立场。这又是儒家所强调的中庸之道。关于这一点,虽然作者的分析有些表面化,把道德换成了羊,把欲望换成了狼,但他也强调两者要恰当、适中,也赞成这种中庸之道,可是,作者又口口声声否定儒家,将儒家骂成十恶不赦的恶人。这是矛盾之一。

在作者看来,"狼性"还不单单是欲望,也是有精神存在的,"狼性"

是指以欲望为主的掠夺性精神。羊性也不单单指道德,而是指这种掠夺性失去时的一种沉默或中立的态度。在这里,我们发现,作者对人性的思考是简单的,甚至是模糊武断的。在人性深处,根本不存在狼性与羊性,只存在欲望和道德。欲望代表了生命本身的一种蓬勃的生命力,但欲望是无目的,是没有任何价值的,就像流水一样,哪里的地势适合它,它就往哪里流,所以它具有弱肉强食、"适者生存"的特点。但是,在人性深处,甚至在所有生命界还有一种存在,就是意识,也就是我们所说的精神。正是这种存在不断地调解着生命界的种种关系。如果生命中本身没有这种存在,精神和道德也就无从建立,而这就是生命的意识。当代科学家对生命的解释已经进入微观世界。学者吴志得出一个结论,宇宙间的一切均有生命,而这生命就是感觉,凡是有感觉的物质存在都是生命。[1] 这与我们以前的认识有很大的区别。不管这种认识能否被人们接受,但它还是确认了生命意识的存在。正是这种生命意识的存在,才诞生了社会、团体、家庭、爱情、友情以及正义、爱、恨、善、恶等伦理关系和道德情感。孟子所说的人有恻隐之心说的其实就是人的这种生命意识。黑格尔强调的绝对理念从感性层面上讲也进一步论证了这种生命意识的存在,它最终会发展出道德信仰。在《狼图腾》里,狼不仅具有原始野蛮的一面,即原始欲望的存在,同时,它们还具有极强的团队精神、博爱精神等,这也说明不仅仅是人类具有这种精神性存在,凡是生命都具有这种精神性存在,只不过,其存在的高低不同。人与狼是极强的两类生命。

当我们否认生命的这种精神性存在时,便成了物质主义者,其与马克思主义也是相对立的。但社会进化论者往往都是这种物质主义者。他们以为,人生的目标就是欲望的实现,而非生命的另一种存在——精神性的实现。《狼图腾》中那些诗性的浪漫的描写说明了人与狼都

---

[1] 参见吴志:《生命是什么?》,中国知识出版社,2004年。

是极富感情的,也是极富正义感的,它证明了人的精神性高于一切,可是,在《理性探掘》里面的一些理论探讨中,我们又看到另一个物质主义者的存在。这说明作者在内心深处仍然是极为矛盾的,或者说,这种矛盾还被作者不自知,只是在暗中起着作用。

假如我们站在文学性的视角来审视这部小说,其人性的开掘是矛盾的、荒凉的,甚至是不可能的,因为其中对人性的理解不是本质的,而是模糊的、表象化的、物质化了的。也正是因为这样,作者才把"发展"看得比幸福、自由更为重要。

这部小说之所以受到市场的欢迎和知识分子界的热烈讨论,一方面是迎合了当下中国人盲目追求强大、富强的爱国心理,另一方面也引发了人们对中国文化深层探掘的热潮,同时,还引起了我们对生命、人性、信仰等的深层思考。

首先是狼精神的思考。文化上的狼精神,应该是狼的信仰。狼崇拜腾格里,这与中国人过去崇拜天是一致的。虽然在小说里没有对这一崇拜过多地发挥,但我们至少能感知到一点,那就是狼和毕利格老人对他们生存的大地、草原的热爱胜过他们自己,他们对灵魂深信不疑,对道德始终不二,还有对自我生命的超越性的认识等等。但我们的这些企业有这种至高的崇拜吗?有这些信仰吗?

其次是关于中国文化的深层探掘。这部小说在不同地方表达了同一个观点,即复古。每一次的文化复古运动总是在恢复人性,在恢复人与自然的伦理关系,他认为,现在就应该恢复到游牧精神那儿去。这种认识不失为一种智慧,但是,要讲生态,就不应该只恢复到游牧精神那儿去,而应该恢复到更为原始的生命界去。因为我们的认识已经越过游牧文化,来到了原始的生命阶段。事实上,在20世纪上半叶,很多学说就已经在人类学、考古学、生物学、新物理学以及天文学等的带动下,向着更为原始的生命界复古了。也就是说,从生命的出发点来认识生命了。假如我们从这些根本的元素来认识生命,然后来重新认识原始人类，再重新来认识原始伦理道德的产生，而到最后再来评估有史以来的文化，可能更有力量。这才是我们为人类的发展而贡献的学说。

最后是关于生态的深层思考。这部小说最大的成功在于让我们关注生态并思考生态。在思考生态时，第一个遇到的中心问题便是什么是生命。过去人类认为，只要是动的肉体的生物便是生命，所以，不杀生指的就是这些生物。一只昆虫因为其能动，便可能会被佛门中人尊重。可是，后来人们的认识就不同了。凡是植物也是生命。比如在这部小说中说，草也是生命，而且草原是大命。这种生态的认识与我们普通人对生命的认识相比已经深刻了一层，但对于生命这一科学来说已经太浅了。再后来，生物学界认为，一切细胞都是生命。那么，我们的肉眼可能对很多生命都看不见。生态对我们来说就有些盲目了。比如，空气中很可能就有很多生命，但我们看不到，而现代人生产的大量的废气在杀生，我们并不知道。我们每走一步很可能就在杀生，我们也不可能停止我们的行走。那么，生态是什么？

最为重要的是，在生态伦理中，我们始终确认人类是整个生态的中心。上帝造人是为了看管这世界，女娲造人也一样。人成了万物之灵，也自然成了万物的主宰，但这种伦理认识是否还合理呢？随着我们对生命认识的更替，我们就必须重新来认识人与万物之间的伦理关系。人应该对所有看得见和看不见的生命充满尊重，人类不应该如此自负，而最根本的是，人应该使整个地球的生态重新保持一种平衡，让地球重新焕发其美丽而动人的姿颜。

千年孤独　中国经验
——论《一句顶一万句》

孤独：存在的本质

中国文学自《诗经》起，就有了书写孤独的历史。无论是"云何吁矣！""我心伤悲，莫知我哀！"的悲伤感怀，还是"悠悠苍天，此何人哉？""式微，式微，胡不归？"的无奈追问，其中都隐藏着一个被拉长的孤独影子，这个影子一直投向此后千年的中国文学。曹操对酒当歌之时慨叹："何以解忧？唯有杜康。"他留给后世人的，除了那些政治军事的行为，还有一个独自登临碣石观沧海的形象。竹林七贤更是如此，阮籍是个把自己的孤独无限放大的人，他无目的驾马挥鞭，穷途恸哭而返，无人能知其意，于是乎，他哀鸣，"感物怀殷忧，悄悄令心悲。多言焉所告。繁辞将诉谁！"嵇康将他的孤独化在一曲《广陵散》之中，然友人山涛的刺痛将其置于孤境，《与山巨源绝交书》是他向山涛绝交的宣言，也是孤独的宣言。张若虚的"不知江月待何人"、李白的"浮生若梦"、苏轼的"灰飞烟灭"，纳兰容若的"故园无此声"，一直到曹雪芹的"大荒山"、"青埂峰"，无一不在倾吐着孤独的心怀。在整个中国古典文学中，有一个人将他的孤独书写到了极致，他喟然长叹："前不见古人，后不见来者。念天地之悠悠，独怆然而涕下！"陈子昂在蓟北楼上的悲怆成为千年来的绝唱，少有人能及。

及至现代文学以来,孤独的书写仍在延续。鲁迅先生自喻两间余一卒,荷戟独彷徨;郁达夫《沉沦》中"我"的孤独苦闷很大程度上是作者的孤独苦闷;冰心笔下的青年也是斯人独憔悴。白话诗歌也一样,冯至、北岛、昌耀、海子等人虽身处不同时空,却书写着相同的孤独。这些人大多书写作为知识分子的人的孤独存在,而新世纪十年之时,刘震云却将笔触伸向中国最广的人群——底层的民众,由他们百年来的生存呈示而发掘千年中国人深入骨髓的孤独,以及在此基础之上中国底层人民的信仰、亲情、友情、爱情等问题。这部作品一出版,雷达就指出它的与众不同之处:"孤独,这不是好多名著都表现过或涉及过的吗,这一部小说有何稀奇呢?依我看,不同的是,它首先并不认为孤独只是知识者、精英者的专有,而是认为三教九流,五行八作,引车卖浆者们,同样在心灵深处存在着孤独,甚至'民工比知识分子更孤独',而这种作为中国经验的中国农民式的孤独感,几乎还没有在文学中得到过认真的表现。在这一点上,小说是反启蒙的,甚至是反知识分子写作的,它坚定地站在民间立场上。"[①]

读《一句顶一万句》的第一个感受就是孤独,孤独就是存在的本质。首先是友情的缺失导致的孤独,更准确地说,是没有精神交流对象而导致的必然的孤独。作品的时间跨度虽然横亘百年,但却不去细说这百年中国的社会政治历史背景,而是重在写百年来人物的孤独心灵状态。小说开篇就写杨百顺的爹,也就是卖豆腐的老杨终其一生是孤独的。原本谁都以为他和赶大车的老马是好朋友,谁知因为一次宴席而暴露了友情的虚妄。老杨一直拿老马当知心朋友看,而老马对老杨则并不过心,老杨因此备受伤害,表面上遇事仍找老马出主意,实际上内心里很敌视老马,以至于在老马死后还耿耿于怀。

导致孤独的主要原因是找不着说话的人,老杨瘫痪在床的感叹很

[①] 雷达:《〈一句顶一万句〉到底要表达什么》,载《文汇报》,2009年6月12日。

能说明问题:事不拿人话拿人呀!有关说话的问题,本文后有专述,此处先不展开。

导致孤独的另一个重要原因是背叛,虽然作品的叙述语言和人物语言中没有强调背叛二字,但《一句顶一万句》中,人与人之间的背叛显然是一个重要内容。亲人之间的背叛、恋人夫妻之间的背叛,以及朋友之间的背叛,使得许多人陷入了孤独的不敢与人言说的境地。小说开篇写老马对朋友老杨的背叛,而老杨对老马的背叛则到了老马死后,自己也瘫痪之时。杨百顺一心要离开家,离开豆腐和他爹老杨的主要原因是自己父亲、兄弟,以及老马对自己的合伙欺骗;但后来他的走出延津,也是迫于无奈,最大的原因就是妻子吴香香对自己的背叛。几十年后,到了牛爱国这里,他的走进延津也是因为妻子庞丽娜的背叛。作品中的人物几乎都经历了被他人背叛的伤害,有一些也在被人背叛的同时背叛他人,李昆背叛结发妻子,又被第二任妻子章楚红和朋友牛爱国背叛;邮递员背叛牛爱香;老韩背叛老曹;杨百利背叛牛国兴;冯文修背叛牛爱国,等等。至亲至爱的人之间的相互背叛将人锁在了一个封闭的世界,内心的痛苦无处倾诉,有人将一切藏在心里,有人则在酒后将真心话说给朋友,最后遭到所谓的朋友的背叛,这是《一句顶一万句》中所有人的悲哀,背叛生活的时候,对生活充满着谴责和背叛。

导致人孤独的原因还有暴力。《一句顶一万句》中,家庭暴力司空见惯,众人不但习以为常,还将观看暴力引以为乐,乐此不疲。在暴力中,人们失去了亲情、爱情、友情。铁匠老李从不记外人的仇,单记他娘的仇,原因是他八岁那年因偷吃一块枣糕被他娘用铁勺砸在脑袋上,他的脑袋上流着血,他娘却和别人说笑着进城听戏去了。此后老李一生都和他娘的心相距甚远,终于有一天给他娘过寿也不是为了他娘,而是为了自己的铁匠铺。杨百业要遭父亲毒打时,他的两个兄弟不但没有一丝的同情,还偷偷捂着嘴笑。而他们的爹老杨则根本不顾儿子正发着烧打着摆子,将杨百顺打得满头血疙瘩。无处可去的杨百顺投奔李占奇,李占奇也刚挨了打。因为李占奇他爹一哼小曲儿,李占奇就肯定挨了打。老曹的兄弟夫妇因着演戏给哥嫂看,在女儿病中对女儿恶语相向,最后牺牲了女儿的性命。这些细节很引人思考,家庭暴力中,施暴的一方得到的竟然是愉悦和快感,包括那些充满快意的看客,施暴之后,他们没有半点的歉疚和悔过。剃头的老裴对家庭暴力一直隐忍着,直到终于有一天他想通过杀人的方式来反抗,因为世间没有一个人可以让他诉说,暴力中无处可去的人的反抗是可怕的。

若是刘震云仅仅呈示这百年来中国人的孤独生存状态,这部小说就会停留在一定的层面。刘震云的巧妙之处就在于,他让作品中的人物在不经意间道出了千年来中国人的孤独,这是一种原始的固有的孤独。私塾先生老汪对《论语》中"有朋自远方来,不亦乐乎?"的理解其实就是刘震云的观点,"'有朋自远方来,不亦乐乎',指的是在人中要找到知心朋友,因为人中找知心朋友特别难"。① 老汪说"恰恰是圣人伤了心,如果身边有朋友,心里的话都说完了,远道来个人,不是添堵吗?恰恰是身边没朋友,才把这个远道来的人当朋友呢;这个远道来的人,是不是朋友,还两说着呢"。② 较之《一地鸡毛》,刘震云《一句顶一万句》中的笔力已经自由而精到,他轻转笔锋,便由乡土的知识分子老汪到了中国传统儒家文化的象征孔子,回想孔子生时,何尝不是孤独的呢?

刘震云正是在这样一种无法回避的孤独中进入写作,并从中找到了反抗孤独的途径。对于刘震云来说,《一地鸡毛》中的小林、《手机》中的严守一、《我叫刘跃进》中的刘跃进都是作者的朋友,他们与作者坦诚对话,并告诉作者那些惯常意义上的"正确认识"的荒谬以及他

---

① 刘震云:《从〈手机〉到〈一句顶一万句〉》,载《名作欣赏》,2011年第13期。
② 刘震云:《一句顶一万句》,长江文艺出版社,2009年,第26页。

们的真知灼见。"作为一个写作者,就有一个最大的好处,他可以在书中找自己的知心朋友。在《一句顶一万句》里面,我找到了杨百顺、意大利传教士、剃头的老曾这样的知心朋友。并不是我在告诉他们,而是他们在告诉我。这是我写作的最大的动机和目的。"①显然,这是刘震云创作的重要动力和资源,也是作为作家的他反抗孤独的存在的一种必然方式。

说话:意义的思考

读刘震云的《一句顶一万句》,海德格尔的那句话不由浮现眼前:"人活在自己的语言中,语言是人'存在的家',人在说话,话在说人。"当然,这部作品并不是典型的存在主义。用小说中的话说,《一句顶一万句》的书名也有些"绕",雷达说他喜欢这本书却不喜欢这个书名,因为这让他想起林彪呀、"红宝书"呀之类的如麻的往事,以及那些渐成语言的丑陋化石的很难更改的东西;主要还是因为这个书名与小说的深湛内涵和奇异风格没有深在的关联。②而张清华则说"阅读中我一直与小说的题目作着'斗争'。因为它给了我误导,'一句顶一万句',这话含藏太多特殊的当代含义,曾将我对小说题旨的理解引入了世俗境地,直到阅读过半,对小说的感觉才渐渐系牢,并得出了自己的判断"。③的确,在阅读过程中,除去"一句顶一万句"蕴含的那些当代含义,或许每一位细心的读者都在阅读中寻找,能顶一万句的那句话到底是什么?然而,不仅读者在找,作品中的那些人物都在找:杨百顺在找、曹青娥在找、牛爱国在找、罗安江在找……其中找得最扎实的

---

① 刘震云:《从〈手机〉到〈一句顶一万句〉》,载《名作欣赏》,2011年第13期。
② 雷达:《〈一句顶一万句〉到底要表达什么》,载《文汇报》,2009年6月12日。
③ 张清华:《叙述的窄门或命运的羊肠小道》,载《文艺争鸣》,2009年第8期。

是牛爱国,他的行为甚至引起了姜罗马的质疑,认为他千里迢迢从山西来延津不会光是打听七十年前的事,像牛爱国这样轴的人,他还没有见过。牛爱国找罗安江也不是为了找罗安江,而是为知道罗长礼也就是吴摩西临终时留下什么话。最后,读者和文中人物一起发现,自己永远也找不到那一句话,但是小说的结局之处妙在姐夫宋解放想让牛爱国回家,但牛爱国却要坚定地去寻找。那么,这一句话到底是什么?或者说,有没有找到一句至关重要的话的可能?有些人找到了曹青娥也就是巧玲说的一句话:"日子是过以后,不是过从前。"①这句话在牛爱国寻找他姥爷时遇到的死了丈夫的何玉芬口中又说了一次,仿佛这就是那句话。找到的短暂欣喜过后,发现这仍不是那句话。最重要的话是什么?为什么找不到?这恰恰是刘震云带给我们的思考,就是有关说话的意义的思考,说话就是存在。

既然人生来孤独,那么应该如何反抗?首先是语言,这是说话的第一重意义。刘震云在提到自己的一个自杀的同学时说:"他的话找不到人说,没有一个人想去听他说。"②卖豆腐的老杨之所以在老马背叛他之后还能和老马交往、遇事和老马商量,是因为第一次见面,他就被老马说住了,"事不拿人话拿人"。然而,人要找到合适的说话对象并不容易。

说话的意义从来没有在《一句顶一万句》中这么重要。私塾先生老汪的学生的流失和变换非常频繁,原因是双方互相不懂对方的说话。牧师老詹和杨百顺的分裂也是因为老詹说话杨百顺无法听懂。县长小韩之所以兴办新学的缘由不是为了开化民风,开启民智,而是因为自己说话时民众听不懂,于是就有了杨百顺对自己生活的愤怒,也就有了杨百利和牛国兴的"喷空"。而小韩后来丢掉县长的职位,竟也全然

---

① 刘震云:《一句顶一万句》,第296页。
② 刘震云:《从〈手机〉到〈一句顶一万句〉》,载《名作欣赏》,2011年第13期。

是因为他的说话。吴摩西和吴香香一起过日子是痛苦的,他们不亲竟然不是因为吴香香让吴摩西杀人,而是两人说不到一起,吴摩西与人说话吃力,吴香香却不吃力。吴摩西想,一个人总被另一个人说,一个人总被另一个人压着,怕是永无出头之日。吴香香能下狠心和老高私奔,就是因为他们在一起能说话,为了这个,吴香香竟也舍得抛下她的亲生女儿巧玲,因为巧玲和吴摩西说得着,与吴香香说不着。当吴摩西终于找到吴香香和老高时,发现他们生活落魄却情投意合,吃着白薯也在高兴地说话,于是,吴摩西发现自己错了。他恼火的是,一个女人与人通奸,通奸之前,总有一句话打动了她,这句话到底是什么,吴摩西一辈子没有想出来。

然而,说话对于人来说,却也是可怕的。文中的人物大多不怕死,死或者生,并不为其他的,有时就是为了话,人活在他人的话中,无可逃遁。文中不止一次出现这样的话:"已经把一件事说成了另一件事。"可见在说话之中,事情的本质和真相已经被掩盖,或者说它们已经变得不再重要,重要的是如何说,甚至如何绕。剃头的老裴要杀他老婆老蔡的娘家哥,不是要杀他这个人,是要杀他讲的这些理;也不是要杀这些理,是要杀他的绕;绕来绕去,把老裴绕成了另一个人。老裴觉得自己再被这么绕几次,非把自己绕死不可。被人杀了不算什么,被人绕死可就太冤了。在中国民间的生存语境中,人们对说话的恐惧由此可窥一斑。人怕被别人说。吴摩西,也就是杨百顺,之所以带着巧玲走出延津,就是因为若他不出去找私奔的老婆和情敌,他就没有办法在延津继续活下去,"人丢了不找,大家都没脸"。于是,为了大家的说话,吴摩西只能出延津去找人,尽管这是假找。此外,小说中还有一些人不是害怕被人说,而是以与他人说话为苦事,比如吴摩西,比如牛爱国。

与说话紧密相连的是"听说"或"看见"。曹青娥重回延津之后,当年的一切早已物是人非,一个孩子三十三年前被卖本是一件大事,但此时已经成了"听说"。三十三年后回来也应该是大事,虽然也百感交集，但说起来，还是一段闲话。而作品中但凡是能说话的，或是过得幸福的，都不是人物亲自体验的，而是"听说"，或者"看见"的，譬如吴香香和老高的说话，也是由吴摩西看见的。

小说中有个重要的词语，就是"喷空"，这是说话的一种，说到极致，说到虚无却又意义重大。表面看，"喷空"似乎是非常离谱的，但是人在"喷空"中不仅仅得到了想象力和创造力的满足，"喷空"的虚无之事在人的心目中反而成了一种存在，而人们日常的生活逻辑则在"喷空"中被质疑甚至否定。杨百利在延津新学中唯一的收获就是学会了"喷空"，他与牛国兴的友谊完全建立在两人"喷空"能"喷"到一起，新学散了，他们竟然互相离不开，"在世上能找到一个'喷空'的伙伴，也不是件容易的事，人生有一知己足矣，说的就是这个意思。""喷空"给了杨百利两次工作的机会，也导致他哥杨百顺的怒从心起，一生命运因之而变。但是因"喷空"而成为知己的两个人，却也能轻易地出卖对方，反目成仇。

刘震云说："世界上有四种话非常有力量：朴实的话、真实的话、知心的话、不同的话。当你遇到说不同话的朋友的时候，你的写作就开始了。"[①]回到作家这里，我们也不难看到，刘震云将小说创作也当成说话的一种，除本文前面所说的与小说人物说话之外，还有小说的说话艺术。从本质上看，《一句顶一万句》本身就是一部说话的作品，中国古典小说的说话、民间的说话都是构成这部作品的重要元素，刘震云说他在山西走访时，将车停在一个大哥门前，这位大哥说了一句话："兄弟，你出门在外，不容易。"他说："这句话说得我心里特别温暖，就是这句话，奠定了《一句顶一万句》的叙述口吻和叙述语调。"[②]日常的说话成为刘震云小说叙述语言与人物语言的基调，于是，阅读中，这

---

① 刘震云：《从〈手机〉到〈一句顶一万句〉》，载《名作欣赏》，2011年第13期。
② 吴越：《刘震云回应对新作〈一句顶一万句〉书名的争议》，载《文汇报》，2009年6月15日。

部小说的语言让人产生联想,有人想到明清的野稗日记,有人想到《水浒传》。

从说话(语言)的角度看,《一句顶一万句》是成功的,无论是叙述还是人物,都凸现出了说话的艺术。在此,小说即是说话,是作者的说话,也是作者的"知心朋友",即小说中众生的说话。说话本身显现出非凡的意义。

互文:精神的比照

要说《一句顶一万句》,必须说到它的结构与精神的匠心独具。这一点,也是诸多评论家和学者的关注点,尤其是小说上半部分《出延津记》与《圣经·旧约全书》中《出埃及记》的神秘关联成为评论家关注的重点,张清华、程革等都曾作过论述。在这里,我想说的是,刘震云《出延津记》与《出埃及记》结构上的互文性关系的本质意义不在于对《圣经》的模仿或解构,而是有着深远的精神比照意义。

互文性创作在古今中外文学史上并不少见,这一概念是法国符号学家、女权主义批评家朱丽亚·克里斯蒂娃首先提出的,她在1969年出版的《符号学》一书中指出"任何文本都是其他文本的吸收和转化"。[①]互文性主要表现在内容的互文性和结构的互文性两个层面。中国历代文人的部分诗作与《诗经》内容的互文性显而易见,巴金的《家》与《红楼梦》、贾平凹《废都》与《金瓶梅》的内容上的互文性曾引起评论界长久的争议。也有倾向于作品的结构层面上的互文性创作,爱尔兰作家詹姆斯·乔伊斯的《尤利西斯》与"荷马史诗"《奥德修斯》的互文性结构也曾引起西方文学界的轩然大波。从这个角度看,

---

① [法]朱丽亚·克里斯蒂娃:《符号学:意义分析研究》,见朱立元主编:《现代西方美学史》,上海文艺出版社,1993年,第947页。

刘震云的《一句顶一万句》是一种冒险，他通过小说与《圣经》的结构的互文，想要呈现的是百年来中国民间的人们的精神特质，并与西方宗教精神关怀下的人的精神进行比照，从而显现出作家深切的关怀与精神向度。

先说吴摩西与摩西的精神比照。作者给这个人物这样一个名字，并把他放在《出延津记》这样的一个题目中，无疑构成了与《圣经·出埃及记》中的摩西的强烈的互文性。然而，细品起来，二者有相似之处，却又有着本质区别。

《出埃及记》中摩西出埃及虽然历经磨难，但有着绝大的重要意义，他要带领犹太民族摆脱埃及人的奴役与杀戮，开始新生活。《出埃及记》是一个民族精神领袖的英雄史诗。而《出延津记》中的吴摩西则是因为不去找与人私奔的妻子就没有脸面活下去而出延津，摩西的找是真找，他带领的是自己的民族，他歌颂的是耶和华，他迎来的结局是"耶和华的荣光充盈帐幕"，"白天，耶和华的云彩在帐幕上面，晚上，云彩中有火，在以色列全家的眼前，在他们所走的一路上，都是这样"。吴摩西的找是假找，他出门时带着一个非亲生却又是这个世界上与他最亲近的女儿巧玲，同时也带着中国民间伦理的重负，他心中没有歌颂，只渴望"喊丧"。"喊丧"是让人立于死人之前，难有希望，悲戚有余。吴摩西迎来的结局是失去唯一能说得着的巧玲，远走他乡。连吴摩西自己想起《圣经》里的摩西当年领着以色列人走出了埃及，而自己却沦落到延津挑水时都"扑哧"笑了。吴摩西要离开伤心之地时想起亚伯拉罕离开了本地和亲族，往神指引的地方去。但吴摩西与亚伯拉罕不同，吴摩西离开本地和亲族，离开伤心之地，却无处可去，也无人指引。吴摩西再一次感到自己有家难回，有国难投。可见，两个摩西都拥有磨难的史诗经历，精神上却天悬地隔。

其次是神人社会与人人社会的精神比照，刘震云认为，"将《论语》和《圣经》对照。第一句话，《圣经》是'上帝说要有光，于是有了光'，说的是人、神、天地、万物的关系,但《论语》是'有朋自远方来,不亦说乎',指的是在人中要找到知心朋友。"①这一点与小说中的孤独密切相连,吴摩西的出延津,要找的不是妻子,而是能说话的知心人。刘震云认为,这是中国人跟其他的民族特别不同的地方,是宗教性的差别。在神人社会,有痛苦时可以与神对话。而在人人社会,将心腹话说给朋友,没想到朋友一掰,这些自己说过的话,都成了刀子,反过来扎向自己。朋友是危险的,知心话是凶险的。所以,就有了汽修厂老马这样不愿再与人交流而只玩猴的极端。

　　在这里,小说中一个细节要引起我们的注意,那就是一个人是谁,怎么称呼的问题。《一句顶一万句》中,许多人物有姓无名,比如老马、老杨、老曹、老鲁,但是他们叫什么,无从知晓,这个细节貌似无意,却含义深刻,他们都缺乏自己存在的独特价值和意义。作品中对一个人的姓和名不但有详细交代,还前后交代了两次,这个人就是中国人叫老詹的牧师,老詹是个意大利人,本名叫希门尼斯·歇尔·本斯普马基,中国名字叫詹善仆。老詹在延津传教四十年只有八个信徒,却仍然坚持不懈地传教。老鲁对他的佩服也源自这里,因为在延津找不出这么执意的人,不论什么事,延津人见风不对,十个有九个半就跑了。在延津,众人想的是主能给我干什么?他能给我干活我就信主,这是一种实用的哲学观,所以,老詹的教堂不止一次被不同的县长占用,所以,老詹自己梦想了一座美丽的教堂并画了出来,但是画纸背后写了一句话:"恶魔的私语",这句话是对谁说的,说的是谁?在一个以实用为重的地方,宗教的力量变得微弱,梦想只能通过吴摩西的竹教堂来实现,而这个竹教堂也败在了实用为上的吴香香手里,老詹送的十字架也变成了她的水滴耳坠。直到小说将近结尾,牛爱国又一次看到了那句话,下面还有吴摩西的话:"不杀人,我就放火。"布道者离道越

---

① 刘震云:《从〈手机〉到〈一句顶一万句〉》,载《名作欣赏》,2011年第13期。

来越远，对远在意大利的亲人的谎言就是一个例证。延津民众心中皆有一把刀，虽然没有形成事实暴力，却在内心中杀了无数次的人。"这就是中国的生活及文化生态所带来的孤独。孤独在这个人人社会是无处倾诉的。这种孤独和西方的不同，更原始、更弥漫。"[1]毫无疑问，这也是中国经验的一部分。

此外，《一句顶一万句》中表现出重复的主题，小说中的许多人都在重复人生经历或精神经历，比如每一个被背叛的经历的重复，背叛他人的经历的重复；吴摩西的假找与牛爱国的假找的重复；人在动了恶念要杀人之时遇到一个比自己的事更"绕"的事，而抛掉了杀人的念头，并产生了拯救他人的善念和行为，这是救赎的重复。人在梦中与被自己伤害的人变换了角色，然后再重复现实中的事情，这是命运的重复。这些大量的人生轨迹和命运的重复使得作品更加耐嚼，增强了小说的寓意和艺术吸引力。

---

[1] 刘震云：《从〈手机〉到〈一句顶一万句〉》，载《名作欣赏》，2011年第13期。

直抵存在之困

——读《我不是潘金莲》

加缪在其随笔集《西西弗的神话》第一篇《荒谬和自杀》开篇即写:"真正严肃的问题只有一个:自杀。……人们向来把自杀当作一种社会现象来分析。而我则正相反,我认为问题首先是个人思想与自杀之间的关系问题。自杀的行动是在内心中默默酝酿着的,犹如酝酿一部伟大的作品。但这个人本身并不觉察。"[①]《我不是潘金莲》中的主人公李雪莲的自杀的确从一开始就在酝酿,或者说在二十年前听到丈夫秦玉河背叛自己的那一刹那就已开始。人总是生活在价值中,一旦价值被背叛或被毁灭,人总是有种冲动,即用生命来捍卫价值。但是,今天来看,此种捍卫往往有些荒谬。李雪莲想捍卫"离婚是真"和"我不是潘金莲"这两句话不仅用了二十年的生命和所有的一切,最后还不得不走上自杀之路。为了这两句话,值吗?

加缪在《西西弗的神话》中还写道:"我们已经明白:西西弗是个荒谬的英雄。他之所以是荒谬的英雄,还因为他的激情和他所经受的磨难。他藐视神明,仇恨死亡,对生活充满激情,这必然使他受到难以用言语尽述的非人折磨:他以自己的整个身心致力于一种没有效果的

[①] [法]阿尔贝·加缪:《西西弗的神话》,杜小真译,生活·读书·新知三联书店,1987年,第2—4页。

事业。而这是为了对大地的无限热爱必须付出的代价。"① 李雪莲的胸中有一口正义之气,有一种对人世的信任,为此,她荒谬了二十年,但是,最后她心中对世间的那点信任终于彻底断了。大病之后,她不得不选择自杀。

事实上,正如加缪所言,那是一场酝酿已久的毁灭。当我在一天之内读完这部极具吸引力的小说时,连我也无法阻止李雪莲的自杀。她若不自杀,她还能怎样生活?她还有活着的出路吗?几天以来,这部渲染着喜剧氛围的悲剧始终让我难以释怀。我不禁想问,在李雪莲状告之人中,有没有我?在李雪莲痛恨之人中,有没有我?

直抵现实存在之困

2012年,"永州卖淫幼女母亲遭劳教"一案震惊全国。湖南妇女唐慧的女儿乐乐在11岁时丢失,后发现被拐卖、轮奸。两年后,永州市中级法院做出一审判决,各主犯受到无期徒刑至死刑等刑罚,但唐慧认为还有相关责任人没有受到追究,走上了上访之路。最令唐慧不能释怀的是在案件审理阶段中,羁押主犯秦星的某看守所竟然为秦星制造了虚假立功证明,以期让秦星得到"免死"判决。而永州市劳教委则以"扰乱社会秩序"为由,决定对唐慧处以"劳动教养一年六个月",在这个时候,网络起了巨大的个人所不能及的作用,终于使她的案件再次推到公众面前,真相大白。

之所以详细叙述这个社会事件,一是因为这件事让我难以平静,二是因为《我不是潘金莲》与这个事件在本质上有相似之处。再赘说刘震云的小说:李雪莲因为不慎怀孕,便与丈夫秦玉河(也姓秦,真是巧)商量假离婚,等孩子生下后再复婚。谁知秦玉河在李雪莲生孩子

---

① [法]阿尔贝·加缪:《西西弗的神话》,第157页。

的半年内与别人结了婚,假离婚成了真离婚。李雪莲无法释怀,就想到要杀死秦玉河,杀人不成,便开始告状。告状无果便开始上访。李雪莲上访了二十年,冤屈还是没有得到洗刷。最后,她走投无路,上吊自杀。表面看来,唐慧是真实存在的,李雪莲是虚构的。然而,两个事件在本质上有着惊人的相似。

李雪莲是来状告丈夫秦玉河的,后来便变成了告不公道的官员。法官王公道并不公道,身为民警并不为民。董宪法表面上正直,但在官场里混不出名堂后也变成了非正义的一分子。法院院长荀正义一点也不正义,反而成为徇私舞弊的代表。县长史为民也不为民,市长蔡富邦为了迎接"精神文明城市"的验收把李雪莲拘留了下来,罪名是"扰乱社会秩序罪",这与唐慧的"劳教"何其相似。如果说刘震云在数月后出版这部小说,都有些取材于唐慧案的可能,但唐慧案还没有公之于众,刘震云的小说就已经在印刷厂了。可见,刘震云的虚构并非无本之木,而是对这个社会存在的本质性把握和揭示。

李雪莲的愤怒原本是个人的愤怒,但无意之中触怒了代表法律、正义、公平的官员们。一个链条就这样在本质间形成了。譬如董宪法并非一个坏人,相反,他还是一个非常正直的人,从不拉关系,但是,他如何坚守正义之道和真正的人格呢?他无法做到。尽管他在回家后骂自己的老婆吃了"刁民"李雪莲的贿品,但也处之泰然,第二天就忘了。荀正义也不是罪大恶极之徒,甚至还有些治政之道,但是,在他听了李雪莲状告董宪法贪赃枉法时,竟然不管不问,直接让李雪莲去找检察院,李雪莲便骂他也贪赃枉法,这下触怒了代表正义的官员。李雪莲无奈之下只好去找能为民做主的地方官史为民。史为民并不真正为民,一方面官官相护、官商勾结,另一方面应付各种各样的官场,终于将刁民李雪莲的事置之脑后。李雪莲无奈,就去找市长蔡富邦。谁知蔡富邦不容分说,就把这个刁民以"扰乱社会秩序罪"禁闭了三天。李雪莲无奈,便踏上了去北京的道路。

此种叙事在我们的印象中还少吗？在我童年的记忆里，《铡美案》《窦娥冤》等几乎演绎着相似的故事。当然故事最终总是免不了某个更大的清官或是皇帝出面才能为"刁民"平反昭雪。小说中最让人哭笑不得的是省长储清廉和国家领导人，他们算得上是主持正义的"清官"，但是，储清廉的用意并非在正义，国家领导人虽是为民做主，但他对处理的结果也令人啼笑皆非。可见官场的腐败与机制的荒谬。最后，刁民李雪莲不仅是小白菜、窦娥，还是敢闹海的哪吒、敢大闹天宫的孙悟空。她敢于反抗，并练就了一套对付官员的本领。

值得注意的是，《我不是潘金莲》并非简单地说谁是坏人，也没有简单地给所有的官员贴标签，而是深入到人性深处、人心深处、生活的习惯方面来刻画人。我们甚至对董宪法等一些官员会抱之以同情，因为他们并非不想解决李雪莲的问题，而是李雪莲的问题确实无法解决。他们也没有像古典戏剧里的那些官员那样残害忠良、杀人灭口、为非作歹，他们每一个都是有血有肉、有见解有抱负的人，然而，他们失去了最重要的几样东西：一是不为民着想，只为他们自己着想。这个官场已经成为一个私利场，哪里有公理？二是失去了基本的价值判断。虽然李雪莲有些无理，但她说的都是实情，且就是想要个说法，但是，没有一个官员愿意从人情的角度去理解她、相信她。一个天天都喊着以法治国的国家，情和信又往何处去？

说真的，小说《我不是潘金莲》不得不让人想起电影《秋菊打官司》。她们都是要一个说法。也就是说，天底下总有让人信的地方。这地方，在老百姓的眼里，就是官员所在的公家。我还想起杨显惠的《甘南纪事》。其中第一篇《恩贝》，讲恩贝的丈夫被人杀死，按照草原古老的法则，杀人必须赔命价，但在现代法律的审判中，杀人者并没有赔命价，恩贝无法信任法律，她要儿子去报仇。终于，在她三个儿子长大成人后在一次集市上把仇人杀了，她此时才感到释然。而她的儿子们有的枪毙，有的判刑。有人嘲笑她说，你这是何苦呢？她则反问，杀人偿命，不偿命赔命价，我们的先人们不是这么做的吗？在恩贝的心里，始终有信的东西，那就是深藏在藏民血液里的古老律令，但它与当代的法律产生了矛盾。这种矛盾同样出现在《我不是潘金莲》中的李雪莲身上。在李雪莲看来，真的就假不了，假的也一样真不了，这就是人心。所以她总觉得公家一定会有人为她做主，但没有。李雪莲最终选择自杀，但荒谬的是，她连自杀的地方都没有。这如何让人释怀？唐慧和李雪莲，一实一虚，直抵中国人存在的现实之困。

直抵存在荒谬之困

刘震云的这部小说，不仅是当代的"官场现形记"，更是一部追问存在荒谬的力作。他自称："这部小说直面生活，直面当下，直面社会，直面政治，但不是一本政治小说，也不是一本女性小说，而是'底线小说'——探一探当下的喜剧生活中幽默和荒诞的底线。我写的不只是官司，更是官司背后的生活逻辑。"[①]

《我不是潘金莲》的确是一部意味深长的小说，它是窗含西岭千秋雪。小说的结构很有意味，只有三章，但占绝大比重的前两章却是序言，是悲剧。不厌其烦地讲述李雪莲试图昭雪之路。而最后一章才是正文，不但不长，连前两章的主人公都已经消失，剩下的是一个人人都在无限度消费的社会，一个欲望至上的"世外桃源"。最令人哑然失笑的是小说的第三章中也有上访的情节，其人却是曾经因李雪莲案而失去县长官职的史为民，他不为民做主，回家卖肉。他上访的目的不是为了昭雪，而是因为春运高峰期间在北京买不到回乡的车票，急中生智想让自己被当作上访者遣返回家，他的目的顺利达成，押他返乡的协警还要回去论功请赏。

[①]《刘震云新作探"底线"》，载《长江日报》，2012年8月8日。

这就是荒谬。当下生活的荒谬，人类存在本质的荒谬。这让人想起鲁迅先生的《铸剑》，眉间尺与宴之敖复仇的意义最终被那些看客消解。《我不是潘金莲》有过之而无不及，李雪莲上访的意义不但被老史消解，甚至嘲弄，在这里，意义无存。所以，第三章的题目是《正文：玩呢》。整部小说同样还使人想起加缪的《局外人》。《局外人》的主人公默尔索是一个对一切都不能信任也没有任何感觉的人，他是整个社会进入荒诞的一个象征。他是社会的边缘人。他从没有对社会产生过强烈的信任。但是，《我不是潘金莲》中的主人公李雪莲恰恰相反，她是"局内人"。她始终对社会有一种信任，尤其是对代表正义、权利的公共体系。然而，这个体系杀死了她。这就是她的命运？

真正让李雪莲走投无路的并不是公共体系的非正义，而是世情社会。在中国社会，有冤一定要找官方来评理，如果无处申冤，中国人总是会求其次，这就是求亲人、社会的接纳。如果亲人、社会认为他有冤，认为他是可以信任的，那么，他就会把这种冤情留在民间，他也会生活下去。但是，李雪莲的后路也断了。

首先是最亲的人秦玉河背叛了她。他们说好等生下孩子后便复婚，可秦玉河首先失了信，与别人结婚了。当李雪莲告状无门时，便来找秦玉河，要他承认当初离婚是假的，可是，秦玉河不说。不说就是真的。最要命的是，秦玉河还骂李雪莲是潘金莲。李雪莲认为这个污辱是致命的，因为她不是潘金莲。她的道德和精神世界是洁净的。于是，原来的亲人成了她世间最大的仇人。她的一辈子就是为这个人和这个仇以及她所信奉的理而活着。最后，当她得知秦玉河不巧死了的消息时，她就发现她在这个世界上再也找不着理了，因为原告死了，死无对证。

其次是她的弟弟和孩子。当她想到要杀死秦玉河时想到的第一个人便是她弟弟，但弟弟早早地跑了。她失望了。后来，她一个人养大的女儿早早地嫁出去了，跟她不是一条心。再后来，她生下的但是秦玉河养大的儿子倒是让她有些温暖，然而，当她最后在北京看到儿子也成为官员们的帮凶时,她彻底地绝望了。没有一个亲人是真正理解她,向着她,并给她温暖的。

再下来便是情人。她一共有两个情人。一个是老胡,一个是赵大头。老胡对她早有意思,但一听到要为她去杀人,便软了。他们离散了。赵大头上学时老为李雪莲偷"大白兔"奶糖吃,后来他们在北京巧遇,并且促成李雪莲告状成功。二十年后,当李雪莲再次要告状时,赵大头又出现了。这一次,他们情投意合,并且李雪莲为他献了身。然而,当李雪莲无意中听到赵大头在向官员报告如何欺骗她的过程时,她觉得自己真的成了潘金莲。她的精神世界彻底塌了。她病倒了。

最后是一个至交。她在北京唯有一个至交,就是表弟乐小义。当她在走投无路之时,终于找到了乐小义。乐小义也愿意帮她。但是,李雪莲在乐小义这里落网了。这一笔在小说里写得较为隐秘,是不是乐小义也出卖了李雪莲,不是,又应该是。

可谓"天网恢恢,疏而不漏"。整个官场的链条越来越大,网织得越来越密,把所有的人都网了进去。只把她一个人挤到了场外。她只有在假身份证上才能为自己"昭雪"(赵雪),她在万般绝望中走上上访路,成了整个社会的对立面,但是,即使如此,我们还是要问,她是否错了?

中国人自古以来在精神方面就有儒道两条路,所谓"达则兼济天下,穷则独善其身",也可说是有能力时则积极入世,看穿世道后则消极出世,但无论是入世还是出世,有一条是明确的,即有信仰存在。入世是因为功名、为天下谋福利,更是因为大道存焉。出世也是因为道隐,与道同行。也就是说有信的东西存在。现在,对于李雪莲来说,她并不懂得道是什么?也没有什么信仰——即使是她偶然间去了一趟庙里,并不真正信菩萨。她的信在世情中,在亲人、朋友间。一旦这最后的精神家园都丧失了,她也就无家可归了。

小说中最精彩的一笔是,在人之外加了一头牛。当李雪莲被世人排挤得只剩下孤零零一个人时,她无依无靠了,但她又发现有一个人可以依靠,确切说,这不是人,而是牛。那头牛整整陪了她二十一年,是"我不是潘金莲"的唯一的证人。当她还与秦玉河过日子时,那头牛来到了世上;当她与秦玉河假离婚时,那头牛是证人;二十年来,她每次告状时,那头牛都在看着她。后来,她把牛当成自己儿子来看。她觉得天底下只有这头牛还听她的,还认为她的话是真的。这是她能活下去的理由之一。但是,牛要死了,她问牛:"临死前你告诉我,我这状,还告不告了?"牛摇了摇头。① 可是牛死了,她再也没有说话的人了。

所有人包括这个世界都背叛了她,她无路可走,再也活不下去了。她只好走向那片盛开着桃花的山坡。而山坡上又上演了一出戏:当她正在上吊自杀时,她的双腿,早已被一人抱住。原来桃林的主人来了,不让她在这片林子里死,而是指指对面的山坡说:"你要真想死,也帮我做件好事,去对面山坡上,那也是桃林,花也都开着,那是老曹承包的,他跟我是对头。"② 写到这儿,可以说,把李雪莲的死社会化了。连这最后的路人都没有一点儿善心,甚至还抱着害人之心。

一切皆是荒谬。"荒谬支配死亡,应该认识到这个问题比其他问题都重要。"③ 生活的荒谬性迫使人们通过自杀来逃避它,李雪莲也不例外。例外的是,她找不到一块自杀的地方。

刘震云几乎是笑着虚构这个故事的,幽默处处可见,但是,在幽默的语词外,剩下的是悲凉。当我看完这部小说时,我不禁想问,在作者的心里,难道就没有什么正义的容身之地?难道世界真的如此荒凉,如此荒谬?难道人心真的都如此,信任没有了,牺牲没有了,心亡而道

---

① 刘震云:《我不是潘金莲》,长江文艺出版社,2012 年,第 146 页。
② 同上书,第 267 页。
③ [法]阿尔贝·加缪:《西西弗的神话》,杜小真译,第 9 页。

毁了?

  我想不是,因为真正的一场悲剧里,满满当当都是一种正义。"知识分子的代表是在行动本身……知道如何善用语言,知道何时以语言介入,是知识分子行动的两个必要特色。"[①] 刘震云显然是朝着这个方向的,在李雪莲的身上,显然充溢着作者的同情、悲哀和希望,自然也充溢着一种对人心的信任和期待。这使人不仅想起塞万提斯的《唐·吉诃德》来。难道,李雪莲不是与风车大战的英雄吗?

[①] [美]爱德华·W.萨义德:《知识分子论》,单德兴译,生活·读书·新知三联书店,2002年,第23页。

启蒙者的颓败

——关于刘心武的《飘窗》

这是一部失败者之书，也是一部残忍之书。

薛去疾是个望七之年的知识分子，他满怀人文理想，同时喜欢关切市井之中的芸芸众生，每天通过自己四楼的飘窗观察外面街道的动态，从容地欣赏窗外的"清明上河图"。他也常常下楼进入图中，成为其中的一个芥豆。当然，他很难和这个图卷中的人融为一体，他和庞奇的第一次对话说明了一切："……我喜欢跟你这样的江湖英雄交往。江湖之乐远胜庙堂啊！"显然，他对自己的定位是庙堂中的知识分子，而庞奇是黑社会头目麻爷的保镖兼司机，在他心中是个典型的江湖英雄。

这两个人的关系微妙而复杂。一开始是薛去疾因为对现实的恐惧找来庞奇壮胆。他抱着"遨游江湖深水区，桃花源里沐清风"的想法去往心中的江湖，却遭遇了令人憋屈的生存空间，这个空间里的人办假证被抓、为了极小的事情就提起菜刀砍人……随后又遭遇了"文革"时期工厂造反派的司令何海山，他穷困潦倒，仍然生活在对"文革"的怀念和神往中。虽然薛去疾喜欢江湖，认为此处有真金，但这个江湖让他恐惧，把握不定。他回到自己住的小区，得知小区发生了凶杀案，恐惧又多了一层。这个时候他找来了庞奇，两个人开始了精神上的交流，随着交流的逐步深入，两个人的关系发生了质变：由一开始薛去疾对庞奇现实的需要变成了庞奇对薛去疾精神上的需要。他们的称谓也发生了变化。这个称谓的变化是极有意味的。庞奇在对薛去疾倾诉了父母对自己的不理解之苦后，主动叫薛去疾伯，自称奇哥儿。这在某种程度上可以看作是庞奇寻找精神上的父亲的一次行为。这不免让人想到《尤利西斯》中斯蒂芬与利奥波德·布卢姆的关系。庞奇与斯蒂芬一样，渴望得到精神上的自由，渴望听到跟麻爷那个世界不一般的人和事。这似乎正合薛去疾之意，于是，一场精神启蒙开始了。

这场精神启蒙中最重要的一课是雨果的《悲惨世界》。启蒙者说书有板有眼，高潮迭起，被启蒙者感动无限，眼睛喷火。他们分几次上完这堂启蒙课，讲完后更是用了几乎一整夜来讨论。刘心武在这里用了一个词：爷俩。这个词显然是用来说父子的，这一刻，庞奇正式找到了精神上的父亲。对于庞奇来说，这是一次精神启蒙与心灵沐浴，薛去疾给他讲平等、公正、尊严、自由、正义、人道，还有谅解和宽恕，从此，庞奇在精神上对薛去疾有了依赖。他在为麻爷工作的间隙里努力地反刍人道主义、平等理念、民主追求、独立意志，他为自己有这样一位精神导师深感自豪欣慰。庞奇对薛去疾的好感甚至延伸到了所有知识分子，他对女友冯努努母亲的好感也是因为她是个有修养的知识分子。

至此，这场启蒙是成功的，几乎堪称完美。

薛去疾从庙堂入江湖后并不只是成功的启蒙，而是深觉庙堂多凶险，江湖更诡谲。他遭遇了许多江湖的卑污，最令他不堪的是遇到想和他强行发生性关系的男青年小潘。他试着以悲悯之心来包容小潘的灵魂，但是不能。小潘事件让他恶心，让他苦苦思索灵魂之有无与差异。在对小潘冒犯薛去疾这件事情的态度上，庞奇和他产生了分歧。稍后，薛去疾的儿子在美国事业失败，他无心从飘窗上欣赏"清明上河图"了。最后，为了将儿子高利率抵押典当出去的房子收回来，他放弃了自己坚守的立场，跪在麻爷面前给他磕头，出卖了人格和尊严。

庞奇因为解救父亲、弟弟及其他上访的乡亲而得罪了麻爷，离开江湖时曾发下若回来一定算账的毒誓，他重新回来后大家都在猜想他要杀的人是谁。曾经和他有关联的人纷纷不安起来，只有薛去疾认为庞奇已经被他启蒙，不会杀人。庞奇原本想杀麻爷，但是，当他看到薛去疾下跪的视频后，感觉整个世界坍塌，无比绝望愤怒之时杀死了薛去疾。这个叫薛去疾的人不但没能去社会之疾，反而被社会的黑洞给吸了进去。这样的结局具有绝对的悲剧意味，知识分子在精神上成功启蒙大众后自己却在现实中堕落，最后的结局是启蒙者和被启蒙者的两败俱伤。

在这个意义上，《飘窗》是一部失败者之书。

小说中还有其他一些知识分子，他们虽然各个不同，但从自己的庙堂走进民间江湖后，无一不遭遇现实的挑战和自身的颓败。覃乘行是个教授，表面上不遗余力地号召年轻人追求民主，但在大学演讲时有学生的问题让他逆耳，他就立刻气急败坏。他反专制，自己却很专制。夏家骏是个得过奖的作家，还享受国务院特殊津贴，但是他趋炎附势，动辄以物质生活来衡量一切。就是这样的一个人，他也想保全自己的尊严，当他听到"钱不是问题"、"那我们有人"这十个字，他觉得刺耳锥心。可是，当他面对金钱和美色时，却化怒为喜，丧失了底线。他对年轻人的"启蒙"是另外一种，他认为启蒙已经过时，要把一切解构掉才好，以平面化、无意义为最高境界。尼罗自称"爱族主义"诗人，流亡海外，沉浸在自己的语言岛里，宣布"双退"，却又回大陆参加官方诗人的研讨会，并随意地和他的女读者上床。这些人像极了《围城》中的知识分子，甚至更加彻底。

《飘窗》之于刘心武，很难说不是一次自我心境之烛照。2011年，刘心武曾写过一篇名为《飘窗台上》的散文，发表在当年的《小说界》第4期上。他说自己新书房有一个大飘窗，这个飘窗是他接地气的处所。"不消说，我新的长篇小说，其素材、灵感，将从中产生。"三年之后，长篇小说《飘窗》如约而至。这部作品是知识分子一次清醒而残酷的自省，同时也延续了刘心武对市井生活一贯的兴趣和细致深入的呈现。那个知识分子身上难道没有作者的影子？而那个民间社会又岂不是当今之社会？作者在处理这两个层面时侧重不同。前者主要是从内心层面进行深掘，因为他深知那些人的生活和心理；而后者更多地采取了一种老舍《茶馆》式的浮世绘的全景式呈现，则显出他观察社会的他者的存在。小说中的功德街或者红泥寺街，或者打卤面街都是精心绘制的图卷，三教九流甚至台湾的人都在这条街上粉墨登场，擅长用唐诗即景抒怀的歌厅小姐薇阿，对贪腐恨入骨髓却靠贿赂"铁人"占人行道开店的顺顺夫妇，为了救治自己腿伤的丈夫而出卖肉体的姿霞，为了争夺一个酒店送水的工作而主动进拘留所的赵聪发……这样的叙事与老舍的《茶馆》有异曲同工之妙，飘窗与茶馆一样，是洞察社会的一个特殊视角。

说到叙事，近来长篇小说纷纷呈现出对叙事形式的重视与创新，但刘心武的《飘窗》却更多沿袭了古典小说的叙事方式。刘心武自称他的写作生涯种植着四棵树：小说之树、散文随笔之树、建筑评论之树和红学研究之树。《红楼梦》对当代许多作家在小说创作的不同侧面产生了影响，刘心武本人一直研究红学，也在百家讲坛上讲过《红楼梦》，《红楼梦》对他的影响是显而易见的。《飘窗》中的叙事视角与《红楼梦》有着隐约的对应，总体上是多层叙事视角，既有全知全能的叙事视角，又有书中人物的限知视角，小说中的叙事者除作者之外，还有薛去疾、覃乘行、夏家骏、庞奇、雷二锋、薇阿等。《红楼梦》第一回就体现出这样的叙事特征，叙事者有作者、石头、空空道人和甄士隐、贾雨村等。刘心武对《飘窗》叙事视角的安排没有仅仅停留在形式层面，而是通过知识分子和平民的不同叙事视角，加深了触摸现实的深度，实现了对生存信仰的揭示与拷问。

《飘窗》的结构是精心布局的。小说共100节，在73节后，作者突然用了一个省略号，再直接进入第100节。这中间耐人寻味，这个社会，这个地方在这省略中又发生了什么？又有可能发生什么？小说第100节说：不知是几多年以后……这种时间上的叙事策略是化实为虚的，正是《红楼梦》那种地域邦国朝代纪年皆失落无考的策略，事实上，整部《飘窗》中都没有具体的年代，只是从细节上感受其当代性，也没有明确的地名出现，只是大都市的感觉。这样的叙事策略显然是有蕴意的，小说结尾时的功德南街等已经在地图上消失了，代之而起的是一个城市森林公园，其中的人们已经根本不知道这里曾经生存过消失过一些什么生命，这些生命又有过什么故事。只有喜鹊不时飞过。这个延伸的结尾让之前的启蒙悲剧更加悲凉，那么多生命的愤怒、计较、成败得失，最后无一不化进空虚，被遗忘而已。

　　人生是一场梦，我们都是梦中人。这似乎是刘心武要说的话，但是，他没有说的那些话，那些被省略的章节却是我们思考的开始。小说中，庞奇将薛去疾视为精神上的导师，他不允许薛去疾违背自己信奉的道义，所以，庞奇似乎是代替道义将他诛杀了。这似乎是古老的法则。我们从内心似乎也允许庞奇如此处置自己心中的父亲，但弑父的结局是要创造新的伦理，或者登上父亲的位置。他有这样的意图与冲动吗？

　　这就使我们不得不进入更深的思考中。它使人想起当代青年对爱情的看法。一旦一个青年遭遇爱慕者的背叛，他便断然宣布：爱情是不存在的。但事实上，他正是以这样一种否定的方式在重新思考爱情的存在。那么，它的问题便在于，爱情以怎样的方式才能保持永恒？在一个自由恋爱和伦理社会正在发生裂变的时代，要求爱情以永恒的方式存在几乎是与整个社会与人性在搏斗，但是，每一个人的心里又充满了对爱情永恒的向往。我们是否可以这样讲，爱情仍然存在于我们的心底里，而对它的实践却总是让人充满怀疑。

　　其实，薛去疾与庞奇之间的存在也仿佛相恋者一样，只不过他们崇尚的不是爱情，而是道义。这就可以理解庞奇枪杀薛去疾就好比恋人之间的背叛。但是，他们也探讨过宽容——在失去宗教宽容的时代，似乎也只能人为地理解宽容。但为什么要宽容便变得无比艰难。难道是因为人是善变的，所以，应当允许这人性的弱点在薛去疾的身上也存在？假如他们信仰宗教，那么，这样的宽容便根深蒂固，因为，彼岸世界在那里等待着他们，宽容既是一种善，也将得到福报，而那个被宽容的人，他一方面将受到内心的煎熬与惩罚，同时，他也知道有两条路可供他选择：一条通往地狱，一条走向天堂，选择在他自己。人的自由也在这时得到尊重。

显然，薛去疾只是有基督教倾向，并没有真正的信仰。他来不及忏悔和选择就让被启蒙者残忍地杀死了。在现代性面前，一切启蒙者在继承古老的神的意志面前，他们无疑是弑父者，就是庞奇，而他们现在又变成了新的启蒙者薛去疾，这个启蒙者再也不是摩西那样由无所不在的上帝的护佑，而是由他自己的心灵与人性的底线以及思维的坚固性来守护，他还可能是殉道者吗？他必须得遭受这样的杀罚吗？他必须因为拯救儿子（这仍然是善念）而堕入地狱吗？他难道就没有被宽容的可能吗？启蒙是否还有必要进行下去？对于庞奇来说，他又如何存在？

是故，不得不说，这是一部残忍之书。

第二辑

隐者之像

隐者之像与时代之音
——关于格非的《隐身衣》

一 什么样的隐身衣

一个充满玄秘性的题目。格非在多年洗手于中短篇写作之后,忽然推出了一个奇怪的文本,在这个以音乐、以人物身份悬疑为推动力的小说中,格非究竟想要说什么,是什么样的隐身衣?它想隐去的又是什么?

一部中篇却有足够的深度与空间,这是格非一贯的特点,在《人面桃花》三部曲之前,格非的作品通常在中篇和长篇之间并无特别的界限,只是他的《欲望的旗帜》与三部曲才表现出比较大的体量。但另一方面这也是说,他的中篇通常比较丰富,有类似长篇的厚度与格局。

《隐身衣》很有意思,但也殊难说清楚,仿佛刻意要写一个炫和悬的作品,其中的信息、特别是音乐方面的"稀有知识",给人以很大的"迷魂阵"般的暗示。虽然我辗转知道格非是一个"高级发烧友",不止对音乐史、音乐作品深有研究,对于音乐器材硬件也是行家,但对于一般读者来说,这部小说所反复书及的音乐知识,仍然是陌生和近乎陌生。这给小说带来了某种特殊的难度,也带来了一种特殊的"陌生美感"。

小说由十二个长短不一的小节构成,每一节的题目都来自音乐世界：KT88、《彼尔·金特》、奶妈碟、短波收音机、《天路》、AUTOGRAGH、莲12、萨蒂、《玄秘曲》、红色黎明、莱恩·哈特、300B。[①] 要么是乐曲，要么是音乐家，要么是推送音乐的机器，而这一切又与小说的内容紧紧相扣。《隐身衣》是音乐的编织物，是音乐的隐身衣。

先说隐身，《隐身衣》中有两次明确提到隐身：一次是"我"介绍自己的职业时，"我"是一个专门制作胆机的人，北京从事这个职业的人一共超不过二十个，"我"和同行们往往被人忽视，过着一种自得其乐的隐身人生活。这一次对隐身一事的处理似乎轻描淡写，却是个伏笔，他们为什么是隐身人？仅仅是容易被忽视吗？另一次提到隐身却是因为牟其善——曾经闻名京城的商人，传言中拥有隐身衣的人。这两个细节很重要，"我"和同行们之所以能隐身，主要是因为对音乐的热爱，和对通常所言的"世俗生活"的规避——换言之，在世俗生活中他们的身份是隐而不显的。与其他相互竞争的同行关系不同，"我们"更多地生活在音乐世界里，互不干涉，言而有信，"我"在这个行当里从来没有受到过欺骗。"'发烧友'的圈子，还算得上是一块纯净之地。""多年来，我一直为自己有幸成为这个群体的一员而感到自豪。"很显然作者在这里想说的是，这个隐身人的世界里，反而是相对真实、有信义和承诺的，有高级的精神需求和职业伦理的。传言中拥有隐身衣的牟其善，也是因为音乐趣味不俗，他离开人世时，"我"关注的是追悼现场播放的音乐和天朗 AUTOGRAGH。

"一首庞大的音乐作品不包含冲突与幽暗是很难想象的。音乐鼓励我们将悲伤安放在更大的空间中，与其他现实并存。音乐帮助我们记起爱，美丽和温柔……音乐使我们觉醒，使我们突然觉察到人类天性中潜在的情感。"莫琳·德拉帕认为，德彪西的《棕发少女》《牧神

[①] 格非：《隐身衣》，载《今天·飘风特辑96》，2012年春季号。

午后前奏曲》、拉威尔《悼念公主的孔雀舞》、马勒第五号交响曲的小缓板都有这种作用。① 在这个肮脏而纷乱的世界上,"我"最奢靡的事情就是在夜深人静的时候聆听莫扎特、德彪西、拉威尔的音乐——注意,"我"不止一次强调演奏乐团或演奏者,这也是让"我"喉头哽咽、热泪盈眶的重要原因。"我"找丁采臣要余款时,听到勃拉姆斯的音乐,就一直坐在车里听完了第三乐章,晦暗的心情变得明亮,寒冷的季节里心情温暖而自豪;如果一个人活了一辈子,居然没有机会好好地欣赏这么美妙的音乐,那该是一件多么可怜而且可悲的事啊!

当那奇妙的音乐从夜色中浮现出来的时候,整个世界突然安静下来,变得异常灵敏和神秘,连鱼也会欢快地跃出水面,李义山所谓"赤鳞狂舞拨湘弦"也无非如此吧。这种时候人会产生幻觉,误以为自己处于世界最隐秘的核心。这是音乐的神话,是令人神往和悲伤的存在,披上了音乐隐身衣的"我"已经进入另一个世界,就像保罗·艾罗瓦德说的,在这个世界之中另有一个世界。作者显然也是一个经常出入于两个世界之间的人。

丁采臣是《隐身衣》中的一个幽灵。他出现之前,蒋颂平对他的令人生惧大加渲染,他的出现与消失都是幽灵般的,随身带着枪支,稍不顺心就威胁妨碍他的人。甚至在他跳楼自杀大约一年之后,"我"的银行卡上居然还收到了他欠我的那一笔钱。这样一个人,一个音乐盲,却在罗热演奏的《玄秘曲》中安静得像个婴儿。音乐让丁采臣暂时隐去了红尘的烦扰,也让他灵魂中的另一面浮出水面,那是什么呢?这就是读格非小说的乐趣,要说的那些最重要的话,他什么也不说,你却知道他要说什么。

从格非对阿多诺《论流行音乐》一文中有关整个娱乐文化尤其是流行音乐的标准化特征的高度认同,可以发现他本人对流行音乐的警

---

① [美] 莫琳·德拉帕:《音乐疗伤》,阿昆译,陕西师范大学出版社,2003年,第152—155页。

惕与回避。在格非看来，包括流行音乐在内的娱乐文化，具有明显的经验同质化趋势，这已经弥漫于我们日常生活的所有领域，它不仅使得主体性、独异性、个人化等一系列概念变得虚假，同时也在破坏我们的文化感知力与消费趣味。《隐身衣》中只有一节的标题用了一首流行音乐的曲目来命名，就是《天路》，这个标题在整部作品中显然有些突兀，犹如交响乐中突然出现了一声粗粝的号角。然而，就是这样的音乐也竟然也有疗伤的作用，唱这首歌，是一个口齿含混不清的寡妇在表达自己对于异性的好感、关心和信任时的唯一表达方式，她甚至愿意在人声喧腾、乌烟瘴气的小饺子馆里唱。至关重要的是，她在唱歌时咬字十分清楚，全然换了个人。显然，音乐隐去了这个女人的卑微与缺陷，哪怕它是速朽的流行音乐。"音乐的对象便是这个心灵的微妙与过敏的感觉，渺茫而漫无限制的期望。音乐正适合这个任务，没有一种艺术像它这样胜任的了……音乐比别的艺术更宜于表现飘浮不定的思想，没有定型的梦，无目标无止境的欲望，表现人的惶惶不安，又痛苦又壮烈的混乱的心情，样样想要而又觉得一切无聊"。[①]

如果说《隐身衣》要说的仅仅是音乐，即便这音乐是多么余音绕梁、不绝于耳，那也会让读者掉入一个美妙的陷阱。《隐身衣》的宽阔之处就在于，它在编织一件音乐的隐身衣的同时，也编织了一件人性的隐身衣——卑微的存在。这一点，与杨绛先生的《隐身衣》多少有点相似。杨绛的人生起伏是中国当代许多知识分子人生起伏的一个典例，她也是阅尽世间繁华与苍凉的人，是看懂世人的真面目的人。所以她说，"其实，如果不想干人世间所不容许的事，无需仙家法宝，凡间也有隐身衣；只是世人非但不以为宝，还惟恐穿在身上，像湿布衫一样脱不下。因为这种隐身衣的料子是卑微。身处卑微，人家就视而不

[①]［法］丹纳：《艺术哲学》，傅雷译，安徽文艺出版社，1991年，第100页。

见，见而无睹。"① 因为卑微，就被人忽略存在；因为卑微，就被人随意地冷遇、伤害；因为卑微，就亲人反目；因为卑微，就失掉了自己爱着的女人；因为卑微，就无家可归……然而，这卑微的隐身衣也可以让人在喧嚣的世界中沉静下来，专注于某个领域，"我"卑微地生活在这个肮脏纷乱的尘世中，却也生活在一个奇妙博大的音乐世界中。只有音乐的隐秘深处，才能置放"我"的灵魂。格非或许存心在这里要与杨绛先生有一个对话，要表达致意或者类似的意思——精神的富有与高贵完全可以通过世俗的卑微与凡庸来实现，来保护其不受打扰。

其实早在《春尽江南》中，就出现了"隐身衣"一说。秀蓉最讨厌熟人，她说："还在大学读书的时候，我就做梦能生活在陌生人中。我要穿一件隐身衣。"② 隐身衣隐去的，正是尘世中屡受伤害、疲惫无奈的真身和灵魂。

在格非笔下，隐身衣最重要的功能其实是解释世界，解释命运。格非与当代许多作家的不同之处在于他文学理论的建构，《塞壬的歌声》一文中对卡夫卡短篇《塞壬的沉默》及相关作品的分析是一个重要的切入点。格非认为，在《塞壬的沉默》中，"歌声是塞壬们的隐身衣"，"塞壬的歌声既是宿命，又是慰藉"。塞壬的意象是卡夫卡小说中最为核心的意象，世界或命运的本相以其饰物的形象呈现在我们面前，我们当下生活的世界亦是如此，不过饰物更炫目，隐身衣更奢华，塞壬的歌声更迷乱而已。"卡夫卡听懂了塞壬的歌声，以及歌声所掩盖的永恒静穆——对水手们来说，它既非实质，亦非徒有其表的空壳。这是卡夫卡的悲哀，也是他全部的希望所在。"③ 就其本质而言，格非的《隐身衣》与卡夫卡的《塞壬的沉默》并无二异，二者记录的世界本质是一

---

① 杨绛：《杨绛散文》，浙江文艺出版社，1994年，第231页。
② 格非：《春尽江南》，上海文艺出版社，2012年，第342页。
③ 格非：《塞壬的歌声》，见《塞壬的歌声》，上海文艺出版社，2001年，第185—188页。

样的,都在呈现通向彼岸世界的隐喻。

二 什么样的声音

在完成对主体的阐释之后,紧接的问题是:在《隐身衣》的写作过程中,格非聆听和思考的声音是什么?读者听到的声音又是什么?先来看格非的这段话:"当然,从根本上说,文学的言说方式之所以是一种隐喻的方式,还有一个重要的理由,那就是文学语言本身实际上也是一个隐喻。作者所描述的世界并不能像电影场景那样让我们直接看到,而必须通过语言符号的中介作用于读者的想象。作者的意图是一回事,他通过语言文字所呈现的'文本意图'当然是另一回事。"① 可以这样理解,作者在创造一部作品时用自己的声音在言说,但作品一旦产生,就会发出它自己的声音,一部好的作品的声音往往是复杂的,多声部的。《隐身衣》就是这样一部作品,作品的声音与作者的声音交织,清澈又驳杂、稠密。

音乐是《隐身衣》不可或缺的一部分,它既是背景又是主旋律。"音乐的意义——亦即,何为音乐,以及它是如何被聆听和被思想的……所有这一切,都经历了变化。这就意味着,我们今天所拥有的音乐和音乐经验,若要得到理解,就至少部分地必须在其历史性中来加以理解。我们的音乐和音乐经验是在一个生长、吸收、萎缩、衰亡的过程中形成起来的混合物。其历史性与音乐的生活特征的历史性相一致,这些特征被植入了音乐之中。"② 同样的意义在《隐身衣》中得到了体现,音乐可以铺陈时代,可以比照叙事,可以建构作品。诗人欧阳江河也是音乐发烧友,他认为格非听了那么多年的音乐,写了那么多年

---

① 格非:《文学的邀约》,清华大学出版社,2010年,第84页。
② [英]阿伦·瑞德莱:《音乐哲学》,王德峰等译,上海人民出版社,2007年,第2页。

的小说，写和听，终得以在这部小说里交汇，形成玄机和奥义的层叠。"小说中的音乐元素绝不是附加或者溢出来的，不是道具，而就是小说本身。"①

音乐是历史，是时代，是记忆。《彼尔·金特》一节，玉芬的学生时代每天从格里格《彼尔·金特》的"晨曲"中醒来，在那样一个美好的年纪，是那样一种美好的感觉。《短波收音机》一节的时代则是"我"、蒋颂平、姐姐等人的童年和青少年时代，有单纯、有美好，也有人性的伤害。从收音机中送出的音乐，都是一个红色年代的京剧，它们属于政治的、革命的时代。音乐在《隐身衣》中的意义之一是与现实生活的比照或者关联。《彼尔·金特》是格里格为易卜生的五幕同名诗剧所作的配乐。彼尔·金特耽于幻想，经过命运的洗礼后一无所有地回归故里，迎接他的只有安静的索尔薇格，一直钟情于他的女性。"晨曲"中的女性，或许应该像索尔薇格一样，安静、忠贞，彼尔·金特想到她也是手持一本用手绢包着的《圣经》的形象。但是，曾经每天在"晨曲"中醒来的玉芬虽然美丽温柔，却水性杨花，与索尔薇格全然相反。短波收音机曾经是"我"对父亲寄予思念的唯一途径，也是赢得我在众人心目中位置的唯一途径，然而，想到它，就想到伤害：时代对人的伤害、蒋颂平对姐姐的伤害、"我"与蒋颂平一起对徐大马棒的伤害，蒋颂平的自我伤害，这个过程中对他们二人友谊的伤害，以及多年之后蒋颂平对我至深的彻底伤害。维系友谊的短波收音机被扔进了臭水沟，而蒋颂平最终带给"我"的伤害，使"我"像生了一场大病一样，因为"我"心里真正在意的就这一个朋友。除了音乐的美好与现实的比照之外，《隐身衣》里也有因音乐而结成"乌托邦"的发烧友和亲人的比照。一个素昧平生的发烧友亲自送"莲12"给"我"时，

---

① 吴娜：《人人都有"隐身衣"——李陀、欧阳江河、格非三人谈〈隐身衣〉》，载《光明日报》，2012年6月26日。

我感动于他的行为，更感动于自己的未被欺骗，而此时姐姐却为了要回"我"住的这间裂缝的房子，不顾姐弟之情哭闹、软磨硬泡。"我"在走投无路时，另一个"玉芬"收留了我，我也愿意被她收留，主要是因为那个受伤的夜晚莱恩·哈特的琴声和难得一见的清澈天空。音乐贯穿起了小说中主人公和所有人物的人生经历，与情感记忆。

当然，《隐身衣》中重点要呈现的，我以为还是当代社会的声音，"隐身人"所要反衬的是另一批身份显赫的人的生活，以及他们身上所承载的这个喧嚣时代的浮躁凌厉之音。小说一开始的场景是圆明园东侧的一个社区，这里的有名是因为"周良洛案"。周良洛的案子就不用多说了，但它是这个时代令人绝望的声音构成之一。同时还有"知识分子们"的声音，他们杞人忧天、自以为是，轻而易举地让人自惭形秽。然而格非并未赋予这些人以特殊的道德优越与精神特权，而是把他们的灵魂无情地撕开给人看。这些所谓的教授们不止缺乏与人交往时起码的尊重，连基本的字也能读错，之于价值观则更是混乱而无原则，为了哗众取宠竟然说什么当年抗战时期的中国不应该反抗，那样的好处是少死几千万人，中日还可以联合起来抗美云云……"我"作为一个手艺人也听不下去了，感觉受到的屈辱就像是自家的祖坟被挖。当这些知识分子用珍贵的阿卡佩拉扬声器发出盗版的流行音乐时，"我"心情坏到了极点，这个世界肯定是出了问题。相比之下，倒是幽灵般的丁采臣更通情达理些。还有的教授二十年如一日，每次见面都在告诫"我"，中国这个社会随时都有崩溃的危险，弄得"我"如做噩梦一般，但二十年过去了，什么都没有发生。如果说，知识分子应该是一个时代的良心的话，这个时代的声音太纷乱，知识分子连自己的心跳都听不到，何谈时代的脉搏？还有亲情和友情被肆意践踏的声音，"我"和蒋颂平在这一点上竟然观点完全一致：世上最好的东西往往只有薄薄的一层，像冰，最好不要动。但是，"我"分明听到那层薄冰已然碎裂，声音不大，却有些钻心。

这些意思似乎可以与《春尽江南》联系起来理解，显然，格非的意思并不在于要全然否定和讥讽这个时代的知识群体，而是要与他前面所说的，要呈现声音的混乱本身，这是时代的病相，你可以理解为无奈的多杂和混合，也可以理解为愤懑的萎靡与躁乱。这是复调的、同时也是病态的多义的空间与世界。

格非认为，有人将小说定义为"讲故事的艺术"，是无法涵盖所有小说的。当我们说"小说是讲故事的艺术"时，往往忽略了小说繁盛背后的另一个后果，那就是对"故事"的减损或取消。① 显而易见，《隐身衣》的关键词不是故事，而是声音。《隐身衣》虽然不是长篇巨制，却是个多声部的作品：美妙的古典音乐、泛滥的流行音乐、空山的静音、雨后的星语、繁华的街声、烦乱餐馆的噪音、营房的起床号、各种灵魂的声音……或许，这么多的声响动静都是表象，因为当一个作家个人内心困惑时，或者说当他在思考存在的意义时，就很难用非常清晰的声音来述说，来表达。

在《塞壬的歌声》与《文学的邀约》中，格非不止一次提到鲁迅，他认为，《野草》《彷徨》等文本的晦涩不过是鲁迅内心困惑的表征，而矛盾与困惑恰恰是文学求助于隐喻方式的根本性原因。因此，一个作者对文本的控制力总是一把双刃剑：使作品流畅统一富有条理性的同时可能为其所伤，使作品的内涵等同于观念的铺陈，文本的意图变得狭窄单一。从这个视角看来，《隐身衣》是一部没有受到作者过分"控制"的文本，上述的声音只是文本意图的一小部分，作者才是这部作品中真正的隐身者，这个隐身者带来的是什么声音呢？我听到的是梦，碎裂的梦。

---

① 格非:《故事的消亡》，见《塞壬的歌声》，第52页。

三　什么样的梦

梦是身体的经验，是灵魂的游走；梦是太虚幻境，又是现实存在；梦是喻体，也是本体。梦是庄周，更是蝴蝶。

梦一进入文学领域，它就完全有可能被升华，它不再是易逝的、难以呈现和捉摸的。因为它会拥有某种可显现、可欣赏甚至是可解读的丰富特质。格非的作品中总有不确定性的复杂渗透，让人联想到梦。梦对格非的文学世界意义非凡，格非作品中传达出的人生体验与中国古典文学中的人生经验一脉相承。格非对白居易《花非花》的解读暗藏着他对梦的独特体悟，他认为此诗犹如一个谜语的谜面，诱使读者去猜测它的谜底。我们最容易想到的谜底似乎是"春梦"，但谜面之中明明有"春梦"二字，也就是说，春梦与花、雾、朝云一样都是"喻物"，而非"所喻之物"。"在'花非花，雾非雾'这一特殊的句式中，包含着肯定与否定、隐藏与显露、经验与超越之间的复杂纠缠和交织。花、雾、春梦和朝云都是一般日常生活中的普通物象，可以被我们的经验充分认知和解释。"①

"江南三部曲"被看作格非向《红楼梦》致敬的作品。莫言曾指出格非的《山河入梦》确实是继承了《红楼梦》的一部小说，"我读的时候产生了一种错觉，就是谭成达就是一种现实的贾宝玉的形象。当然他有他远大的追求和他的理想。"白小娴"这个人物仿佛使我联想到大观园里面的晴雯等等"。②张清华也曾专门著文阐述格非作品中的梦境叙事特征及个体无意识与历史之间的最终耦合。他说："中国人在这方面是最富有神妙体验的，一部《红楼梦》所传达的，就是这样一种永续重复和轮回经验：'天外书传天外事，两番人作一番人'。""格非可以

---

① 格非：《文学的邀约》，第20、23页。
② 王中忱、莫言、陈晓明等：《格非〈山河入梦〉研讨会》，载《渤海大学学报》，2007年第4期。

说已然参透了这种经验……对比两部小说的结局,我愈加深信《人面桃花》确属自觉'向《红楼梦》致敬'的作品。"①

作为一部中篇小说,《隐身衣》的含量自然未及"江南三部曲"丰厚,但其中的梦却依然是多重的,它们清晰可辨,真实可触,但又无一例外地轰然坍塌,碎裂之声触痛我的神经。

先是碎裂的春梦。"我"与妻子玉芬的爱情婚姻的惨败是"我"春梦碎裂的开端。尽管玉芬背叛了"我",但"我"依然深爱她,以至于后来对其他女性有好感都是因为她们和玉芬的相似。"我"因为玉芬对母亲都有点耿耿于怀。母亲临终时的托梦承诺是"我"对自己的爱情与婚姻的一个期望,但是,母亲托梦时只摇摇头,否定了那个口齿不清的女人,当"我"遇到真正的妻子时,母亲并没有托梦。为"我"生了女儿的妻子是个面容严重损坏的女人,"我"也不知道她的姓名,所以,叫她玉芬,她也答应。这样的生活,是幸福,还是不幸福?"我"的体验是:在这个肮脏而纷乱的世界上,我原本就没有福分消受如此的奢靡。这样也就可以理解当"我"和一个陌生的失掉美好面容的女人通过电话一起听音乐后的泪水了。那一刻,鼻子发酸的是"我",也是我,羽键琴的声音清脆细弱,倾吐的全然是悲哀。

那么,接下来就是碎裂的音乐梦。作为一部以音乐为重要线索的小说,《隐身衣》中的音乐信息实在是太过密集了。"我"显然是一个有着音乐梦的人,我对那对"天朗 AUTOGRAGH"的爱,甚至超过了对妻子的爱,在作品中,似乎只有两个人能真正走入音乐世界,"我"和被毁容的"玉芬"。但他们的音乐世界似乎也缺乏完整性和坚固性,随时都有被异质的声音侵入的可能。"我"热爱的是古典音乐的乌托邦,一个未被破坏的真善美的世界。但它遭到了当代知识分子的攻击,

---

① 张清华:《春梦,革命,以及永恒的失败与虚无——从精神分析的方向论格非》,载《当代作家评论》,2012 年第 2 期。

攻击得最凶猛的是只听文艺复兴和巴洛克的律师。这部作品正如现代社会，声音太多，比如格式化的流行音乐、喧嚣的欲望之声，纯净的音乐世界难免被打破。装甲部队的大校购买"红色黎明"只是因为妻子喜欢这个译名，教授用珍贵的音响设备听的是盗版的流行音乐，律师听巴洛克音乐为的是显示自己与众不同的修养和品格。"我"的音乐梦其实也就是心灵的归乡梦，小说中有一个细节是不应该被忽视的，"我"之所以能下决心卖掉自己最珍爱的 AUTOGRAGH，就是想买下乡下的房子。"仿佛我一旦如愿以偿，困扰着我的所有烦恼，都会在顷刻之间烟消云散。"这句话很重要，这显然是有隐喻的，AUTOGRAGH 是音乐的代名词，去乡下居住则是一种强烈的归乡的冲动。我想用音乐梦来换取归乡梦，但结局非也。音乐梦与归乡梦一起碎裂。

最后是碎裂的存在梦。如果说《隐身衣》在表达上有晦涩和矛盾之嫌，那是因为格非对存在的思考。格非在思考时可能听到了上帝的笑声，于是，一个存在的梦也开始碎裂。海德格尔说，存在就是时间，不是别的东西。[①] 人的存在从存在论上讲，本来就是向死亡而在。因此，人的存在渗透着这样一种意识：生命是面向虚无的有限存在。[②]《隐身衣》中的主人公从小就开始面对死亡，格非在这里绝对不是要叙述死亡，而是对死亡形而上的思考。"我"童年时父亲死去，不久是大地震带来的死亡气息（地震后所有的人都恐惧于死亡，除了母亲），后来是母亲的死亡、丁采臣的死亡。小说中处理得最为彻底的是"我"和妻子竟然将尚未满月的女儿带到了母亲的墓地，这实在是极具戏剧性的呈示，新生与死亡的对比带来的是触目惊心的悲凉，就在这时，"我"突然收到了丁采臣的欠款，丁采臣是否真的死去了呢？谁都无法确定。

---

① [德]海德格尔：《人，诗意地安居：海德格尔语要》，郜元宝译，上海远东出版社，2011年，第17页。
② [美]艾温·辛格：《我们的迷惘》，郜元宝译，广西师范大学出版社，2001年，第59页。

这让人想到《傻瓜的诗篇》中的莉莉，她是否杀死了自己的父亲，也是谁都无法确定的。格非的作品中总有神秘的宿命感和叙事的不确定性，几乎每部作品都是"迷舟"，时间、死亡、梦境、欲望、幻觉、存在都蕴藏其中，"人生筵席的欢乐，又何尝不是一种悲凉的预演或反衬。"①格非对死亡的思考就是对存在的思考，"所谓死亡，必须用组成生命的自然动力加以解释。如果抽离了生命的意义，死亡也便没有意义可言：死亡之所以是人类存在的一个极其重要的问题，无非是因为它加入了我们对生命意义的探究。"②

《隐身衣》中，上述不同的梦共同构成了一个整体性的空间，缺一不可。现实中，俗事俗物占据了我们的时空，甚至充斥着我们的记忆，而艺术却能将我们带回故园，那里无需隐藏，无需包裹，甚至不知今夕何年，也不知归期何期……行文至此，想起格非那段令人紧张而又释然的话："写作固属不易，阅读又何曾轻松？我们所面对的文本实际上不过是一系列文字信息而已，它既在语法的层面上（为我们经验所熟知）陈述事实，也在隐喻的意义上形成分岔和偏离；它既是作者情感、经验和遭遇的呈现，同时又是对这种经验超越的象征；既是限制，又是可能。既然文学作品的意义有待于读者的合作，我更倾向于将文学视为一种邀约，一种召唤和暗示，只有当读者欣然赴会，并从中发现作者意图和文本意图时，这种邀约才会成为一场宴席。"③格非的小说不是写给所有人的，也不是供人一次性消费的，《隐身衣》是新世纪以来中篇小说最为重要的收获之一，它显然是一次文学与音乐共同的邀约。

---

① 格非：《文学的邀约》，第137页。
② [美]艾温·辛格：《我们的迷惘》，郜元宝译，第84页。
③ 格非：《文学的邀约》，第26页。

南方的"新民族志"

——论艾伟的《南方》

中国文学的南北差异自古有之,西周时期十五国风中区域不同则诗相异,《周南》《召南》向来被看作是《楚辞》之源,近人刘师培在《南北文学不同论》中曾经朗然指出:"故二南之诗,感物兴怀,引辞表旨,譬物连类,比兴二体厥制亦繁,构造虚词不标实迹,与二雅迥殊。至于哀窈窕而思贤才,咏汉广而思游女,屈宋之作,于此起源。"[①] 有关南北差异的问题在南北朝时期就有深入思考,《世说新语·文学》中云:"圣贤固所忘言。自中人以还,北人看书,如显处视月;南人学问,如牖中窥日。"[②] 在中国文学地理的版图上,南方的范围随着时代的变迁不断变化。古代的南方曾经一度指楚地,并有"惟楚有材"的说法。"固已轩翥诗人之后,奋飞辞家之前,岂去圣之未远,而楚人之多才乎!"[③] 刘师培也说:"惟荆楚之地,僻处南方。"[④] 魏晋之前南北方的分界线是黄河,而魏晋文化大迁徙之后,南方则更专指江左一带。文学的南方更大程度上强调的是文化意义,而不是具体的地理范围。南方的文学

---

① 刘师培:《南北文学不同论》,见《刘师培清儒得失论》,吉林人民出版社,2013年,第220—221页。
② 刘义庆撰,张艳云校点,《世说新语》,辽宁教育出版社,1997年,第41页。
③ 刘勰:《文心雕龙》,见穆克宏主编:《魏晋南北朝文论全编》,上海远东出版社,2012年,第268页。
④ 刘师培:《南北文学不同论》,见《刘师培清儒得失论》,第221页。

地理中,历代文人吟咏的江南是个典例:"人人尽说江南好""江南好,风景旧曾谙""江南可采莲""江南十月气犹和"……的确,"春风又绿江南岸"的雅致迥异于"燕山雪花大如席"的雄浑,然而,"江南春尽离肠断""断肠春色在江南""忆梅人是江南客",荼蘼花事之后的江南弥漫着更浓郁的忧伤乃至颓废的气息。明清以降,张岱等人的性灵小品、明清的戏曲都成为南方的文学历史上不可或缺的构成。小楼东风,小桥流水,南方的山河依旧,而朱颜已改。

现代以来,京派文化和海派文化又显现出不同的特质,南北的内涵就显得更为复杂,南方的范围开始更加模糊和泛化,除了荆楚江浙,也包括闽粤,以及川皖的部分地区。鲁迅说:"所谓'京派'与'海派',本不指作者的本籍而言,所指的乃是一群人所聚的地域,故'京派'非皆北平人,'海派'亦非皆上海人。"他还指出北平的学者文人们"论理,研究或创作的环境,实在是比'海派'来得优越的,我希望着能够看见学术上,或文艺上的大著作"①。当然,他也写文章表达过对于南北两种文化的劣势结合的担忧。② 沈从文《文学者的态度》《论"海派"》《关于"海派"》等文章则彰显出"南人行乐北人悲"的情怀。问题在于,鲁迅与沈从文都出生在南方,却在京海派的论争中把自身放在了南方之外。此外,苏雪林在评价徐志摩的诗时也提到有关当时中国南北方的问题。③

及至当代,南方的写作成为文学中一个重要的部分,苏童、余华、格非、叶兆言、王安忆、孙甘露、毕飞宇、范小青、艾伟以及更年轻的鲁敏、朱文颖等作家以文字共同构建出南方的文学地理。同时,南方

---

① 鲁迅:《"京派"与"海派"》,见《鲁迅全集》第五卷,黑龙江人民出版社,2013年,第453—454页。
② 鲁迅:《北人与南人》,见《鲁迅全集》第五卷,黑龙江人民出版社,2013年,第456—457页。
③ 苏雪林:《徐志摩的诗》,见韩石山、伍渔编:《徐志摩评说八十年》,文化艺术出版社,2008年,第236页。

的写作也成为许多研究者的关注点。①

将视野从中国文学转向欧美文学,南北文学的差异也较早有人关注。最为典型的是史达尔夫人,她曾专门著文论述北方文学与南方文学的差异性,她在《论文学》中提出了南方文学与北方文学的概念。她认为,西欧可分为以法国为代表的南方和以德国为代表的北方,南方与北方的不同地理、气候条件,形成了不同的人性。后来,她又在《论德国》中继续加以论述。②就创作而言,南方也是诸多作家们的重心所在:福克纳、韦尔蒂、奥康纳的美国南方、莱蒙托夫的俄国南方、托马斯·曼的德国南方,阿根廷博尔赫斯的短篇小说《南方》同样知名。当然,以上只是一个大体背景,在这样的背景下,中国当代作家们构建南方似乎成了自然而然的事情,地处西北的我明显地感受到出生并成长于南方的作家与西北作家的不同。艾伟的长篇新作《南方》的发表又一次引发我有关南方文学地理的若干思考,《南方》以南方命名,呈现出南方特有的文学气息,所以,我选择这部作品来研究并且通过它来展开对南方的相关问题的讨论。

一 南方的"植物"小说

艾伟以南方作为自己新长篇的书名,显然传递出他的某种野心。虽然他说自己开始写这部小说时有一个名字叫《第七日》,后来余华出版了长篇《第七天》,他只好改名。然而,这一改却发生了整体性变化,一部写了五年的小说理应有一个具有文学地理内涵的名字——南方。"我写的就是关于南方的故事,里面充满了南方的风物,有很多关于南

---

① 20世纪90年代初,陈晓明曾著文《诡秘的南方——先锋小说的"南方意象"读解》,刊《福建文学》1991年第5期。费振钟出版有专著《江南士风与江苏文学》,湖南教育出版社,1995年。其后,王德威、张清华、张学昕等人对苏童的研究中也都有关于南方的阐释。

② 马新国:《西方文论史》,高等教育出版社,2008年,第232页。

方气候、植物、人情、街巷的描述。而在中国,南方的历史充满诗意,很多传奇和浪漫故事都在这儿发生。在中国文学的版图上,南方一直是很重要的存在。古典诗歌中,南方的意象也深入人心。南方多山川湖泊,似乎容易出现神迹。"①艾伟的《南方》自然由此成为一个重要的文本,它拥有南方"植物"小说的品质。

有些小说确实给人产生一种植物的感觉,它盘根错节,枝繁叶茂,层层向上生长,甚至给人一种不断延伸和扩张的感觉。同时,它的细部又精致秀美,有花盛时的繁华和其后的苍凉。植物小说也是艾伟欣赏和追求的小说,在他眼里,《百年孤独》就是一部植物小说。他忆及自己青年时第一次阅读《百年孤独》,那时的马尔克斯对于中国来说是个陌生的名字,对艾伟来说《百年孤独》带他经历了一次震惊的旅程。"我要用'植物'这个词语来概括读《百年孤独》时最直接的感受。《百年孤独》充满着热带植物般的生气和喧闹,它呈现在眼前的景观,无论是人群的还是自然的,无不壮丽而妖娆。这个植物一样的世界具有一股神奇的魔力,它拥有巨大的繁殖能力和惊人的激情。""我的感觉是这个世界在激烈地膨胀,即使作者停止了叙述,这个世界依然在书本里扩展,像不断膨胀的宇宙。"②

艾伟力图延续南方的文学传统。"南方文学传统在我看来就是这种植物般生长的丰富性和混杂性。""在中国南方,同样的植物蓬勃,四季常绿。生命在此显现不同于北方的那种壮烈,带着南方的水汽和灵动,带着热烈的甚至早熟的腐烂的气息。"③《南方》就是艾伟在南方的土地上精心种植的一棵树,它的面目多变,时而枝叶四面伸展,时而繁花精美绚烂。

---

① 艾伟:《时光的面容渐渐清晰》,《文艺报》,2015 年 3 月 23 日。
② 艾伟:《1986 年的"植物"小说——〈百年孤独〉》,载《新京报》,2004 年 11 月 8 日。
③ 艾伟:《时光的面容渐渐清晰》,载《文艺报》,2015 年 3 月 23 日。

艾伟决意要给生活以形式，然后才开始书写。事实上，近来的中国作家们在叙述方式上呈现出多重探索性，出现了大量复调风格、多声部结构的长篇小说，贾平凹的《老生》、宁肯的《三个三重奏》、关仁山的《日头》都是很典型的作品。作为一位南方作家，艾伟在《南方》中找到了一种适合写南方的结构，《南方》三线并行，叙述人称也有三个：他、你、我。小说共85节，以杜天宝的第三人称叙述开始，三种叙述视角依次轮换，最后一节又以杜天宝的第三人称叙述结束。这种人称的设置就绝不仅仅是叙述问题了。

"他"是有些痴傻的杜天宝。"需要闭上眼睛，用尽所有的力气才能把过去找回来。"艾伟这样开始他漫长的《南方》，《南方》是古老的，它生长在回忆的源头。用这样一句话作为一部长篇的开头是成功的。这句话实在值得反复思量，它至少透露给我们两方面的信息：其一，回忆是艰难的；其二，这部作品的阅读也是有难度的。《南方》的确不是一部能够快速翻看的作品，它的精细复杂完全超出我的预料。这句话在《南方》中反复出现，此时的杜天宝年近五十，许多事情不用力气就想不起来，"那感觉很像女人难产，孩子卡在大腿间不肯出来。"他转而又说："但不管怎么说，那年爹的死他记得清清楚楚。"① 杜天宝是从1963年开始回忆的，他在叙述历史，他需要取舍。表面上一个傻子漫无边际的回忆其实是费尽心力的选择。他可以根据自己的需要来选择叙述的详略和轻重。

第二人称是一种直接面对的方式。"你"就是肖长春，一个资深的公安，也做过领导，且非常有正义感。他的正义感让他做出许多选择，而这些选择却让他一直心怀愧疚。《南方》真正的叙述时间只有七天，就是肖长春侦查案件的七天，从1995年7月30日到8月5日，以日记般精准的方式出现。事实上也就是从肖长春破案的七天时间。这也

---

① 艾伟：《南方》，人民文学出版社，2014年，第1页。

是小说原名叫《第七日》的原因。肖长春的这七天表面看当下性极强，就是"现在"的感觉，而实际上这七天当中也有回忆，有自我忏悔和自我救赎。

　　罗忆苦，也就是"我"出场的第一句话颇有些惊心："我在一天之前已经死了。"①不知道艾伟是否受到帕慕克影响，这句话让我立刻想到《我的名字叫红》的开头："如今我已是一个死人，成了一具躺在井底的死尸。"②两部作品有诸多相似处：《我的名字叫红》中离家十二年名叫黑的青年回到他的故乡伊斯坦布尔，迎接他的是爱情和接踵而来的谋杀案，《南方》中罗忆苦回到她的故乡永城，等待她的是不能称之为爱情的感情和谋杀案，由此出发探讨痛苦、存在、生命等问题。当然，《我的名字叫红》中多了关于"文明冲突"的理性思考和宗教、信仰等问题的思考和解读。艾伟说："当我写下这句话时，我确定罗忆苦成了整部小说的中心。"③帕慕克也专门阐释过小说的中心问题："小说的中心是一个关于生活的深沉观点或洞见，一个深藏不露的神秘节点，无论它是真实的还是想象的。小说家写作是为了探查这个所在，发现其各种隐含的意义。"④在他看来，"小说的中心像一种光，光源尽管模糊难定，但却可以照亮整座森林——每一棵树、每一条小径、我们经过的开阔地、我们前往的林中空地、多刺的灌木丛以及最幽暗、最难穿越的次生林。只有感到中心的存在，我们才能前行。"⑤罗忆苦作为小说的中心，她的亡灵叙述显得合理而自由，可以随意穿越时间、空间，实现叙述的需要与转换。

---

① 艾伟：《南方》，第12页。
② ［土耳其］奥尔罕·帕慕克：《我的名字叫红》，沈志兴译，上海人民出版社，2006年，第1页。
③ 艾伟：《时光的面容渐渐清晰》，载《文艺报》，2015年3月23日。
④ ［土耳其］奥尔罕·帕慕克：《天真的和感伤的小说家》，彭发胜译，上海人民出版社，2012年，第141页。
⑤ 同上书，第146页。

"艾伟的文字既有灵动如飞鸽一样的想象,也有匍匐在大地的胸脯上的现实呼吸,这就如林间缠绕的枝条与绚丽的花果,不断地展现着多种可能性。他的那些作品是一棵棵树木,品种多样,形状繁复,但它们近乎宿命地生长在同一片土地上,这片土地就是艾伟扎根的时代与环境。"[1]《南方》就是一棵树,扎根在我们时代的南方。

二 南方的存在与死亡

米兰·昆德拉在《小说的艺术》中指出:"海德格尔在《存在与时间》中分析的所有关于存在的重大主题(他认为在此之前的欧洲哲学都将它们忽视了),在四个世纪的欧洲小说中都已被揭示、显明、澄清。"[2] 在他看来,欧洲一部接一部的小说,以小说特有的方式、特有的逻辑,发现了存在的不同方面。他甚至假设小说的存在理由是要永恒地照亮"生活世界",保护我们不至于坠入"对存在的遗忘",并得出今天小说的存在是否比以往任何时期都要重要的结论。他强调,小说家是存在的勘探者。艾伟似乎天然地拥有一种勘探存在的责任,并由此实现小说的精神。

《南方》开篇就写 1963 年永城春天的大雪和夏天的暴热。没有空调的年代里,南方的气温持续攀高,永城的人热得像狗一样吐着舌头。永城里只有杜天宝的父亲不怕热,他是冷库保管员,可以在冰库里乘凉。但是在这个夏天却被冰块砸死了。这本身是个隐喻,唯一不怕热的人死于避热的地方。在南方,你必须面对酷热,以及这酷热之中的诱惑。艾伟的小说一直有很强的寓言性,《越野赛跑》中的白马、《1958 年的唐诘诃德》中的蒋光钿、《寻父记》中的父亲、《小卖店》中的小蓝、

---

[1] 黄发有:《废墟上空的鸽群——艾伟论》,载《山花》,2005 年第 3 期。
[2] [法]米兰·昆德拉:《小说的艺术》,董强译,上海译文出版社,2011 年,第 5 页。

《回故乡之路》中的男孩、《菊花之刀》中的日本鬼子,都是具有隐喻的形象,这些小说的寓言性甚至盖过了小说本身,这是中国当代文学自先锋小说以来部分作家的一个倾向,他们深受卡夫卡、博尔赫斯、马尔克斯、福克纳、昆德拉、帕慕克等作家影响,小说成为"我思故我在"的一种途径,对存在之思的追求超过了对小说美学的追求。大约十余年前,艾伟曾说:"那时侯,我是卡夫卡的信徒,我认为小说的首要责任是对人类存在境域的感知和探询。"①

这一次,艾伟站在时光的源头,开始了一次对南方的寓言性书写和对人性深度的掘进。他如此表达自己写这部小说的初衷:"我试图在《南方》中融入我写作中两种完全不同的风格。我想让南方有寓言性,但这种寓言性要建立在人物的深度之上。"②艾伟对福克纳的评价实际上就是对自己的期许:"我至今认为在所谓的'现代主义'小说里,福克纳挖掘人物深度的能力至今无人能及。"③通过对存在与死亡的勘探,人性的深度得以呈现。

"南朝自古伤心地",南方的写作必然是伤感颓废的,必然要面向死亡。《南方》的结构中的三个层次的开始,人面对的都是死亡。开篇是杜天宝面对父亲的死亡,他父亲死于对南方的热的躲避。随后是杜天宝对于死亡的思考,"罗忆苦,你说人死了去哪里了呢?"④这样的追问和出自一个傻子之口,就显出了存在的荒谬和死亡的难以言说。杜天宝想不明白死是怎么回事,就经常到火葬场去,那里有各种原因死去的人,各种年龄死去的人,但是,在杜天宝看来,活着的人比死去的人更可怜。于是,杜天宝成了火葬场的"义工"。肖长春一出场面对的是罗忆苦的死亡,而罗忆苦一出场面对的是自己的死亡。这一切都发

---

① 艾伟:《创作自述》,见《水上的声音》,山东文艺出版社,2004年,第18页。
② 艾伟:《时光的面容渐渐清晰》,载《文艺报》,2015年3月23日。
③ 艾伟:《真理是如此直白可见》,载《艺术广角》,2013年第5期。
④ 艾伟:《南方》,第4页。

生在南方的夏天：1963年的夏天南方"暴热"，1995年的夏天"南方异常闷热。白天阳光毒辣，酷热难挡"。① 死去的罗忆苦却能看见南方的一切，"我作为游魂飘荡在人间，我如今能更加清晰地看清人间的欲望。"② 她在感叹命运是一桩多么奇怪的事。在这样一部倒叙式的小说中，我们一开始似乎就知道了结局，但是，这开始和结局不是世界上每一个人都知道，并且都要面对的吗？

《南方》中的人物在自己的梦想中存在，最后却往往在追逐梦想的路上死亡。人物的深度在这个意义上得以深掘。飞翔是《南方》中人物的一个共同梦想，有意味的是，这个梦想最早是由杜天宝表达的。他想象自己是一只真正的鸟，可以在天上飞翔。为了梦想，他尝试了各种办法，甚至有一段时间不吃东西。然而，这个少年的飞翔梦很快地让现实给挤了去：一方面是别人偷看罗忆苦、罗思甜洗澡让他愤怒，他要去给她们守夜。一方面却是政治斗争时代的到来。积淀五年之后，艾伟的《南方》多少有些炫技，他只是让杜天宝看见小巷两边高墙上的革命标语，并用黑体字把这些标语表示出来，一个政治斗争压倒一切的时代就这样到来了。这些人里，能"飞翔"并且震动永城的是肖俊杰，他借助降落伞从大楼的顶上"飞"下，因此打动了罗忆苦。他想杀死须南国，却误杀了胡可。他被枪毙后尸体上没有脑袋，永城唯一能"飞翔"的人迅速走向死亡。他的母亲在他死后模仿他，却在河里失踪。不是每一个人都能飞翔。他的母亲周兰梦见他回家时也是飞着回来。杜天宝的女儿银杏有极强的舞蹈天赋，这也是她实现飞翔的另一种方式。

多年之后，在比永城更南的南方，更为酷热，诱惑更多，欺骗屡屡发生。永城的人纷纷南下，罗忆苦和夏小恽在南方以行骗为生。杜天宝的女儿银杏远走南方，杜天宝在寻找女儿的过程中被骗。须南国为

---

① 艾伟：《南方》，第9页。
② 同上书，第314页。

给儿子治病到南方，却被罗忆苦骗走了给孩子治病的钱。罗忆苦回到永城又骗走了杜天宝的活命钱。等待她的是须南国的复仇，她最终被须南国杀死。

《南方》中其实有太多的隐喻，"大师"和夏小悝行骗的重要道具是蛇，蛇在《南方》中功能重要，它本身就是诱惑。罗忆苦说："蛇是奇迹的源头。蛇这一形象似乎注定和神秘的事物紧紧相连。它看起来很可怕，似乎和我们内心的欲望、邪恶、恐惧及无助紧紧相连。"① 蛇本身就是诱惑，这让人想到古老的故事，蛇诱惑了夏娃，夏娃和亚当从此失去乐园。《南方》的装帧和插图也理应引起我们的注意，封面一片纯白，上面南方二字用绚烂的花瓣构成，扉页内是两张纯黑页面，几乎就是幽暗潮湿的南方的象征。第四幅插图是茂密生长的植物，盛开的花朵如罂粟，与它们上面的毒蛇共同构成了南方诱惑与堕落的隐喻。

艾温·辛格的思考能帮助我们更深地认识这一问题："所谓死亡，必须用组成生命的自然动力加以解释。如果抽离了生命的意义，死亡也便没有意义可言；死亡之所以是人类存在的一个极其重要的问题，无非是因为它加入了我们对生命意义的探究。"② 《南方》中，只有一个人最后在天空中自由地飞翔，就是罗忆苦死后的灵魂，或许只有死亡才能使我们对生命意义更加深入地探究。

三 南方的女性与河流

南方作家向来擅长书写女性，女作家自不必说，上溯至张爱玲，她"传奇"世界里的女性一个个直入人心，张爱玲说这些人物除曹七巧外都是不彻底的，不是英雄，却是这时代的广大的负荷者。"他们没有悲

---

① 艾伟：《南方》，第293页。
② [美] 艾温·辛格：《我们的迷惘》，郜元宝译，广西师范大学出版社，2001年，第84页。

壮，只有苍凉。悲壮是一种完成，而苍凉则是一种启示。"①海派作家王安忆《长恨歌》里的王琦瑶是又一个苍凉的人物，而更年轻的朱文颖《莉莉姨妈的细小南方》中的三代女性成为南方女性的新雕像。鲁敏在《镜中姐妹》《取景器》《逝者的恩泽》等作品中也塑造了不同气质的女性，她们都不是"一种完成"，而是"一种启示"。南方的男作家在女性内心的发掘方面绝不逊色于女作家，苏童笔下的颂莲及诸多女性已经成为当代文学史上不可忽略的形象，毕飞宇的筱燕秋和玉米、玉秀、玉秧系列，格非"江南三部曲"中的女性，等等，都是一群不彻底的女性，但是她们是时代的广大负荷者，她们身上人性的深度更加值得勘探，在这个角度看《南方》中的罗忆苦方能显现出她独特的意义。

艾伟这样定位罗忆苦，也就是"我"："而'我'无疑是整部小说的主调，在我的想象里，'我'更多地指向生命中的'本我'，那个我们至今无法道清的和整个宇宙——对应的人的内在宇宙。"②罗忆苦本身是一个充满诱惑的符号，她美丽早熟，但是经不住诱惑，过早地开始了她的人生。终其一生，罗忆苦的每一根神经都被欲望的皮鞭抽打。最初她受母亲影响，想通过嫁个好人家来改变自己的命运，为此将自己的男朋友夏小恽推给双胞胎妹妹罗思甜，但是丈夫肖俊杰却杀人后被枪毙。此后她又抢已经是妹妹丈夫的夏小恽，导致妹妹的死亡。她与夏小恽到了广州，这是作为南方的永城的南方，在南方，她和夏小恽的生活是荒谬的，他们到处行骗，骗到钱就挥霍、赌博。一个偶然的机会，他们随大师开始灵修。小说到这时开始变得精彩而荒谬，但是这荒谬却是我们这个时代的真相之一。大师悬在空中，他身上的毒蛇散发着魅力。罗忆苦相信大师却被他强暴，此后又心甘情愿地向大师献出她的肉体与灵魂。最终，夏小恽成了新的大师，他开始了大师生活，罗忆

---

① 张爱玲：《自己的文章》，见《张爱玲文集》第四卷，安徽文艺出版社，1992年，第173页。
② 艾伟：《时光的面容渐渐清晰》，载《文艺报》，2015年3月23日。

苦则成为一个帮助他以大师身份行骗的人。她回到永城后,为了骗取杜天宝的钱,不惜与杜天宝发生性关系。她在生前死后看到了整个世界的真相。

按照世俗的恒常的道德观来判断,罗忆苦是个标准的"坏"女人,她一生被诱惑,自身也是一个诱惑符号,这样一个女性来承担人性的深度的发掘是否合适?是否实现了艾伟的初衷?我们这个时代有太多的荒谬与诱惑,而罗忆苦这样一个诱惑性的存在方能更深地见证和叙述这一切。艾伟表示,恰恰是这些不按常理出牌的女性照亮了平庸的日常生活,使芸芸众生看到了与自己完全不一样的不"道德"的生活,甚至看到了"自由"本身,公众虽然会有某种被冒犯的感觉,但只要深究,其实他们的内心深处同样渴望着这样的"自由"。罗忆苦的诱惑性在她本身,更在于人对"自由"的渴望,罗思甜其实可以被看作罗忆苦生命的另一个侧面。艾伟对罗忆苦的内心的发掘,让人怀疑不是出自男作家之手,也让人想起荣格当年读《尤利西斯》时的感叹:"我想只有魔鬼的祖母才会把一个女人的心理琢磨得那么透。"[1]《南方》中不按常理出牌的女性除了罗忆苦外,从良以后精打细算过日子的蕊萌、为了生活做暗娼的寡妇杨美丽都让人难忘。

《南方》中还有一个充满隐喻的女性,就是银杏。银杏本来是一种树的名字,艾伟在南方的风景描绘中就有银杏。护城河对面就是西门街,"西门街那两棵银杏树高高地耸立在低矮的木结构房舍上,细小的叶子绿得苍翠,到了秋天,它们金黄的叶子就会如阳光一般,一下把整个西门街、把这护城河照亮,好像河水中流着的都是黄金的液体。"[2]这段风景描写精致又别致,南方的秋天,阳光、树叶、河水,极致的美。

---

[1] [爱尔兰]詹姆斯·乔伊斯:《尤利西斯》上卷,萧乾、文洁若译,译林出版社,1994年,第12页。
[2] 艾伟:《南方》,第10页。

银杏的父母非痴即傻,她却美丽聪明,有非同寻常的舞蹈天赋,她在南方的舞蹈却只能给根本没有鉴赏力的人看。她最终与冯小睦的结合实在是幽暗的南方中的一抹亮色。

河流几乎是所有南方作家写作中的一个重要意象。沈从文笔下的河流就是生命的诞生之地和归宿之地,他也专门写过文章论述自己的作品与水的关系。河流在苏童的文学世界里同样重要,它们承担了叙事、结构和表意的功能。比如苏童的《河流的秘密》《河岸》都是以河流及相关意象来命名的作品。

河流、水等意象都有某种共通性,艾伟在许多作品中提到他记忆中的河流,它们是艾伟的南方世界中的重要意象。小说集《水上的声音》《水中花》都与水有关,《水中花》开篇这样写:"三十年前,我还是一个孩子,我喜欢坐在明江边,看江水平静地流淌。我知道它已流淌了很多年,这条河流就像岸上诡异的尘世,深藏着我所不知道的秘密。"紧接着,"我看到有一具尸体从上流漂来。"[①] 这与《南方》是相似的,《南方》中的肖长春在护城河边发现了顺河漂来的罗忆苦的尸体。《南方》中的永江承担了重要的叙事功能,罗思甜的孩子出生后被装在一个巨大的洗澡桶里放进了永江,随河漂流而去。杜天宝与罗思甜一起找孩子时顺着永江走,寻遍了三百三十三个村庄,而收养了罗思甜的儿子的那个村庄在山脚下,小河环流。这个孩子就是冯小睦。

河流,或者说水,是《南方》中许多人物的归宿。罗忆苦和罗思甜都是死于水中,前者像一张肮脏的纸,后者却像一朵玫瑰。夏小悻死前来不及进入河流,就爬进浴缸,把自己身上的血洗得干干净净。肖俊杰第一次跳伞在天上飘了一会儿后落入河中被人救起,他死后他母亲效仿他跳伞也落入河中,再被人发现时精神失常。

河流既可以滋养生命,也可以带走生命。在对河流和水的反复书

[①] 艾伟:《水中花》,群众出版社,2004年,第1页。

写中,艾伟的写作也获得了一种水性,以柔韧的方式来完成对人性深处的坚定掘进,并且充满寓言性。

四 南方的"新民族志"

"谁都知道里瓦达维亚的那一侧就是南方的开始。"博尔赫斯短篇小说《南方》中这样写,但是"达尔曼常说那并非约定俗成,你穿过那条街道就进入一个比较古老真实的世界。"① 这样的表达非常适合中国当代的南方写作,用地理学的方法来对文学中的南方进行精确界定是不现实的,南方的写作是古老而真实的内心所在,南方的写作在很大程度上来说是作家内心南方世界的写作。当然,它会具备南方的自然、地理、历史等方面的因素。所以,文学意义上的南方不能用地理学的方法去界定和解读,当代的南方作家在自己的内心开始构建南方时,一个南方的民族志学便形成了,苏童就是这个南方民族志学的开拓者。

王德威在《南方的堕落与诱惑》中认为苏童架构或虚构了一种民族志学。"在苏童的虚构民族志学中,他不仅描述了南方的空间坐标(枫杨树与香椿树),而且有意赋予某一种时间的纵深——虽然所谓的纵深终将证明为毫无深度。"② 苏童建构起来的南方的民族志学"小自城乡志异,大至五朝秘笈;有古典家族的谱系,也有革命阶级的传记"。③《南方的堕落》是苏童南方民族志学的一个重要作品。"我"生长在南方,但"我"厌恶南方的生活由来已久。"南方是一种腐败而充满魅力

---

① [阿根廷]豪·路·博尔赫斯:《南方》,见《博尔赫斯全集》小说卷,王永年、陈泉译,浙江文艺出版社,1999年,第187页。
② 王德威:《南方的堕落与诱惑》,见《当代小说二十家》,生活·读书·新知三联书店,2006年,第116页。
③ 王德威:《南方的堕落与诱惑》,同上书,第121页。

的存在。"① "一切都令人作呕","我承认我是南方的叛逆子孙。"② 然而,就是这个"叛逆子孙"给他厌恶的南方开拓了一个民族志学。苏童在小说中煞有介事地写了这样一段话:"地方史志记载,梅家茶馆始建于明朝嘉靖年间,最初叫做玩月楼","但是地方史志只此寥寥几笔,没有交代玩月楼的性质"。③ 苏童引用所谓"地方志",隐约意指自己为南方"立志"的志向,但是这一切都源自虚构,就像"只要找到清朝年间地下刊出的《香街野史》,读罢你便会对我们这个地区的历史和所有杰出人物有所了解"。④ 而一直躲在梅家茶馆里的金文恺像一个游魂一样推开窗户,对"我"说了一句箴言:"小孩,快跑。""于是我真的跑起来了,我听见整个南方发出熟悉的喧哗紧紧地追着我,犹如一个冤屈的灵魂,紧紧追着我,向我倾诉它的眼泪和不幸。"⑤ "我"就成了被选中的用小说完成南方的民族志学的人。作为"南方的叛逆子孙",苏童在一个复杂的难以定位的位置上为南方立志。"南方的堕落"是他对自己南方民族志学的概括,这是他多年来书写的重要命题。

苏童总是不愿意把一切说透,他说"我之所以会在记忆里长久地筛选某些东西,就是因为背后有一种精神在支撑着我,这种精神就是所谓的南方精神"。⑥ "腐败而充满魅力"虽然是一种矛盾的表达,但它就是南方精神的一种表达,所以,在"南方的堕落"中,最终的结果只有一个,就是死亡,在这一点上,苏童延续了"南朝自古伤心地"的南方文学传统,桃之夭夭,但繁华很快落尽,归入尘泥,春天绚烂的背景下的死亡更加令人伤感。"死亡之于苏童绝对是压轴好戏:是南方最后

---

① 苏童:《南方的堕落》,黄山书社,2010年,第75页。
② 同上书,第103页。
③ 同上书,第86页。
④ 同上书,第117页。
⑤ 同上书,第129页。
⑥ 苏童、王宏图:《南方的诗学——苏童、王宏图对话录》,漓江出版社,2014年,第101页。

的堕落,也是最后的诱惑。"①从这一点上看,苏童的南方具有了抽象意义,而我们对南方的阅读已经成为南方民族志学的一部分。

苏童之外,还有一些作家以南方为地标,暗自架构南方的民族志学,最典型的是王安忆的上海和格非的江南。《长恨歌》被誉为"现代上海史诗",王琦瑶的人生与上海数十年的变迁相互交织,她无论在哪里,所思所念的是上海,不论时局如何,都要回到上海,"上海真是不能想,想起就是心痛。那里的日日夜夜,都是情义无限"②。然而一个旧的时代已经过去,她成了上海的前朝遗老,最后死于他杀。《天香》更是王安忆逆时空历史而上,从文化上寻找上海的根源,为上海立民族志的作品。《天香》是王安忆向《红楼梦》致敬的作品,书中全然古典的叙述姿态和叙事语言、对女性的天然倾斜、日常生活的精细描写等都散发出南方的古典气息。

格非的"江南三部曲"宏阔而细腻,复杂而精致,百年中国南方的自然风貌、社会历史,以及知识分子精神的衍变尽在其中,又交织着个体的春梦与山河的大梦。《人面桃花》将江南女子陆秀米的命运与近代中国的历史共同呈现,描绘出民国初年江南知识分子的桃源梦与大同世界梦。《山河入梦》写20世纪50年代、60年代的江南,知识分子谭功达的桃花源梦想和实践,以及他最终在梅城监狱的死去。《春尽江南》则投向当下,揭示知识分子谭端午的人生与精神困境。"江南三部曲"堪称一部百年江南的民族志,格非以此向《红楼梦》致敬。南方的桃源梦注定破灭,秀米父亲、秀米、张季元、谭功达等人物都走在寻找桃花源的路上,但最后都以失败而告终,空留一场梦境在南方。

青年作家中,明确架构南方志的不多,朱文颖是个特例,《莉莉姨妈的细小南方》成为当代南方民族志学中不可忽略的作品。"南方的气

---

① 王德威:《南方的堕落与诱惑》,见《当代小说二十家》,第122页。
② 王安忆:《长恨歌》,作家出版社,1995年,第140页。

息是我生命里最敏感的气息之一。""'南方气质'是我骨子里的表达方式,尤其是在一部书写家族史的小说里面,即便虚构与想象的部分也是贴心贴肺的。"[①]她深掘南方女性娇小的命运与宏大的历史的错位,赋予南方决然不同的意义。张清华如此评价这部作品:"某种意义上,如果说《长恨歌》式的作品构造了'现代史中的上海'的话,那么《莉莉姨妈的细小南方》则构造了'当代史中的苏州'。"[②]

《南方》是艾伟南方民族志学的延续和变异。《南方》中的南方是层层推进的,小说第60节是一个重要的转折点,这一节一开始就用大量的篇幅来描述大师从印度带来的眼镜蛇,然后是罗忆苦被大师强暴,心甘情愿献身于大师。印度和西双版纳都是更南的南方,罗忆苦的感受是"在更南的南方,在西双版纳,我身处苍翠的热带植物之中,安详如婴孩。我感到眼前的世界仿佛静止了一样,被一种'永恒'笼罩。"艾伟在他的南方走笔向南,酷热中的堕落与诱惑,底层的生存与欺骗,存在的幽谷,幽暗中的欲望,以及其尽头死亡的深渊,都在《南方》中一一呈现,而其中最年轻的一代银杏和冯小睦却有自己歌唱和舞蹈的天赋,他们在一场传统而礼数极为复杂的婚礼中开始了新的人生,这与此前南方民族志学的小说不同。"白头想见江南",艾伟虽未白头,却志在南方,南方的民族志学中,多了一部永城志,它是艾伟的纸上故乡。

[①] 金莹:《朱文颖:在南方,"颠覆"南方》,载《文学报》,2011年6月9日。
[②] 张清华:《南方的细小、漫长与悲伤——关于〈莉莉姨妈的细小南方〉的琐碎读感》,见《窄门里的风景》,广东人民出版社,2014年,第265页。

一次不彻底的远行
——余华的《第七天》及其他

余华是我喜欢的作家,他直抵现世的勇气和疏离社会的气质一度让我着迷,他作品中的温情与冷酷、荒诞与实在,以及作品中的诸多细节让我难忘。然而,《第七天》的阅读,却是一场巨大期待中收获的遗憾。说遗憾,不是说小说的情节不吸引人,不是说小说的语言不精到,也不是说余华面对现实时不够犀利,而是说,《第七天》中,现实的控制力胜过了作家的想象力,繁杂的信息抑制了经验的书写。

从《第七天》出版到现在,迎接这部作品更多的似乎是质疑和批判,《第七天》为什么遭遇这样的命运?究其原因主要是书写现实的方法问题。我想,每一个关注余华的人都对这部作品抱有很高期望,"第七天",这又是一个富含宗教文化和存在寓意的词语,神创世纪用了六天,于是原本混沌的世界上有了光与暗、气与水、晨与昏、地与海、水与树,有了日月星辰、生命万物,到了第七天,神休息了。余华第七天的扉页里就引用了《旧约·创世记》的话,第七天是神的安息日,而余华的第七天要说什么?要怎么说?

"我意识到这是一个重要的日子:我死去的第一天。"我总以为这句话应该是小说的开头,让人想起帕慕克《我的名字叫红》的第一句:"如今我已是一个死人,成了一具躺在井底的死尸。"杨飞,一个意外事件中的亡灵因为没有墓地而到处游荡,同时回顾生前的种种遭遇及同行者的残酷人生,这是余华《第七天》书写的主要内容。这本无可厚非，但却被大多数读者和批评家认为是社会阴暗面的堆积、负面新闻的大杂烩。人性、残酷、死亡一直是余华备受注目的重要原因，更有论者将他的作品视作人现世存在的隐喻，人生而一无所有，在世间得到一些附属物后在死亡面前又一次地一无所有。得到与失去本质上的意义相似。这也是《第七天》的一个抽象隐喻，杨飞来到世间的意外，得到"父亲"的意外，得到心中的"母亲"的意外，得到婚姻的意外，乃至遭遇死亡的意外，与《活着》中福贵老汉一次次失去财富、失去亲人的意外并无本质不同。

　　到目前为止，余华的作品中没有一部能像《第七天》这样让人绝望——小说的封面上也有此类的宣传语。可是，为什么非要以绝望、残酷取胜？为什么世界有再多的杨金彪、李月珍的善良与爱也敌不过残酷冰冷的现实？小说最令人绝望的书写不是对现世的社会黑暗的呈现，而是对死后的描述。有墓地的人在殡仪馆火化之后去了哪里？此其一；一个树叶招手、石头微笑、河水问候，没有贫贱富贵、没有悲伤疼痛和仇恨，人人平等的地方却不叫天堂，而叫"死无葬身之地"？此其二。小说结尾处，只能看到到处飘荡的亡灵慢慢地变成一具具骷髅，那些亡灵曾经的亲情、爱情全然不见，即使是曾经舍弃自己爱情与婚姻抚养杨飞长大的杨金彪显然是有意无意地堕落成一个贫富等级制度的帮凶，所有有真爱的情侣在死后仍然相隔两处。虽然作品中也呈现了爱，比如没有血缘关系却浓烈至极的父子之爱、生前离异而死后如初见的夫妻之爱，物质时代被异化的恋人之爱，但这些最终消逝，了无踪影。

　　其实，余华是否书写了爱并不重要，他是否将人性的恶过度阐释也不重要，重要的是，在这样一个时代，一个作家如何面对现实，如何处理对现实的焦虑并书写现实才是最重要的。虽然多有论者指出余华作品中现实的冰冷、残酷，但都离不开作家如何对待和表现现实的问题，罕有论及现实如何对作家的产生影响者。我认为现在应该反过来考虑,当下的现实如何对我们当代中国作家形成一种强大的威胁,作家由此产生对现实的焦虑,换言之,现实如何从根本上制约作家的文学创作。

《第七天》出版前后,直抵社会现实的作品不少,引起人们关注的长篇至少还有刘震云的《我不是潘金莲》、贾平凹的《带灯》等。这两部作品自问世也一直处在被质问和怀疑的中心。《我不是潘金莲》中的李雪莲被人视作荒谬,为了一句话要证明自己的清白而走上了上访路,其中不乏对社会现实荒诞性的书写。被人看作小题大做,处理现实与虚构的关系有些过火。而贾平凹的《带灯》也被指其中内容与新闻内容很相似,就此,贾平凹回应说:"我想要说的是,围绕在带灯身边的故事,在选择时最让我用力的是如何寻到这些故事的特点,即中国文化特有的背景下的世情、国情、民情。"贾平凹的态度几乎是所有有良知的作家的态度。任何一个有良知的作家在面对现实的阴暗时都想找到一个视点,贾平凹的视点是一个基层女干部,余华的《第七天》的视点则是一个亡灵。

余华说:"作家如何叙述现实没有方程式,不同的作家写出来的现实也不同,即使是同一个作家,在不同时期写下的现实也不一样。但是必须要有距离,在《第七天》里,我从一个死者的角度来描写现实世界,这是我的叙述距离。《第七天》是我距离现实最近的一次写作,以后可能不会这么近了,因为我觉得不会再找到这样既近又远的方式。"从亡灵的角度来叙述现实,或许能保持一种距离,但是,遗憾的是,余华《第七天》的叙述却离现实很近。且不说过多的社会现象的描述有堆积之嫌,乏有灵魂的深度介入,有关亡灵世界的想象同样是一种旁观的态度。"第一天"这一部分结尾处的细节简直就是个隐喻:"我"一直行走在这个浓雾笼罩的城市,不知自己身在何处。这时一个双目失明的死者向"我"问路,"我"虽然耐心地指路,但"我"怀疑指的方向是错的,因为"我"自己正在迷失之中。问题就在这里,"我"

不知道自己身在何处，要去何处，自然就是一个迷路的幽灵，这样一个幽灵，能对一个时代投去怎样的目光？怎样去批判一个时代最重的阴影？

二十年前，余华在《〈活着〉中文版自序》中曾说，"长期以来，我的作品源于和现实的那一层紧张关系。我沉湎于想象之中，又被现实紧紧控制，我明确感受着自我的分裂……这不只是我个人面临的困难，几乎所有优秀的作家都处于和现实的紧张关系中，在他们笔下，只有当现实处于遥远状态时，他们作品中的现实才会闪闪发亮。"二十年后的今天，作家和现实的那一层紧张关系仍在，但现实的控制力似乎超过了作家的想象力，作品中那层闪闪发光的东西变得轻薄。这就是有批评家认为《第七天》的问题是"轻"和"薄"的原因，显然说的不是内容的轻薄。的确，余华的作品向来不以长篇巨制取胜，但这不影响其重量与深度。我恰恰喜欢的是他以前作品中那种牖中窥日的感觉，一个十八岁远行的少年就是一代人迷失的代表，一个福贵老汉就是存在于世的众生的提炼，一个许三观就是苦难中幸存者的概括，他们个个渺小却恒固。《第七日》的问题不在"轻"与"薄"，而在"厚"与"杂"，到达"死无葬身之地"的人物太多，能将其个个内心呈现犹如福贵、许三观者则太少。或许是对余华期望过高，杨飞就成了一个让人失望的角色，他死后七天的远行远不及《十八岁出门远行》中那个少年一天的远行彻底。相比之下，我更加怀念那个无限悲伤地坐在残缺不全的汽车里的十八岁少年，那个唱着"少年去游荡，中年想掘藏，老年做和尚"和他的牛一起渐渐远去的福贵老汉，那个因为卖不了血而悲伤地在大街上边走边哭的许三观……

批评界和读者围绕《第七天》的问题其实是一个既藏又显的问题，当现实带给作家焦虑之后，作家该如何应对它？陈晓明说，文学作品根本是虚构想象，是文字的叙述，是面向内心、人性和命运，不是外部现实社会热点问题罗列或者评论，文学是关于孤独、寂寞和失败的故事，但那里面有悲悯、大爱、倔强的生命。这才是文学生存的大地。米兰·昆德拉说："假如小说的存在理由是要永恒地照亮'生活世界'，保护我们不至于坠入'对存在的遗忘'，那么，今天，小说的存在是否比以往任何时期都更有必要？"可见，最重要的不是《第七天》这一文本的得失，而是作家如何处理现实与虚构、经验与表达的问题。

伊卡洛斯的羽翼
——刘建东小说论

刘建东想写一种更像小说的小说，但什么是更像小说的小说？一个关乎小说初衷的问题由此显现：小说是为故事，还是为这门艺术本身？前者专注故事本身，故事在召唤着小说家，故事的完整性、起承转合、高峰低谷都是重旨；后者却更加专注小说作为一门艺术而存在的本质，召唤小说家的可能是梦，是思想，是时间。在某种程度上，这种追求与故事并不矛盾。虽然刘建东的小说中既有现实性较强的在地性作品，也有实验性很强的飞翔式作品，当然，也有两种风格的交融。召唤他的是什么？他动辄被指认成一位先锋作家，先锋又是什么？

米兰·昆德拉在谈到先锋派时这样说："先锋派总是抱有与未来和谐同步的雄心。先锋艺术家创作出作品，确实是大胆的，不容易被人接受的，具有挑衅性，被人嘘，但他们在创作的时候，确信'时代精神'是跟他们在一起的，确信到了明天，时代精神会证明他们是对的。"先锋是一种精神，它关乎未来。陈思和先生认为整个"五四"时期的文学都充斥着一种先锋精神，的确，真正的先锋不仅仅是 20 世纪 80 年代的先锋小说流派，而是一种精神。从这个角度看，刘建东的小说是一种先锋精神的践行。

叙事：真相，或者可能性

好的小说首先要有一种想象和收缩的空间。写作时的定论，或者下笔之时就已经出现的小说预告是小说家非常警惕的。刘建东的小说里当然也不乏好的故事，比如《全家福》最精彩的部分是高大奎犯罪十五年后重回社会绑架了徐琳。少女时代的徐琳曾经不顾一切地爱过他，但此时的徐琳却怎么也想不起来这个人是谁。自称深爱徐琳的丈夫竟然以为妻子只是开玩笑而对绑架置之不理。可见，刘建东并不反对讲故事，对他来说，更重要的是如何实现小说的可能性，这是一个在土里寻找阳光的过程。尤奈斯库说，所谓先锋，就是自由。对刘建东来说，自由意味着约束，而这约束则是通过叙事实现的。

刘建东的小说叙事是丰富的，不确定的，他的叙事本身就是一种追问：真相到底是什么？《杀鸡》《看电影》中，一个叛逆的少女白雪在寻找真相，吴维维的亲身父亲到底是谁？《编织谎言的人》也是一样，在众人共同纺织的谎言中，真相已经不知去向。刘建东的许多小说里都会出现这样的叙事，将真相的种种可能性呈现出来，这样的叙事在长篇小说《全家福》和《一座塔》里达到了极致。

《全家福》中的杨怀昌意外死亡，于是出现了对其死因的多种推理与猜测，作者将这些推测呈现得非常细致，但真相仍然不得而知。小说的叙述者"我"就此说："但是这些无端的揣测和臆想，我更希望他们根本就不存在。"这一句话完全是对所有猜测，即真相的所有可能性的一种彻底消解。《一座塔》里面这样的叙事更多，经常会出现有人说一件事情怎么样，又有人说这件事情又是怎么样。非常典型的是姜小红牺牲后，她的尸首在马市大街仅仅悬挂了一天的时间，便莫名其妙地消失了。到底去哪里了？不同的人有不同的叙述。到底是什么？

与此密切关联的是叙述视角。刘建东的小说在叙述视角的设置方面独具匠心。《全家福》里的大部分叙述是由"我"，一个小女孩徐静来完成的。细读小说，立刻会发现一个问题，有关"我"的叙述在小说里极少，给人印象最深的就是小女孩时期的"我"和刘军玩耍得非常开心的情景。"我不在他们任何一个人的故事里，而我在哪儿？"这样一来，可以肯定地说，"我"真正的身份其实就是一个叙述者，这样既有现场感，又有节制。所以，小说最后一节里，"我累了，我不知道，对往事的叙述会使我的心这么疲惫不堪，我甚至开始怀疑我讲述这个故事的必要性了。"

《一座塔》里有比较明显的三层叙述视角：美国记者碧昂斯、母亲张如清，以及"我"。碧昂斯的视角是通过她所撰写的《平原勇士》来呈现的，这本书显然不存在，但又不是完全虚构，它有埃德加·斯诺《红星照耀中国》的影子。这是一个叙述的装置，以世界的眼光来打量20世纪40年代的中国。母亲是历史的参与者和见证者，她的叙述视角的现场感极强，却又与时代保持了一定距离。"我"的叙述视角根据需要一直在变化。除了这三层叙述视角外，还有两个叙述视角：一是小说第23节，是第二人称叙述，是传说中的革命者老杨对张彩芸的审判，这一节在书中是出奇之笔。如果用全知全能视角来写，立刻减色不少。另一个是通过县志来完成的叙述视角，县志里也有战争和死亡，但生命在县志里只是一个冰冷的数字，这实际上在表达一种批判。多层叙述视角共同运用，历史由此显现出复杂性。

刘建东的小说中，真相有可能找到，也有可能永远找不到。有时候，他会明确告诉读者，连找到真相的可能性都是不存在的，《射击》是个典型。真相难以确认，记忆也是不可靠的。《水中的仙女》的结尾处就是作者的记忆观："我不知道记忆能不能也患上帕金森症。我只知道，当我翻开笔记本，想找回以前的记忆时，却失败了。"这是典型的先锋叙事，记忆是不可靠的，这与莫言《蛙》里其他人对姑姑的怀疑如出一辙。这样一来，叙事就成了一种态度。

人物：真假，或者同一个人

刘建东小说中的人物往往真假难辨，或者不同的人物本身就是同一个人。

将小说与现实中的人物的刻意混同是刘建东的特点之一。《我们的爱》里面的人物有现实生活中的人物，"我"就叫刘建东，"我"读大学是在兰州大学，"我"的朋友就是刘建东的朋友。这一切与现实中的作者刘建东不谋而合。小说中"我"的朋友老虎唱的歌是自己创作并献给刘建东的，歌名就叫《亲爱的朋友刘建东》。读这一类小说时，难免将"我"与现实中的作者刘建东联系起来，甚至产生一种好奇，但是又立刻告诫自己，千万不能当真。这是非常典型的先锋小说。小说中的这个刘建东会让人立刻联想到20世纪80年代小说中的马原，"我"就是刘建东，与当年"我就是那个叫马原的汉人"有相似之处，马原经常会"实话说"，但是马原会在我们进入他的叙述圈套之后告诉读者，"读者朋友，在讲完这个悲惨的故事之前，我得说下面的结尾是杜撰的。"问题是两个人的区别在哪里？马原最重要的是把小说的虚构本质揭开给读者看，他的人物设置是为了实现叙述圈套的功能，而刘建东却是在知道小说的本质后努力建构，他的人物在梦想与现实之间痛苦挣扎，一心想要飞翔却只能贴地行走，最后是梦的破碎，现实的胜利。

刘建东同一部作品中往往会出现真假难辨的人物，这是非常有趣并颇让人深思的地方。《一座塔》里面的真假老杨是典例。张武厉在A城发动了一场全城搜查革命者老杨的行动，竟然在城里找到六个与老杨长相极为相似的人，就因为长相酷似老杨，其中五人被处决，留下一个最像老杨的人来假扮老杨。这个人在长相上与真老杨一模一样，在革命演讲方面的才能比老杨有过之而无不及，以至于后来比真的老杨的演讲更具有煽动力，更容易感染人。这个假老杨在张武厉的眼里比真老杨还可恶，最重要的是，他让真老杨丧失了革命演讲的欲望与能力。

张武备是《一座塔》中的关键人物,他是一个被神化的英雄。在众人口中他是马上飞翔的英雄,杀人不眨眼,战无不胜,无所不能。他是莫言的荆轲,是被大家神化的"平原勇士"。所以,有一天他突然问:"我是谁?"因为他发觉其实他已经不是自己,而是一个被神化的英雄龙队长,是一个能够带领众人走出困境的人,一个救星一样的人。然而,他所有的勇敢和果决都来自他身边的女人姜小红。他与生俱来的品性其实不是战斗,而是羞涩。这才是留给一个内心更加广阔的年轻人的自己独享的天地。碧昂斯和丁昭珂都要把这个英雄写进书里,她们都要立志把他写成"真实的样子",但是真实的样子显然无处可寻。在《一座塔》里,刘建东把张武备塑造成了一个人,他把一个人从被神化的平原勇士的位置上拉下来,让历史让位于人的真实个性和内心。

刘建东小说中的不同人物可以看成同一个人。《一座塔》里黄永年和康顺利长相相似,对革命的热情也是极为相似的,或许他们原本就是同一个人。前者的失踪和后者的突然出现,以及暗杀行动其实是统一的。还有姜小红和张武备,其实在某些层面上也是同一个人。刘建东就此阐述:"我没有刻意地去塑造一个英雄,我把张武备和姜小红分别来写,其实他们可以合而为一,他们是人物内心的许多个侧面的具体反映。"《情感的刀锋》里的严雨和任青青性格反差很大,却又像一个人的两个侧面,罗立在她们之间的左右摇摆其实是他内心的犹疑。

也有一些人物的功能是叙事与建构,比如《全家福》中的父亲。《全家福》是刘建东相对写实的作品,但也会偶尔裸露虚构,尤其是"我"对自己叙述者身份的明确揭示。这部小说中父亲的存在冲淡了整篇小说的现实感,多了些虚幻。每一个儿女在最重要的时刻都看见了父亲,父亲对他们重要时刻选择的影响巨大,现实中的父亲却是个行动不能自理的病人,父亲的头发的脱落与生长是一个巨大的谜,与小说的发展形成一种暗合。

意象：建造，或者飞翔

　　意象在刘建东的小说世界里醒目而锐利，它们犹如平原上突兀而立的山峰，让读者在它们面前停留，丰富了阅读经验，打断了小说的阅读快感与速度，但又复杂多义，相互关联，成为平原上不得不反复回味的风景。

　　声音是刘建东小说中引人注目的意象之一。刘建东的早期小说里就已经出现了这一意象。《午夜狂奔》中的林华是个盲人，当她来到城市最繁华的地方时，声音让她疲惫，在她，声音是看的，不是听的。她宁愿自己是个瞎子，也不愿看这么多声音。她对声音的恐惧就是对这个世界的恐惧。声音在《全家福》里也代表恐惧。妈妈无论醒来还是睡着都能听到爸爸头发欢快生长的声音，因此无法正常生活，可是到医院却查不出任何毛病。她到了遥远的新疆后，一躺下仍然立刻听到了爸爸头发生长的声音，像是狗咬骨头的声音剜着她的神经，让她无法入眠。其实这声音来自妈妈内心，她背叛丈夫，表面上没有任何负罪感，内心里却无法释然。爸爸似乎也只有通过头发的疯狂生长表达自己对妻子的愤怒，在妈妈的性伙伴死后，爸爸的头发就再也不长了，那声音自此消失。

　　《一座塔》里的声音具有多重的隐喻和建构功能。声音既是一种存在，也可以是一种否定。战争的声音、建塔的声音、假老杨的声音、"我姥姥"房间的声音，一同响起，构成一个宏大的奏鸣曲。张彩虹因巨大的爆炸声而失聪，整个东清湾的人因此失语，但是在张洪儒的带领下，东清湾的人开始诵读《礼记》，他们的声音中拥有了来自中国传统文化深处的力量，他们的声音响彻天际，悲亢而昂扬，所有的人热泪盈眶，经历了一次声音迷失的航程，他们在诵读声中经历了一个噩梦般的轮回，他们在诵读声中听到自己死去的亲人的声音，声音打通了阴阳两界。这样的声音是由内向外、由精神向形式转化的一个过程。小说结尾处，"我"听到彼岸亲人们的声音，泪流满面。

雕像在刘建东小说中同样重要。早期中篇小说《师长的故事》后来录入小说集《射击》时改名为《师长的雕像》，这个名字改得很成功，因为小说原本就是在写一个雕像与本人的巨大落差的故事。师长被家乡百姓神化，塑起巨大的雕像。当真正的他落魄地出现时，没有人愿意认可，他的妻子宁可弄瞎自己的眼睛也不愿意接受一个失败的丈夫。《一座塔》里的张武备被神化，一群石匠要找平原上最高的石山，因地制宜用山为他修一座雕像，但是没有雕成。而张武备这个平原勇士只能在平原上生活，当他离开平原进入城市，立刻显出局促悲伤，不安迷茫。

还有塔的意象。每个人的心里是否有塔？每个人心里的塔不一样。每个人都想建造自己内心最高的塔。在碧昂斯看来，平原上的塔就是巴别塔，是不可能建成的，因为上帝不允许他的威信受到质疑。小说中每一个人看塔时的感受都截然不同。从小说内部走出来，换个视角看，小说就是刘建东的塔。《一座塔》里塔的设计者、建造者在塔快修好时自杀，这是个强大的隐喻，其实这"一座塔"真正的设计者和建造者是刘建东，或者说作家写作就是建造，每一个作家在即将完成一部作品的时候"自杀"，因为写这部作品的那个人在作品完成时已经远去，他无法回到写作的那个时刻。一部作品中所有的声音其实都是作家的声音，作品中人物的寻找其实也是作者的寻找，一直寻找她最爱的黄永年的"我"的母亲张如清就是刘建东，前者一直寻找一个叫黄永年的人，后者却一直在寻找更像小说的小说。

刘建东在《一座塔》里写到张武备的消失时提到两个历史人物，伊卡洛斯和夸父，这更是一个隐喻，是刘建东的自喻。夸父逐日到太阳落下的地方时渴死，伊卡洛斯用蜡和羽毛做成羽翼飞离克里特岛后忘记了忠告，飞得离太阳太近，羽翼融化，落入大海丧生。先锋是刘建东的羽翼，虽然他不想离太阳太近，不想被世俗的力量融化，但他一直在按自己内心的路线飞翔，且非常坚定。

现代人的残缺与救援
——蒋一谈论

2009年蒋一谈以短篇小说集《伊斯特伍德的雕像》赢得短篇小说鬼才的赞誉。这本书封面上有一句话:"浮躁的年代,读安静的小说。"的确,蒋一谈的小说是安静的,读他的小说要静下心来慢慢品味。蒋一谈不仅及于静,他做起了寻宝人,从人类的文化遗产中找到那些财富,着意地,或者不经意地把它们潜藏在自己的小说世界中,让它们与中国的当下现实产生关联。对蒋一谈而言,那些重要的话,他在小说中从不说透,只是让人体味。过去与当下,温暖与冰冷,残缺与救援,梦境与现实都在他的小说世界中并行不悖,且井然有序。

早在1993年,蒋一谈由出版社辞职在家写作,一年内写了三部长篇小说《北京情人》《女人俱乐部》《方壶》,次年同时出版,但这在长篇小说盛行的时期并未引起过多的关注目光。此后他把写作理想摁在了箱子里,自己做起了出版人,并且成立了读图时代公司,身任董事长。十五年磨一剑,四十岁的蒋一谈重新向文学进发,带着突起异军的锐气,又平添了沉稳从容的风度。蒋一谈给自己签了一份"短篇人"的协议,迄今为止,他出版了六部短篇小说集,除《伊斯特伍德的雕像》外,有《鲁迅的胡子》(2010)、《赫本啊赫本》(2011)、《栖》(2012)、《中国故事》(2013)、《透明》(2014),看看这几部集子的出版时间,就发现一个有趣的规律,从2009年起,蒋一谈每年出版一部短篇小说集,其中少量的作品是出版前见诸文学刊物的,更多的作品则是直接出版。事实上，蒋一谈最初的想法就是以一年一本的速度出版他的短篇小说，从而逐步建构起他的短篇小说世界，可见，他正在将自己的想法付诸实际行动。在当前中国的文学语境中，蒋一谈在文体选择和美学风格方面都是个踽踽独行的人，他以自己的坚定、执著和独特的禀赋，着力于现实，又呈现出虚构的魅力，带来文字的奇迹和叹息。

抓取角落里的那道光

先说文体。论者对蒋一谈的短篇小说的文体追求与实践已有种种赞叹，而蒋一谈本人也就此明晰地表述过自己的立场："短篇小说写作就是抓取角落里的那道光，让普通的词汇、让读者习以为常的人物和事件重新发散出另外的光亮，是我进一步思考的动力。"[①]"遇见一棵树，我有时会想起美国哲人艾默生的名句：'每一棵树都值得用一生去探究。'树干、枝桠、树干上的洞口、枝桠上新鲜或枯败的叶片，或者落在树枝上的鸟粪，树的外表和内在，树的周围世界，这一切都是一棵树整体的一部分——而短篇小说，就是能照亮树木任何一部分的那道光。"他希望"自己能成为一名复杂丰富、包罗万象的短篇小说作家，而不是一个在单一风格上自娱自乐荡秋千做陶醉状的写作机械手"。[②]"短篇小说是短跑，长篇小说是马拉松。我想把短篇小说写作当成一场马拉松，希望自己能够匀速前进，也希望沿途能补充到干净的饮用水和营养品。"[③] 蒋一谈的这些话可以从两个层面理解：一是短篇小说的"光"效应，这种文体可以让惯常的人物和事件发出另一种光芒，且可以让作者思考这个世界；二是作者面对短篇这种文体时并不急于爆发一时

[①] 蒋一谈、王雪瑛：《中国需要这样的作家——蒋一谈访谈》，载《上海文学》，2011年第9期。
[②] 蒋一谈：《鲁迅的胡子》，新星出版社，2012年，第244页。
[③] 蒋一谈：《用马拉松的心态去短跑》，载《文艺报》，2012年12月21日。

之力，而是一场漫长的匀速的前进，它需要不断地补充新能量。蒋一谈对短篇小说情有独钟，他计划从四十岁到五十岁，写出几百篇短篇小说，出版十几本短篇小说集。"这种'宣言'和姿态本身就隐含了一种充满自信的挑战和勇气，当然，也必然地使他的写作显得有些另类和孤独。"①

对短篇小说的关注几乎与中国现代文学的发生是同步的。1918 年，胡适在北京大学国文研究所小说科的讲演题目就是《论短篇小说》，他将短篇小说界定为"短篇小说是用最经济的文学手段，描写事实中最精彩的一段，或一方面，而能使人充分满意的文章"，进行了细致的阐述，回顾阐明了中国短篇小说的略史，在讲演最后，他提出："最近世界文学的趋势，都是由长趋短，由繁多趋简要……所以我们简直可以说，'写情短诗'，'独幕戏'，'短篇小说'三项，代表世界文学最近的趋向。"②从这段讲演中可以看到胡适对短篇小说这种文体的喜欢和对中国短篇小说发展的期望。中国现代小说最早的成熟标志就是短篇小说，1923 年，茅盾已然断言："在中国新文坛上，鲁迅君是创造'新形式'的先锋。《呐喊》里的十多篇小说，几乎一篇有一篇的新形式，而这些新形式莫不给青年作者以极大的影响，必然有许多人们上去试验。"③而严家炎先生所说中国现代小说在鲁迅手中开始，又在鲁迅手中成熟，当然是说短篇。中国现代文学史上以短篇小说而为人称道的作家不少，鲁迅、沈从文、张爱玲、张天翼、废名、孙犁等人作为文体家的一面，大都是从短篇创作中呈现出来的。此外，乡土小说流派、京派作家中的大部分也都是这样，还有许多作家虽然长篇著作很多，但他们留下的那些短篇一样光芒夺目。

---

① 吴义勤：《对短篇小说的"痴情"与"梦想"——读蒋一谈的短篇小说创作》，载《当代作家评论》，2012 年第 1 期。
② 胡适：《胡适文集 3·文论卷》，人民文学出版社，1998 年，第 46—57 页。
③ 雁冰：《读〈呐喊〉》，载《时事新报·文学旬报》，1923 年第 91 期。

然而，至当代文学，却发生了一些微妙的变化。整个十七年文学是以重建中国现代革命历史为重任的，这一时期的作家大都渴望宏大叙事，渴望重大题材，渴望那种全景式的史诗性质的长篇巨制，他们不但倾向长篇，而且往往有创作"多部曲"长篇小说的宏伟志向，甚至这种思想影响到了当时的诗歌，十七年长篇叙事诗的兴盛显然与此密切相关。但是，由于这一时期政治因素和中心作家的文化性格所使，许多作家并未完成自己的宏愿，反而出现了一大批"一本书作家"。这一时期的短篇小说创作也在发展，尤其是文学刊物的出版方式对短篇小说的创作是一种推动，但这一时期的短篇小说往往以迅速反映生活，达到及时配合社会政治运动为目的。所以，除了"百花"小说和一些非主流的叙事之外，短篇小说整体成就不高。新时期到来之后，作家们对长篇的整体热情并未衰减，但这时却出现了一位以短篇小说为追求的重要作家——汪曾祺。且不说他那一般不写重大题材的自甘恬淡和诗化小说的品质对新中国成立后长期单一的审美情趣和小说形式技巧形成了多大的冲击，仅他短篇小说的文体理想在那个时代也足以令人钦佩。汪曾祺几乎不涉足中长篇小说，更没有尝试全景式或史诗性的努力。汪曾祺曾经这样表达自己的文体意识："我只写短篇小说，因为我只会写短篇小说。或者说，我只熟悉这样一种对生活的思维方式。我没有写过长篇，因为我不知道长篇小说为何物……我的小说最长的一篇大约是一万七千字。"① 汪曾祺的《受戒》《大淖纪事》《晚饭花》《异秉》、"故里三陈"等短篇小说成为当代文学史上的一座高峰。其后虽然也有许多作家在短篇小说领域里成就卓著，但他们同时出版长篇，莫言、苏童、余华、毕飞宇、铁凝、迟子建等都是这样。

在这样一个语境下，蒋一谈的出现实在让人有些意外。从 2009 年

---

① 汪曾祺：《〈汪曾祺自选集〉自序》，见《汪曾祺全集 4·散文卷》，北京师范大学出版社，1998 年，第 93 页。

至今，他的六部短篇小说集已经赫然放在那里，使人无法忽视。在很大程度上，这与他的精神血缘密不可分。提到蒋一谈，首先想到的是《鲁迅的胡子》，先不说蒋一谈在精神上如何以鲁迅为自己的导师，仅就文体而言，蒋一谈也是全然心向鲁迅的。在他看来，"鲁迅是伟大的作家，伟大在于他的思想，也在于他的文体。"①的确，如果说鲁迅没有那些经典性短篇小说，他的文学世界将至少坍塌一半。蒋一谈选择短篇的原因到底是什么已经不再重要，重要的是他的短篇小说内部是丰富的，细读蒋一谈的小说，会发现他的短篇写得极为精心，小说结构上也少有完全的重复：或着力呈现现代社会中人的残缺与对救援的渴求，或将人类的文化财富潜藏于当下人的生活书写，或以梦境为小说的结构主体，或以女性为小说主人公，甚至以女性视角进行呈现……蒋一谈说，他喜欢有三个"+"号的短篇小说，"故事创意+语感+叙事节奏+阅读后的想象空间"，他对故事创意和故事呈现方式的注重是明确的，有方向感的。他把这样的追求看作是现代创意学与文学叙事学的重合，正是基于此种追求，他实现了写作与阅读的双重目标，写作的陌生感和阅读的熟悉感。

"无论中国的小说史还是西方的小说史，在叙事文学方面，短篇小说都是基础性的，以后小说的建构不管多么庞大复杂，广阔纷纭，要是沿波讨源，短篇小说还是基本单元。因而着眼于短篇的营构也是最实际的努力。事实证明，强化短篇小说的文体意识对于整个小说创作都是至关重要的。不能产生优秀短篇小说的国度和民族不大可能凭空产生惊世的长篇杰作。"②显然，批评家对优秀短篇小说的渴望之情溢于言表。无论是批评家还是作家，他们在急切渴望的同时，自然明白短篇小说是一条艰难的路，蒋一谈主动选择了这条道路，他有站在一条死

---

① 蒋一谈：《遗憾的中国时间》，载《人物》，2012年第4期。
② 雷达：《强化短篇小说的文体意识》，载《文艺争鸣》，2011年第1期。

胡同口往前走,把死胡同写宽,甚至写穿的冲动。现在,蒋一谈正抓取角落里的那道光,再撒下来,让我们习以为常的世界发出新鲜的光亮。

残缺部分的渴望

有关人的残缺是一个恒常的话题。席勒认识到人是"绝对的和不可分裂的统一体,这个统一体从来就不会与它自身相矛盾"。这个统一体是理智迫切需要的东西,理智乐意在最理想的整体性中维持它的主体。因此,作为一种优势机能,它必定要排除感性的和相对劣势的机能。但是这样做的最终结果是人的残缺,而人的残缺原本是席勒探索的真正动机和出发点。[①]在别尔嘉耶夫看来,"性是人的残缺与分裂⋯⋯按其本性来说,性不是贞洁的,也就是说,不是整体性的。只有真正的爱情才能导致整体性,不过,这是最具悲剧性的问题之一。"[②]史铁生也发表了他的经典观点,神性、神的本身就意味着永远的追求,就是说正是因为人的残缺,证明了神的存在。可见,说人的残缺,会产生比较复杂的多重含义,身体的残缺、精神的残缺、两性的残缺,等等,不一而足。在某种程度上,现代社会中的每个人都是残缺的。自离开母体之后,他们在生长过程中遇到来自社会、历史、文化、代际、回忆等的刺激与伤害,由此导致的灵魂的残缺是蒋一谈小说的一个重要主题。他们无一例外地在精神上陷入残缺的困境,但又不甘于现实,在挣扎中渴望来自外界和内心的救援。

蒋一谈的思路和文笔一样绵密细腻,他重新回归写作并且选择短篇显然是有备而来,他有话要说。他要说的是残缺的世界中残缺的部

[①] [瑞士] 卡尔·古斯塔夫·荣格:《心理类型——个体心理学》,储昭华等译,国际文化出版公司,2011年,第80页。

[②] [俄] 尼·别尔嘉耶夫:《自我认识:思想自传》,雷永生译,上海三联书店,1997年,第42页。

分，以及他们对救援的渴望。《伊斯特伍德的雕像》中的关键人物是法苏，她失去了心爱的男友，通过为他雕一座伊斯特伍德的头像而找到让自己活下去的希望，但不幸的是在这个过程中右手受伤，她找到少年荆轲，也就是王小嘎，让他帮助自己实现了愿望。蒋一谈在叙事中充满了一种悲悯与同情，就法苏而言，她是个成功的雕刻家，但在情感世界上是残缺的，最后帮助她的少年是来自民间的，少年小小年纪却身怀高超的雕刻技艺，其雕刻技艺师承自他的爷爷。需要引起关注的是，少年不愿意别人叫他王小嘎，而愿意别人叫他荆轲。荆轲刺秦的故事深入人心，荆轲原是想拯救他人的英雄，这个乡间少年也想拯救人，他想给爷爷找一个可以说话的女性，但在爷爷的心中永远只有钟爱的小翠。荆轲自己的情感世界也是不完整的，世界上唯一的亲人爷爷也不是他的亲爷爷，在他很小时，父母离开他去海里捕鱼而葬身海底。《伊斯特伍德的雕像》中的三个主要人物法苏、荆轲、爷爷的家庭和情感都是不完整的，只在荆轲叙述中出现的荆轲的父亲也是个孤儿。蒋一谈在这部作品中无意间泄露了他回归写作后的一个重要呈现内容：每个人都是残缺的部分。

China Story 中的老那丧偶，生活的所有希望都在他的独子那彬身上。那彬在 China Story 杂志担任英文实习编辑，老那孤独的晚年生活唯一的乐趣就是读一本用英文讲述中国故事的杂志，他费尽心力阅读儿子采访后发表的"中国故事"，因为他几乎一个单词都不认识，必须通过一本英汉辞典逐字逐句地翻译。这些"中国故事"是什么呢？是一位老太太和120只流浪猫的故事，是三个大学生跳水救人却没人救他们的故事……此外，还有一只会说话的鹩哥陪伴他。老那离开人世时唯一的声音是这只鹩哥鹦鹉学舌的凄厉声音：China story……它叫了一天一夜，因为只有它看见老那孤独离世时的情形！换一个角度思考，老那的故事难道不是更令人难过和同情的"中国故事"吗？

《随河漂流》显然也是突现人的残缺的一篇小说。"我"和柳蕙在一次旅行中意外地失去了彼此的恋人，随后生活在一起，这似乎是对失去恋人后的残缺的生活的安慰和弥补，但显然，他们的内心深处仍然是残缺的，无法在一起生活中找到完整性，还免不了生活在此前的悲痛和回忆之中。小说中还有一个背叛的潜在线索，原本可能在洞穴中走向死亡的是柳蕙，但由于陈力和安然的突然背叛却让柳蕙活了下来。柳蕙和"我"在一起生活中寻找着救援，终于，柳蕙烧掉了前任男友陈力的东西，和"我"随河无目的地漂流，这漂流意味着新生活的开始。或许，也是救援的一种方式。

蒋一谈对人的残缺本质的揭示并未仅仅停留在外在的形式层面，有些外在的完满表面下，掩藏着更深的残缺与孤独。《温暖的南极》中的"她"就是一个典例，后文分析蒋一谈对女性的观照和书写时有专论，此处先不申述。《七个你》关注了都市年轻一代女性的生存与精神状态。"我"及与"我"相关的词都是令人厌恶的，"现在的你才有最可靠、最全面、最本色、最值得依赖的灵魂。"一周七天，"你"每一天扮演的社会角色和自我内心的定位都不一样，她面对的是残破不全的家庭，能称得上朋友的也是一个自称丧家鸡的同龄女性。这七个"你"的分裂其实就是残缺的另外一种表现形式，丰富表象下自我的沦丧。七个"你"的灵魂并不可靠，真正的灵魂躲藏起来，无处可寻。

由此不免引出《透明》，这是蒋一谈新近出版的小说集《透明》的破题之作。"我"是个胆怯的男人，对现实生活有种恐惧和虚弱感，害怕社会，害怕闯荡。因此离婚，唯一的女儿与前妻生活在一起。父亲这个词汇在"我"这里轻飘飘的，"我"还没有成熟，我也希望自己成熟起来，但是这一天似乎遥遥无期。之后"我"与杜若同居，杜若在外打拼，"我"在家照顾她和儿子叮当的生活，成了一个优秀的居家男人。但在这种生活中"我"常常想起亲生女儿。在杜若的黑暗餐厅里，"我"遇到了前妻和女儿，在一种天然的亲情牵引下，"我"想把女儿养大成人，但是并不想复婚，并且又回到了杜若的家。"我"渴望与女性的关系是一种双方都没有压力的关系，因为没有压力就没有期待，没有期待就没有责任，而抚养女儿是"我"最大的责任。这的确是一种尴尬的处境，"我"虽然与杜若做爱，但是心里还没有真正爱上她，没有爱情的性并不能让人走向完整。在蒋一谈的世界中，残缺的人性随处可见。《透明》中的"我"的不成熟其实就是残缺，与前妻的婚姻无法拯救，对女儿的责任也无法拯救，退缩在家更找不到救援的途径。残缺的"我"在黑暗中遇到女儿，她坐过的方位开始有了明亮，残缺的"我"因此而透明，残缺的世界也因此而透明。虽然对女儿的父爱隐约唤起了"我"的某种责任感，但对生活对未来仍然是茫然的。杜若对"我"超乎寻常的想法表示理解，一时之间接受了这样的事实，但试看表面上同时拥有两个家的"我"在本质意义上是否有一个真正的家？

蒋一谈对人的残缺本质进行了细密深刻的揭示，他让这些人朝着救援的方向走去，他们或者找到救援，或者走向绝望。《枯树会说话》中的阿霞失去了丈夫和孩子，但在"我"的帮助下找到温暖；《赫本啊赫本》中的小树父亲患绝症想去瑞士自杀旅行，最终得到了女儿的理解；《芭比娃娃》中的小翠、小菊先后失去亲人，做梦都想拥有芭比娃娃，得到的却是成人用品。看到她们失望地走在北京郊外昏黄的小街时，我想到了余华《十八岁出门远行》中无限悲伤地坐在残缺不全的汽车里的少年，这一刻，我希望蒋一谈更加彻底一些，把现实的伤口撕得更深一些。每个人离开母体后都是残缺的部分，他是穆旦诗中的"我"，"想冲出樊篱"，却"伸出双手来抱住了自己"，他"永远是自己，锁在荒野里"。

把财富潜藏在当下

蒋一谈短篇小说的一个重要特点是把人类的公共文化财富潜藏于当下的现实，让他们与当下的中国普通人发生联系。除了上文中提到的《伊斯特伍德的雕像》，尚有《鲁迅的胡子》《赫本啊赫本》《马克·吕布或吴冠中先生》《洛丽塔与普宁》，等等。也有人在未读小说的情况下对蒋一谈的这种创作方式提出质疑，认为是拿经典人物吸引读者。蒋一谈就此回应说，伊斯特伍德、鲁迅、赫本等都是人类的公共文化财富，任何作者，包括读者，都可以写，都有权利写。他把为自己好奇的人物各写一篇短篇小说作为写作内容的一部分。除了已经写过的，还有孔子、孙悟空、毛泽东……这确实是个让人期待的创作计划。

蒋一谈的短篇世界中，这其实是最危险、最艰难的一部分。当代作家需要用互文来实现自己的写作其实是不容易的，因为前者已经深入人心。如何既保持已有人物的形象，又让他们与当下发生关联的尺度是很难把握的。蒋一谈也深知这一点，他在写作时不想改变真实人物在读者心目中的形象，只是把他们腾挪过来放在某一瞬间和位置，与当下的中国人发生某种联系。这样做的难度在于，不能太刻意，但又不能失真。比如伊斯特伍德是闻名世界的电影大师，中国同样有许多观众喜欢他的作品，《伊斯特伍德的雕像》中，绝望的雕刻家法苏通过雕刻伊斯特伍德的像而获得活下去的希望。其实，伊斯特伍德在这部小说中的功能是结构性的功能，通过他把法苏、荆轲、爷爷等人物的人生架构在一起。

《赫本啊赫本》的叙事完全超出阅读的预设。赫本在小说中的功能更加复杂，她仍然具有结构性的功能，但同时又具有一种潜在叙事的功能。赫本是小树父亲一生内心的伤痛，因为父亲一生最爱的女性安慧与赫本形貌极为相似，而安慧死在了中越战场上。对赫本图片的收藏与内心无法释怀的情结让父亲一生活在痛苦之中，因此夫妻离异。这一切又给成长中的女儿带来了伤害和痛苦，女儿不明就里，将赫本当作自己向上发展的动力，但父女之间几乎没有沟通。这篇小说篇幅不长，但精神含量却很丰富。有战争的残酷及其给人带来的精神创伤：参加过战争的父亲回乡后的脾气暴躁不仅仅是失去了心爱的人，身体也残疾了,后来他患上绝症后则想去瑞士自杀旅行,想体面地离开人世;有家庭内部的冲突:父女长期的误解和不交流是小说的一个重要冲突,但他们又分别在各自的世界里与赫本产生关联。赫本的成长过程中父亲是缺席的,这让小说在一种互文性的结构中呈现出了共同的冲突与主题。墙上的赫本安静、纯粹,父亲与安慧之间也是清澈朴素的。小说中的父女因赫本而隔膜,但最终也因赫本而相互理解、包容。蒋一谈借人物之口说:"人生充满苦痛,我们有幸来过。让过去的都过去吧,能重逢的一定会在死后重逢。"

《鲁迅的胡子》堪称蒋一谈短篇小说的里程碑,鲁迅是开启这一叙事过程的一把钥匙。鲁迅是现代中国的民族魂,是中国现代文学之父,他的格式的特别、思想的深邃、对现实的关注和对人性的批判都是空前的。毫无疑问,鲁迅是蒋一谈写作的导师和方向。蒋一谈曾经将作家进行过分类,在他看来,时间会将作家分级淘汰,普通作家、知名作家、著名作家、大作家、大师级作家、巨匠级作家和魔鬼级作家。鲁迅是百年来中国唯一的魔鬼级作家,他是独一的、具有文学精神的,其文字是深入国民的骨髓和血液的。如何让这样的鲁迅与当下中国人的生活现实发生关联是蒋一谈这篇小说的难度所在,也是吸引读者的地方。

沈全二十年前从家乡到北京读大学,是一名正规大学中文系的学生,他的人生理想是成为一个诗人或小说家。但事与愿违,为了获取北京户口,他在一所普通中学教了五年语文课,文学梦离他远去,为了生存他和老婆开了一家足底保健店,给人捏脚,虽然内心充满自卑,但生活算是过得去。直到在回北京的火车上遇到一个三流的星探,他的人生开始了戏剧性的变化。蒋一谈的作品中常常充满了戏剧性,有激烈的矛盾冲突,有高潮。有个导演想拍一幕鲁迅的话剧,在星探看来,沈全留起胡子就是活着的鲁迅。出于对鲁迅的敬佩和对小店单调重复的生活的厌倦,沈全想去试试。化妆之后,尤其是粘上胡子之后,沈全成了一个活脱脱的鲁迅。"没有胡子也没有鲁迅",小说中,沈全没有留胡子，他粘上的胡子时不时会变歪，自然，他不是鲁迅，鲁迅难以回到这个时代。沈全活在为生存而挣扎的困境和对异性诱惑的拒绝中。他以鲁迅的形象走在北京城，完全换了个心态，晚上睡觉也不想卸妆，但是明星梦却没有了下文。为了生计，沈全打扮成鲁迅的形象站在自家的小店门口招揽生意，装扮成一个自己尊敬的作家为各色客人按摩，实在是沈全不愿意的，但也是无奈之举。为了见到那个因为没有钱而违约的话剧导演苏洱，沈全自己借了八千元钱垫付。见到苏洱才知道她是个中戏的学生，她父亲是个鲁迅研究学者，得了肺癌，又有精神妄想症，期望见鲁迅一面，得到鲁迅的赞扬。苏洱为了帮助父亲临终前实现夙愿就为她父亲一个人安排了这场话剧。这场话剧没有观众，苏洱的父亲实现了的毕生的愿望，沈全则在话剧中洗涤了自己的灵魂。

小说的中心有时是鲜活的人物，有时是宏阔的景观，有时是微妙的细节，有时则是一个寓言。《鲁迅的胡子》就其本质是一个寓言。小说中唯一从内心真正敬重鲁迅的是苏洱的父亲，可他是个精神妄想症患者。鲁迅的精神与当下中国人的现实生活距离究竟有多远？

与此相关的是《在酒楼上》。鲁迅的短篇小说《在酒楼上》呈现的是辛亥革命风浪过后两个悲剧性的知识分子在酒楼上对饮伤怀，世界与他们似乎没有什么关系，尤其是吕纬甫，曾经充满了革命的热情，议论改革中国的方法以至于打起来。但革命的风潮过后却变成了一个敷衍模糊的人，开始教"子曰诗云"和《女儿经》了。小说结尾处，"我"从酒楼上出来，见天色已是黄昏，和屋宇和街道都织在密雪的纯白而不定的罗网里。蒋一谈的《在酒楼上》与鲁迅的作品亦有强烈的互文性关系。"我"是近现代史博士，毕业后在北京中学做老师，生活得平淡无奇，与女朋友陆迪相处五年既没有结婚也没有分离，只有一份暗藏欺骗性的亲情。在学校里我原本喜欢用生动的方法给学生讲历史知识，但为了适应学校的教学，为了有利于孩子们高考，我不得不放弃那些生动的方法，对工作也很淡漠，"成长"为一名非常合格的乖老师了。

这一点与鲁迅《在酒楼上》中的吕纬甫竟然不谋而合。"我"收到了姑姑的信,她以一个开在故乡的绍兴酒楼为代价想让我照顾痴呆儿表弟阿明。这个酒楼中挂着取自鲁迅作品的画,其中有一幅就是《在酒楼上》。"我"是个知识分子,身上有怯懦和纠结,但我不愿意承认。在照顾阿明的过程中,我获得了一种新生的力量和勇气,也重新获得了陆迪的爱情。在绍兴的酒楼上,"我"和陆迪同时想到了鲁迅的《在酒楼上》,由两个民国知识分子想到了自己,但不同的是,"我"和陆迪准备开始新的人生。

蒋一谈的语言简单质朴,但他的故事构架不落俗套,同时,常常将那些人类的公共文化财富潜藏在作品中,让他们与他的人物产生关联,也让这些财富又一次发出亮光,这是蒋一谈短篇小说的一个重要美学基础。当然,蒋一谈有时也通过一些文化符号表达文化的没落和悲哀,比如《刀宴》《中国鲤》等。

我手写"她"心

在蒋一谈的六部短篇小说集中,《栖》是比较独特的一部。单从小说集的名称来看,其他五部集子的名称都来自其中某一部作品的名称,而《栖》这部集子却以"栖"来统领其中收录的八篇小说,是一部典型的主题短篇小说集。八篇小说的主人公全部是城市女性,其中更有直接通过女性视角来呈现的作品,《林荫大道》《温暖的南极》《疗伤课》是典例。蒋一谈重新进入写作状态是在他四十岁之时,此前他做过多年出版人,并且已经成功。这让他与那些成名很早的作家不同,成熟的状态恰恰有益于他的写作。他的方向感很明确。"我手写我心,是写作的一个层面。我手写他心,是写作的更高层面。"[①] 好的作家要有一颗

[①] 蒋一谈:《赫本啊赫本》,新星出版社,2011年,第211页。

悲悯之心，在蒋一谈这里，他心即我心。他希望能够用中年的心、男人的心、女人的心、青少年的心、儿童的心写出不同风格的中国人的故事和命运。如果说蒋一谈一直将此作为自己努力的方向的话，《栖》这部短篇小说集则是一部我手写"她"心的主题性极强的小说集，是书写当下中国都市女性生存与精神困境之书，也是一部当下中国城市女性心灵的栖息之书。

开篇《林荫大道》中的夏慧是一个古代历史学女博士，多年求学之后她与理想生活几乎无缘相遇，只有高中历史老师的毕业赠言清晰："学好历史能帮助我们读懂无情的含义，因为往事如烟。"她在北京这所城市无处依靠，读书再苦思索再累她都愿意，但是博士毕业后唯一的出路却是做一名中学历史老师，难道这就是她能读懂的无情的含义？夏慧的男朋友苏明是训诂学专业博士，毕业后也没有找到工作，在一所国学研究机构读博士后。他们可能实现的最好的生活就是先租一套一居室的房子，然后让夏慧去中学后再解决生存问题。夏慧自然是不甘心的。当夏慧的目光从梦想中的小书房转移到母亲做保姆的别墅后，她和苏明几乎同时发现生活的差距是如此大，太大了。在无情的物质鸿沟面前，苏明和夏慧同时惨败，苏明几乎到了一种被去势的状态，夏慧则在独自穿行了长条状的林荫大道之后无法回到单纯的过去。所以，她想此时此刻如果苏明把她推下露台，她一点也不生气。

《温暖的南极》是一个互文性很强的文本，"她"读的是克莱尔·吉根的小说《南极》，其中的女主人公想尝试婚外的感觉，但最后被陌生男人铐在床上，挣扎无望。她也想出走并体会来自其他异性的感觉，但是当她进入购物中心后购买的却是给女儿和丈夫的礼物——那些平时舍不得买的东西。极具反讽意味的是，"她"一出门就遇到一位口出脏话的丑陋男人，紧接着遇到乞讨的女人，这里有个细节：乞讨的女人丈夫两年前成了植物人，可她一年前却怀了孕。这是个怎样荒诞的世界啊？与夏慧相比，小说中的"她"显然生存问题已经解决，"她"

的生活状态表面上是完整的,但却"渴望一次肉体上的真正放纵",荒芜了的是精神世界,"她"最后开着车冲进了前面一辆大货车的尾部。"她"让人想到娜拉,娜拉出走之后,又会怎样,又能怎样?

《另一个世界》的层次非常丰富,在一个短篇小说里同时容纳这么多内容真是一件难事,蒋一谈却将它们精心而又随意地组织到了一起。夏墨,一个中国女记者,在举世闻名的哭墙面前找不到忏悔之门,却意外地遇见了辛格,辛格的奶奶在"二战"中曾经在中国受到保护,她要求子女毕业帮助中国人,但辛格的父亲却因帮助中国人而受骗破产,生活骤然下降,夫妻被迫离异。夏墨虽然采访未果,却因此有了忏悔之心,在夜晚走向哭墙。这个短篇虽然仍以女性为主人公,却超越了女性本身。一个人为自己忏悔无门,但当她遭遇到自己民族的人因他人的信任而进行的欺骗行为时,却找到了那扇忏悔之门。夏墨心里有数,在耶路撒冷,条条道路通向哭墙。可以想象,当夏墨这个夜晚在哭墙面前忏悔时,她的灵魂遭受了一次洗礼,此后,夏墨的生命质量自然加重。

整部小说集中,写得最惊心动魄也最令人难忘是《疗伤课》。"词语即空间,空间即命运","我"找到的词语是"黑咖啡女人"。带着异性留下的伤痕,"我"放弃美国精神治疗师的高薪职位,只身来到北京。最重要的是,"我"自己的内心其实也伤痕累累,得不到异性的爱,就爱自己。意外地,"我"开始了对桑雪的精神治疗,她因为曾经被强奸而陷入自残和自杀。要命的是,桑雪此前的精神治疗非但无益,反而加重了她的病。"我"用在美国曾经获得成功的案例中的方法治疗桑雪也没有用。身体和心理的顿悟、觉醒的确需要某种召唤契机,"我"在夜晚看桑雪的身体时目光开始变化,"我"的心一直在冥冥中和一个女人做爱,桑雪挤走了"我"对过去所有男人的记忆,"我"爱上了桑雪。桑雪接受了"我"的治疗建议:把遭受强奸的过程说出来。令人震惊的是,桑雪在游人众多的后海站在船上面对人群讲出了自己的经历,随后进入沉默和平静,桑雪想听听"我"的故事。小说结尾处,两个女性潜入水里,手拉手,面对面,说不出话,但期待全在彼此的眼神里。这部作品给人的回味极深长,所谓的疗伤课,不仅仅是"我"为桑雪的疗伤课,也是"我"的自我疗伤课,两个人的伤在同一时刻救疗,但许多话又是未明的。蒋一谈的作品吸引人的地方就在于,他的大部分小说的结尾都留有回旋余地,《疗伤课》很典型,那些重要的话,蒋一谈不说。

《栖》中的其他女性也都生活在各种困境中,《茶馆夜谈》里的母亲为保护女儿而离婚且毕生对男人保持警惕;《驯狗师的爱情》中的"我"需要爱情却潜意识里把异性当作改造的对象,同时渴望流浪却没有勇气;《夏末秋初》中的母女感情淡漠,当大女儿得了绝症之后家庭的情感裂隙才渐渐弥合;《夏天》中的"她"是个单亲妈妈,为儿子的成长费尽心思……

常常惊讶于那些能将女性心理呈现得至深至明的男作家,他们是怎样做到的?比如苏童,比如毕飞宇,等等,现在又是蒋一谈,每读此种作品,我便不由地敬佩他们洞烛女性心理的幽微眼光,也不由地想到当年荣格写给乔伊斯的信:"我也不知道您是否会喜欢我对《尤利西斯》的评价,因为我不得不告诉世人,它使我感到何等地厌烦,在阅读时我怎样地抱怨,怎样地诅咒,又是怎样地赞叹。书末40页那些一气呵成的文字可圈可点,堪称表现人物心理的上乘之作。我想只有魔鬼的奶奶才可能如此透彻地洞察女性的心理。"① 细读蒋一谈的小说,会发现时时出现懦弱乃至被去势的男性,而女性则相对坚定隐忍一些。蒋一谈始终认为,中国女性更为脆弱、容易迷失,她们活在男人的陷阱里,更需要文学上的关注。这样的关注就是我手写"她"心,"她"心亦我心。

---

① 袁德成:《詹姆斯·乔伊斯:现代尤利西斯》,四川人民出版社,1999年,第308页。

与现实彼此为证的梦

米兰·昆德拉在《小说的艺术》中说，小说像是一座埋葬了许多机会，埋葬了没有被人听到的召唤的坟墓。让他感兴趣的召唤之一就是梦的召唤。就此，他认为19世纪昏睡过去的想象力突然被弗兰兹·卡夫卡唤醒，他完成了后来超现实主义者提倡却未能真正实现的梦与现实的交融。小说由此可以摆脱看上去无法逃脱的真实性的枷锁。[①] 在蒋一谈的短篇小说世界中，梦是与现实彼此为证的，它们有其存在的必然性和必要性，甚至它就是小说本身。蒋一谈短篇小说里的梦是不容忽视的，我对它们的兴趣不亚于对那些人类公共文化财富的兴趣，通过这些梦，可以看见人物的心理和命运，甚至可以看见作者的一个侧面。

蒋一谈作品中引人关注的首先是以梦为完整叙事的作品，《洛丽塔与普宁》和《骑者，且赶路！》都是写梦，两部作品的文化信息含量都很丰富。前者中的"我"是个纳博科夫迷。"我"挂在床头的纳博科夫黑白肖像丢失，这件事情发生在1989年，偷走肖像的也是一个纳博科夫迷。"我"从梦的边缘跌进梦的深谷。北京南站第三站台上只有"我"一个人，1989次列车到站了，从火车上下来了普宁教授，他给"我"带来了纳博科夫的照片，而洛丽塔则随火车继续前行，她不想回到小说里，因为在小说里无法爱纳博科夫，她要在现实里爱他。这个文本让人联想到许多问题，1989年发生的事情在梦里的解决是什么时候，这都不重要，重要的是"我"错过了1989次列车，"我"只是一个旁观者，或者说是一个窥视者，洛丽塔随火车而去，"我"看见普宁教授摘下帽子大哭起来。梦的隐意来自现实生活的渴望。纳博科夫是20世纪公认的杰出小说家和文体家，洛丽塔与普宁两个人物都来自弗拉基米尔·纳博科夫的经典作品，"我"通过梦境实现了与他们的相遇，留在站台的

[①] [法]米兰·昆德拉：《小说的艺术》，董强译，第17页。

普宁原是一个去国又失去爱情的人，由他给"我"带来纳博科夫的照片，这是一种隐喻。这篇小说隐喻重重，历史、丢失、寻找、苦恼，瞬间的相遇与失去，都值得人去细细品味。

《骑者，且赶路！》呈现"我"在叶芝诗歌朗诵会后的梦境，"我"看见一位骑者在迷茫的薄雾里缓缓前行，这位骑者就是叶芝，他的马凯尔特也会说话。叶芝闻到了诗歌朗诵会后诗的臭味。"我"看清叶芝后惊恐万分，因为叶芝竟然把自己的脑袋挂在手上。叶芝仅以一句"冷眼一瞥，生与死，骑者，且赶路！"来回答我的问题，这句话是叶芝墓碑上的碑文。"我"想和叶芝成为朋友，但没有勇气割掉自己的脑袋。"我"又一次在梦中和心仪的文学大师相遇，但是非常短暂。"万物都归于沉寂，死者定会重现。"这两篇小说在蒋一谈的创作中非常重要，既是"我"的梦境呈现，又是作者以文学为梦的一种隐约透露。这种状态下，梦呈现的是另外一种真实。

蒋一谈小说中的梦境似幻似真。更多的时候，他让人物随着梦境出发，到达最重要的位置。梦的内容普通，但一经解析之后，会发现其实它们恰恰是人物注意力所集中的重要经验。梦就是人物内心最深处的真实。人物梦中的心思与行为，完全是他们白日生活与思想的注释。

梦是现实生活的注解。《在酒楼上》中的"我"梦见和女朋友陆迪躺在床上，面对面抱在一起，眼睛对着眼睛，看谁最先眨眼，谁输了谁去做饭。我们看着对方，但是谁都没有眨眼，谁也没有输，只是陆迪的眼泪慢慢流了下来，"我"想握住她的手，虽然握住了，但是拳头像棉花一样软弱无力。这个梦揭示了"我"的怯懦与纠结，以及陆迪对"我"不能给她带来安全感的失望。

梦也是人物内心深处愿望实现的一种方式。《鲁迅的胡子》是以沈全的梦结束的，沈全梦见自己给苏洱发短信，不要她还钱，也没有别的企图。他在梦中打扮成鲁迅的样子，开了很小的足底保健店，给苏洱父亲按摩，老先生惊恐不已，苏洱也泪流满面。沈全在梦中将自己的心愿提前实现。《清明》中"我"的儿子得绝症离开人世,又与妻子离异,但"我"在内心深处希望自己有一个完整而幸福的家庭,于是,"我"在梦里变成了儿子喜欢的大黄蜂变形金刚,前妻坐在我旁边,儿子因为病痛不停地呻吟,"我"哈哈大笑,说自己是超无敌的变形金刚,一定能治好儿子的病。前妻的眼睛笑成了两条线……但这时候,梦醒了,又回到了冰冷无力的现实之中。《芭比娃娃》中小翠梦见爸爸搂着她的肩膀,说春节给她买芭比娃娃。她只是随便一说,爸爸就记在心里了。小翠过早缺失父爱,通过梦境实现了自己的理想。

梦有时也是现实的预演。《公羊》开头便说人到中年一晚上能做好几个不同的梦,梦的颜色经常是灰调子,梦和梦的交叉口,"我"会在床上翻身,有时也会惊醒再难入睡。故事开始时"我"梦见母亲从老家到了天安门广场,要"我"快去接她回家,醒后接到老家邻居马大婶的电话,说母亲出了车祸。China Story 里,老那在半梦半醒之间确信自己是在做梦,仿佛踩着云,然后一头栽倒在地,离开人世。

梦是生活中不敢承认的那些欲望的暗示。这在《林荫大道》中得到了最为充分的体现。夏慧博士论文答辩后的那个夜晚梦见了大海。她不是一下子掉进大海的,她一步步走进大海,意识非常清醒,海水有股异味,是老男人的味道。海浪不大,一波一波撞击着她,她的身体浮起来。海水光影灰暗,她往前游,看见水面上的漂浮物是一个个紧闭双眼的头颅,这些都是作古的大历史学家的头颅——司马迁、班固、司马光、陈垣、陈寅恪、郭沫若、范文澜、白寿彝……这些装满历史的头颅滑向海水深处,她伸手去抓,抓住的是一团团海草。

这个梦是一个很值得分析的梦。是什么构成的大海呢?显然是欲望构成的大海。为什么是老男人的味道?夏慧的男朋友苏明是个年轻人,但是不能满足夏慧物质上的基本需求,即便是两居室的小房子的理想也需要通过夏慧来实现。老男人暗含了某种物质上的可能和诱惑。梦中的夏慧游在欲望之海中想抓住救命的稻草,而海水中那些漂浮的装满历史的头颅瞬间都变成了海草,它们不能拯救夏慧。在这个梦的尽头,夏慧被海草散发出的腥味呛醒。她自己已经意识到了这个梦的潜在内涵,所以,她在黑暗里坐起来,默默问自己:你是古代历史学博士,你从历史那里学到了什么,悟到了什么?夏慧不敢深想。《林荫大道》中的这个梦是个重要的伏笔,领悟了这个梦就能领悟后来尽管夏慧再三地申明广厦万间,睡眠七尺,但她和苏明都意识到选错了约会地方的原因。生活的差距太大,苏明在林荫大道尽头的别墅里无限自卑,甚至失去了性能力。

"梦的内容采用那些比较无关大局的经验,相反,一经过梦的解析以后,我们才能发现注意力所集中的事实上是最重要、最合理的核心经验。""所有的梦都不会是'空穴来风',因此,也就没有所谓的'单纯坦率的梦'的存在。"① 蒋一谈小说世界里的梦显然是寓意深长的,他书写的是当下的现实中国,却让梦来和这现实彼此为证,共同完成对现实与人性的关注,讲述真正属于当下中国人的中国故事。

"小说能够打动现代人,事实上能够打动一切人类,正因为它是立体的虚构。"奥尔罕·帕慕克说。"我们无须承受哲学的艰难或者宗教的社会压力,就可以获得有关世界和生活的最深刻、最宝贵的知识——而且是以我们自己的体验,使用我们自己的理智实现这一点的——这样的梦想是一种极为平等、极为民主的希望。"② 带着这样一种寻常而特别的希望,走进蒋一谈的短篇小说世界,那些简朴的语言,超出预设的故事,熟悉而陌生的体验,残缺的部分和精神的救援,以及紧张的冲突之后的释然或者疲惫,都足以打动人。在这个浮躁的时代,与蒋一谈相遇,就像与一棵树相遇时,恰好遇到了能照亮树木任何一部分的那道光。

---

① [奥] 弗洛伊德:《梦的解析》,丹宁译,国际文化出版公司,1996年,第77、84页。
② [土耳其] 奥尔罕·帕慕克:《天真的和感伤的小说家》,彭发胜译,上海人民出版,2012年,第25页。

异质空间的色语与政治
——关于张万康的《ZONE》

2011年,长篇小说《道济群生录》的出版给张万康带来很大声誉。一个台湾老荣民万爸生病住院,引出古今中外神人魔三界连场斗法。作品想象奇崛,上天入地,被王德威誉为"小说二十五孝"之一、"一部奇书"。事实上,张万康的短篇小说同样与众不同。

"我一直认为这个世界太正常了,只有通过不正常才能打破正常……我觉得这个世界太不正常了……可能面对,或侧对,或反对这个不正常的世界,只有继续以不正常的手法与它互动,才能独善其身。"这是张万康短篇《我的小偷朋友》中人物的话,这些话几乎是张万康短篇小说集《ZONE》中大多数人共同的心声。ZONE有地带、区域、范围、地区、时区等意,但张万康用它来给自己的小说集命名,就产生了一个具体可感的空间,这个空间是异质的,癫狂的,充斥着复杂的隐喻。

色语与政治是这个异质空间中最引人注目的内容。与其说张万康热衷于写性,不如说他热衷于表达一种欲望政治。单就张万康笔下的性书写而言,大都是夸张的,但是没有结局的。所有的人物都不清楚自己的初衷,一切的追求都化作鸟兽散。《电动》里的男女彼此知之甚少,也没有更多的想法,分开以后也没有太多的难过。《不景气的冬天》里失业的男人与自己一无所知的女人做爱后借故抽烟赶紧离开,自此自然不再有下文。《半吊子》中的宅男千里迢迢见网友,见到后却在一种不正常的揉抠中进入了梦乡。《天使2001》和《京剧与我》中稍微曲折迂回,但主人公仍然没有明晰的意图。这些人动辄进入性的温床,但这样的性没有爱的基础,也没有情绪的铺陈变幻,最终的意义落在了政治上。

写性绝对不是张万康的目的,而是通往政治的一条特殊途径。《不景气的冬天》里,他对失业很淡然,与陌生女人发生性关系时也很淡然,似乎一切和他无关。只是游荡到"二二八纪念公园"时,却愣住了,想着给公园改名字,并认为那像是一种古老的浪漫。可马上又认为这种求真的态度表面下是一次次的造假。在这个冤业极重的地方,他遭遇了儿时母亲给他买酸梅汤的店铺,一种冲动转化成另一种冲动,他想在雨中裸行,裸浴,但衣服不是自己的。这个细节貌似下笔随意轻盈,实际上却很值得品味。一个失业者,穿着他人的衣服在雨中旋转,他内心关注的不是自我,而是政治,这种关注总是没有结局的。

《房间》是一篇充满隐喻的作品。象棋国的人个个有着非凡的性能力,他们无论男女,都能产生大量的爱液,这个国度人的关注点一是下象棋,二是身体,或曰性。这篇小说中需要引起注意的是国家机构对象棋国的人的生活的介入,其一,接受人体研究试验;其二,将爱液加工后饮用。依照米歇尔·福柯的观点,这本质上是一种规训的手段。规训权力的主要功能是训练,它不是为了减弱各种力量而把它们结合起来,结合它们是为了增强和使用它们。如何通过性实现政治权力?道理是一样的。《房间》中显然不是普遍的现代性压抑,而是一种表面上对人的欲望的放纵,这似乎可以理解成欲擒故纵。一个国家的性与政治竟然结合得如此密切,难道还有比这更具隐喻意义的吗?相似的观点从史尼逛的口中表露出来:"他们的父母在来过这里后,可能才开始懂得爱自己的孩子。""这里"是他的杂交俱乐部。

《落跑者》一开始还是比较惊心动魄的,一个得了非典的医生被警察包围,他想要怎样呢?原来他想与自己的女友见上一面,却被女友拒绝,万般无奈下想出了通过警察让女友出现的办法,女友终于出现,却无意间开动了枪支的扳机,医生死于自己心爱的女友手下。这部作品不免让人想到加西亚·马尔克斯那部著名的《霍乱时期的爱情》,两者是相似的,却又是截然不同的。在马尔克斯的这部小说中,一个男人和一个女人虽然终其一生没有结婚,然而爱情是存在的,小说的时间跨度很长,五十年里,马尔克斯几乎展示了爱情的各种可能性和方式,他让读者看到幸福与粗暴,高尚与卑微,精神与肉体,在他那里,"连霍乱本身也是一种爱情病"。而张万康的《落跑者》仿佛要写非典时期的爱情,却是一个没有爱情的世界,小说结尾处,医生的女友在枪支力量反弹作用下向后倒下去的姿势仿佛是做爱的姿势,这样的结局意味深长,没有爱情,做爱也只是一个可笑而可悲的空落落的姿势了。其实就在非典爆发之时,中国大陆也有作家倪厚玉写过长篇《非典时期的爱情》,写一段感人肺腑的爱情。张万康写非典时期的爱情则是荒诞的,面目可疑的。

说到此处,不得不说张万康的许多小说都有或隐或显的互文结构,他用文字来面对经典时,并不以致敬为己任,而有自己的特殊用意。他小说中的人物也常常会谈及古今中外名典,且不局限于文学。《时间简史》《乱世佳人》《茉莉花》《阿里郎》《天堂电影院》《海上钢琴师》,都信手拈来,这些经典往往只是主人公用来表达自己当时情绪的一个方式,这些经典又与历史莫名地连在一起,比如《京剧与我》中,《海上钢琴师》与国父相关联,"我"与国父谈话时,"我"眼中国父纪念馆上的飞檐斗栱尽成了钢琴的琴盖内侧跳动的丝弦。很快,"我"的文艺腔被国父的宏大叙事所取代,"我"向国父请教有关女人的问题,但国父很快将话题又转向现代历史,并唱起了《茉莉花》与《阿里郎》的串烧,宏大叙事的建构在张万康这里一一被解构。

张万康的短篇不是时代的速溶甜咖啡,而是需要细细品味的黑咖啡。他的短篇虽然各自成篇,但是只有把它们放在一起来读才会发现其中的奥妙。对自我文本的互文也是张万康短篇小说的一大特点,而

这些往往容易为人忽略。最经典的例子是《我的小偷朋友》与《史尼
逛》两篇,《我的小偷朋友》中的"我"竟然就是史尼逛——一个创立
了杂交俱乐部的人。将这两篇小说联系起来,就会理解作品中有关偷
盗与光明磊落、爱与恨、美好世界的理想与逼仄的个人现实的论调。

最能体现色语与政治的是《大陶岛》。在这篇给张万康带来了很大
声誉的作品中,性与政治几乎无处不在。"我"是个正港台湾人,小时
在乡村生活过,很小的时候又到了高雄市,家里人曾经拿来吓唬他的
大陈义胞在他心里产生了一种浪漫的怀想,要是自己早一点被他们抓
走多好。及至他长大成人,在研究所学习时却得了神经病而辍学,于
是,一次偶然的机会,他认识了老陶,一个他心目中的大陈义胞。小说
以不经意的姿态把两人认识的特殊时间与场合呈现出来:二〇〇四年
三一九枪击案后,"我"走上了街头,"只因为我讨厌和人推挤",翻越
了铁丝网,走在了抗议人群的前列。"我"在危险时刻喊:"自己人!"
这一句话严肃又可笑,完全是中国现代革命历史中的经典对白,可是
却出自一个神经病人之口。这时的老陶来救他,两人因大陈义胞四个
字瞬间成为一个战壕里一同冲锋陷阵的战友与难友。我大呼的口号已
经不是"中华民国"万岁,而是大陈义胞万岁。一个严肃的政治事件
与街头运动在这里完全变成了一个患有神经病的青年的圆梦过程。老
陶口中的大陈义胞是半官半匪的海盗,他们作战,他们作恶。这一切
最后化作老陶单身荣民宿舍中贴满的裸女像和那些看不完的A片。最
后,老陶死去,他是在打完手枪去洗澡时摔死的,这是个意外死亡。

老陶的死与性和政治都有关联,某种程度上,二者是一致的。有
关这一点,也可以从张万康作品中有关性的用语来证明,"打炮"、"打
枪"、"干炮"等词语在性层面的运用和在战争层面的运用往往是一语
双关的。《ZONE》最后一篇《校正手记(砲/炮辨正)》貌似辨正两个
字,实则表达了作者性与政治的观点。

读《大陶岛》时,我的眼前浮现出去台湾时遇到的那些荣民住处,

安静，冷清，荒寒。三万大陈义胞今何在？以政治为由的离乡且终生不归是他们的命运，这一切在张万康笔下却以一种另类的方式完成。在台湾，他们永远是外省人，故乡对他们而言是永远回不去的异国。他们的政治热情高涨却无处倾泻，最后转向了虚幻的性。这样一来，性与政治便成了一件事情的不同侧面，所有的性是单方面的，没有对象，所有的政治与抗争也是虚幻的。至此，人生不过成了一场性与政治的梦。

大陈义胞是台湾的外省人，外省是张万康小说中时时浮现出的一个主题，这个主题在台湾当代作家的笔下并不罕见，张大春、朱天心、骆以军等人都写过此类作品。但在张万康这里，外省祖先是一个挥之不去的魅影。《大小钢杯》中，"一直以来，我被迫听我爸讲八二三炮战的故事"。《大陶岛》中的老陶是"我"的一个精神上的外省老兵父亲，"我"当初并不知道他是外省本省人，只是崇拜神鬼战士。有关这一主题，最具隐喻意义的是《家》。《家》开篇便道："这是一个鬼故事。"祖父虽然离开人世，但他的鬼魂依然不散，一直在家里，时时和"我"对话。这个祖父不妨看作是外省人在台湾的一个象征符号。"我"在妈妈与爷爷之间选择的是爷爷。爷爷留下的"违章建筑"就是"我"的家。

张万康的独特之处在于，他是用一种荒诞的笔法来写这一切的。于是，他笔下的人物总在用滔滔的狂言呓语对现实进行反抗，他们往往兀自独语，即使与人对话时也仿佛自说自话的样子。他们既能到达对现世的深刻认识，却又在具体行动方面不能自已，心向往处与所到之处全然不在一处，成为一个个矛盾的集合体，陷入无物之阵无处用力。

《山脉》几乎全是一个人昏迷后的呓语。《史尼逛》中史尼逛即使接受采访时也是独自说话的感觉。《落跑者》最典型，先让医生三次向台下的观众"自言自语"，然后两次"念白"，一次"白"，最后以一段电话录音结束全文。《半吊子》一开始也是自言自语，《大小钢杯》中我对父亲的所有情绪都是通过独白的方式呈现的。这种满篇的狂言事实上是一种对现实的反抗。《我的小偷朋友》中有关系统的话语就是对系统本身的反抗。张万康小说的这一特点，被蔡建鑫看作是对鲁迅的承袭。《房间》开头确实让人立刻想到鲁迅《狂人日记》的开篇，狂人式的语言也是与鲁迅极为相似的。史尼迍的独语也是一种反抗："我开始知道黑暗与光明并非彼此隔阂与为敌的，黑暗应该与光明握手，这时谁也分不出来谁是黑暗、谁是光明。这不是同归于尽，这是一起升天。"这些话可以看作对系统的反抗，也可以看作是对人们惯常思维和二元对立模式的反抗。

值得一提的是，张万康的短篇小说在形式方面极尽试验之努力。《落跑者》的自言自语，《大小钢杯》的文剧结合，《大陶岛》的录音与正文，《四段的一段》的四段谈话，《在天母》的诗与文，《我的小偷朋友》的诗、文、对话，《莲蓬头的精致水线水花之女人的笑与不笑是一本水文》从头到尾只有一段，典型的意识流，似乎要向《尤利西斯》致敬，但又匆匆打住。《初恋》中竟然配了彩色的明信片，还故意遮住了一些内容，这样的形式让人在虚构与真实之间游走。至于《东北谍恋花》，却是传统的章回体，是作者未完成，还是刻意的一种形式？这样看来，说张万康丰富了短篇小说的形式是不过分的。

张万康是一个特立独行的作家，他用文字建构起一个异质空间：不甘心失去父亲的行孝者、神人魔三界的出生入死，宅男宅女们的欲望之舞，不能称之为爱情的爱情，高山中绵延无尽的积雪，以梦为马的登山者，人与熊的意外对话，或独自呓语或狂言独行的人，终生怀抱政治理想却延宕于情欲的人，空有一腔热血却陷入无物之阵的历史遗留者，这一切散发着荒谬而癫狂的气质，让人珍爱又叹惋。

第三辑

真实之路

新媒体时代的怕和爱

一

每代人总会对自己所处的时代进行判断，或赞叹，或不满。往往是后一种判断出现的概率更多。黑塞为了表达自己对于那个副刊文字的时代的不满，虚构了一个名叫普里尼乌斯·切根豪斯的文学史家，借他的话来表达自己的观点。他认为，副刊文字时代并非毫无思想的时代，甚至从来不曾缺乏思想。他借切根豪斯之口说："那个时代对精神思想考虑甚少，或者毋宁说它还不懂得如何恰当地在生活与国家结构之间安排精神思想的地位，并使其发挥作用。"[①]它几乎是孕育了以后一切文化的土壤，凡是今天的精神生活无不烙刻着它的标记。因为这是一个极其市民气的社会，是一个广泛屈服于个人主义的时代。在他看来，副刊为了吸引读者的眼球，最热衷写的题材是著名男人和女人的奇闻逸事或者他们书信所反映的私生活，这些文章都是匆匆忙忙问世的急就章，烙刻着不负责任地大批量生产的印记。与副刊文字同类的文化活动也开始盛行，连许多演说辞也是这种副刊文字的变体。

尽管黑塞用一种平静的口气掩饰自己的不满，但还是能看出他着

---

① [德]黑塞：《引言——试释玻璃球游戏及其历史》，见《玻璃球游戏》，张佩芳译，上海译文出版社，2001年，第9页。据德国研究黑塞的学者推断，黑塞应当是以普里尼乌斯·切根豪斯隐喻罗马作家如乌斯·普里尼乌斯·西孔多斯及其批评罗马文化的思想。

述时的本意。他对副刊以及由此产生的一切持一种批评态度。他试图清理那个时代的文学，因为其时的文化生活是一种因过度生长而耗尽元气的退化植物，只得以衰败的枝叶来培植根株继续生长了。在黑塞的时代，报纸其实就是一种新媒体，这种新媒体让读者的目光从经典转向副刊，读经典，还是读副刊？这是个问题。然而，若是黑塞面对我们这个刷屏时代，他的灵魂是否更加纷乱？今天，我们的焦虑已经变成：读经典，还是被刷屏？

每一次新媒体的出现，都会给文学带来很大影响，甚至恐慌。在此之前，文学就已经遭遇更多的威胁：所谓的副刊文字是第一次，迄今越来越热的影视是第二次，新世纪兴起的网络是第三次。此后是第四次威胁，即手机。手机只是网络的延伸者而已。面对此前的媒体而言，它们就是新媒体。一个有趣的现象就产生了，文学本身是一种艺术，而影视、网络、手机作为承载艺术的媒体，为何它们让文学如此惶恐？

事实上，当人类面对每一种新媒体的时刻，都会产生一个问题：文学活着吗？它还在新媒体中吗？

这个时候，我想起了雅克·德里达。他在《明信片》中认为新的电信时代的重要特点就是要打破过去在印刷文化时代占据统治地位的内心与外部世界之间的二分法（inside/outside dichotomies）。其中被希利斯·米勒引用过的那段话很有名：

> 在特定的电信技术王国中（从这个意义上说，政治影响倒在其次），整个的所谓文学的时代（即使不是全部）将不复存在。哲学、精神分析学都在劫难逃，甚至连情书也不能幸免……

当然，这段话是借书中主人公之口说的。解构主义批评的代表人物，耶鲁学派代表人物之一 J. 希利斯·米勒这样表达自己最初的感受："这位主人公的话在我心中激起了强烈的反响，有焦虑，有疑惑，也有担心,有愤慨,隐隐地或许还有一种渴望,想看一看生活在没有了文学、情书、哲学、精神分析这些最主要的人文学科的世界里,将会是什么样子。无异于生活在世界的末日!"① J. 希利斯·米勒曾写过一部书叫《文学死了吗?》②,从多个方面来探讨文学的存在。书中有一个小标题"印刷时代的终结",这大概是我们今天最为锥心而又无可奈何的声音。这也是我们今天所面临的尴尬。

世纪之交,中国大陆文学界关于"文学终结"的讨论与 J. 希利斯·米勒也有关联。他在 2000 年北京召开的国际学术研讨会上做了一个长篇发言,并以《全球化时代文学研究还会继续存在吗?》为题发表于《文学评论》2001 年第 1 期。其中"新的电信时代正在通过改变文学存在的前提和共生因素(concomitants)而把它引向终结"的论调成为引发"文学终结"问题讨论的一个重要原因。童庆炳就此发言,他指出无论媒体如何变化,文学不会消亡。因为文学自身也是永远变化发展的,但变化的根据主要在于人类情感生活变化,而不是媒体的变化。③ 当然,也有学者认为现代科技从根本上更新了艺术活动的媒介、手段、效果以及生产、流通与接受的方式,随着现代影像技术和音像技术的革命,文学在艺术家族中的媒介优势逐渐消失。④

2006 年 10 月,"梨花体"成为中国大陆网友质疑和批评的一个焦点。这个时候,叶匡政在新浪开博,他在第一篇博文中宣称:"文学死了!一个互动的文本时代来了!"⑤ 文章被新浪编辑推出后,几天点击

---

① [美] J. 希利斯·米勒:《全球化时代文学研究还会继续存在吗?》,林国荣译,载《文学评论》,2001 年第 1 期。
② [美] J. 希利斯·米勒:《文学死了吗?》,广西师范大学出版社,2007 年。
③ 童庆炳:《文学独特审美场域与文学人口——与文学终结论者对话》,载《文艺争鸣》,2005 年第 3 期。
④ 余虹:《文学的终结与文学性的蔓延——兼谈后现代文学研究的任务》,载《文艺研究》,2002 年第 6 期。
⑤ 参见叶匡政博客,网址:http://blog.sina.com.cn/s/blog_489ab6b001000631.html。

量便达到数万,并被数千家网站转载。叶匡政又抛出了《中国当代文学的十四种死状》等文章论述文学的死亡。这是文学在新媒体时代的一声悲叹。

　　这样看来,文学在新媒体时代遭遇的命运就是消亡。然而,文学自然有它神圣且独特的地方,一如巫术或宗教对于人类一样,但巫术仍然隐遁于人类心灵的一个角度,宗教已然也在一变再变。如果我们将文学放在永恒面前,它到底代表了什么?它是否与永恒伴随始终?也就是说,当人类一经产生,文学是否就存在呢?或者我们这样设问:当文学消亡之时,人类也必将消亡吗?如果不是,那么,我们就没必要在这个问题上纠缠不休,非要拉着永恒的衣领,让他硬把文学的命运与人类的命运放在一起。

二

　　这样一来,我们不得不重新思考文学的作者问题,也就不能不提到后殖民主义学者萨义德和他的《知识分子论》。在萨义德以及葛兰西等人看来,当知识不再被少数人所拥有,当人人都拥有大量知识的时候,知识分子这一概念便显得异常重要,知识分子也就成为少数拥有人文价值立场、敢于站在权威者的对立面、敢于对一切不正义的行为发出批判的人们。也就是说,当人人都成为大学里的受教育者,当博士、教授、研究员比比皆是时,知识分子不再是一个宽泛的概念,而是缩小为它最初的意义所指,即为人类的正义、良心和信仰而赴命的人们。于是,知识分子便成为先知、圣人以及与当权者持不同意见的领袖们。萨义德的这样一种观点虽然有值得商榷的地方,但其站在第三世界的文化立场对强权文化的反抗,其站在时代的洪流中对人类亘古以来的精英立场的坚持是值得肯定的。

　　网络时代的文学显然也面临这样一种重新选择的局面,即网络的没有门槛使人人都成为作家,使所有的书写都成为文学的一部分时,我们便有必要发问,什么是文学?那些人类由来已久的经典自然不用分辨,但今天产生的大量文本,哪些才是文学?显然,萨义德的方法与观点在这时便派上了用场。

今天的书写已经失去边界,在以往时代被文学的伦理禁锢着的魔鬼都被网络解放了。大量粗俗的流氓语言充斥网络,被认为是文学语言;所有的行为都可进入书写的范畴,人类原有的经典被解构一空,一切神圣、正面的价值体系在今天土崩瓦解;审丑、恶心、阴谋、罪恶、残暴都成为书写者们愿意精心打造的美学立场,与此相对应的存在则成为人们耻笑的对象。尤其是在一些超文本的书写中,网民们将所有的不满、愤怒、恶语都喷洒在网上。没有哪一个时代像这个时代这样价值混乱、美丑难分、善恶难辨、真假颠倒。这就是今天的写作世相。

在各种文本横行的今天,那些真正的文学不是多了,而是越来越少了。它们也许越来越趋近于最初的文学本质:解读真理、教化大众、以天下为己任,融文史哲于一体。

有人认为,网络全媒体时代解放了文学与人,因为人人都成为文学的受益者,成为作者。这样一种乐观的态度有其对的一面,因为它的确使很多有文学梦想的人开始踏上文学之路,也使文学成为文明时代人类的一种修养。但它其实是对文学提出了更高的要求,即在人人都可以从事文学的时候,文学就不再是传统意义上的被书写出来的文本,而是有极高的文学素养、包含着人类终极价值追求、透示着人性之根的那些罕见的文本。它们与知识分子一样变得稀有。

这的确是一个文本横行的时代。而一旦谈起文本,便不得不谈罗兰·巴特的"作者已死"。罗兰·巴特原本的想法是要告诉人们,当作者将作品呈现给读者之后,作者就告别了其作品,作品自身有其万千个命运,而这万千命运是与读者共创的。在这个意义上,他宣布,作者已死,作品因读者而活着。这样一种美学观点一直都有争议,但放在今天的命题上，似乎有了新的含义。

前面已经述及，网络新媒体的最大特点在于，它没有门槛，人人都成为作者。如果我们来分析文学史或作者史的话，将会知道这是人类历史上多么重大的革命。在孔子之前，文字和书写乃国家所有。孔子之时，天子之书流落民间，民间学术兴起，私人写作方兴。也就是说，孔子之时，写作乃圣人所为。圣人没后，写作便由精英知识分子来操持。屈原、司马迁、李白、杜甫等皆为此列。报业兴起之时，恰逢封建制度结束民主思想兴起之时，大众得解放，神学体系瓦解，平民的人学体系建立，这个时候的写作便已然来到大众知识分子写作时期。作家群中，有精英知识分子，也有大众知识分子。文学史称其为"人的文学"时期。到了网络时期，精英知识分子被进一步推挤，大众知识分子开始一统山河，"人的文学"已经演变为"身体写作"、"欲望写作"。就像福柯所说的那样，人被知识、欲望终结了。

传统意义上的神性写作者彻底死了。也正是因为他的死亡，旧的写作伦理才被打破，新的写作伦理得以确立，而新的书写者也才产生。这便是大量网民的书写。从圣人移到精英知识分子，最后到大众。这显然是一种下降的趋势。作者在不同阶段都有不同的死亡方式，而其每一次的死亡，便是文学的新生。

但现在，我们要问，在大众写作时代，谁才是真正的作者？还有真正的作者吗？我们也可以这样来做个判断：大众书写的网络时期，作者已死，无数的书写者诞生。书写者不再听命于神的召唤，也不再坚持精英知识分子的立场，而是随心所欲的书写，是娱乐书写。

与此相关的是读者的问题。在传统文学的方式下，文学在维护一种自创世以来延续至今的真理、价值和信仰，所以，读者也便是在作家的指导下体会道的存在，体会神的意志，接受国家意志与人类一切正面的价值，从而达到自我的完善。但现在，人人都成为书写者时，人人也便成为读者。

传统意义上的读者也死了。只有当读者超越这个人人成为书写者的时代,当他感到无比孤独时,他就会寻找新的精神护佑,他也就自然与其精神信仰之间签订新的合约。也是在那个时候,他才会发现作者并没有死去,一切都在那里,只不过他所站的地方太低而已。

三

如果用这样一种开放的方式来思考,我们就会轻松一些,就会得出一系列让人类欣喜的而不是痛苦的结论:文学作为人类的一种精神而存在,它或为声音而存在,或为文字而存在,或为某些符号而存在,甚至或为视觉而存在。文学在为人类立传,文学在为人类传承历久弥新的故事。也许人类学家弗雷泽、心理学家荣格的原型理论早已解决了这个问题。因为在他们看来,人类早期的神话、传说、民间故事以及那些开创性的经典就已经把人类所要经历的大概路径概括完了,文学不过是在经验上使那些原型故事根深叶茂、日日簇新、细节饱满。除此之外,它还能有什么呢?

从虚无主义的角度来看,它不过是农耕时代的日日轮回,是陕北放羊娃的生死轮回,是吴刚伐木、西西弗斯推巨石上山。它似乎毫无意义。但是,神话时代的吴刚伐木和西西弗斯推巨石上山是有其道德与伦理意义,它是人类生活的一个活生生的细部,它是文学所要讲述的好故事。加缪一篇精彩的《西西弗斯的神话》把西西弗斯解放了出来,让西西弗斯将诸神的惩罚抛之脑后,而让他重新回归大地,拥抱山川河流,让他重新回到拥有正义的现实与日常,于是,存在主义文学的价值与意义就此显现。如果我们将《西西弗斯的神话》当成一篇哲学也未尝不可,但它的的确确是文学,字里行间迸发着巨大的热情、通透的生活感受,以及新的人生观的阐发。这就是文学必然要存在的一个理由。

海子说，远方除了遥远一无所有。真的如此吗？相对于人类的精神信仰而言，文学也只是我们获得精神信仰和自我宣泄的一种载体。由西方的科学主义在对人类的精神进行去魅之时，整个世界就开始失去了想象，失去了光彩。不可否认，经典作品也可以在网络上阅读，但是一本带着纸墨香的实实在在的书和电子屏幕划动过后，哪怕是读者作了电子批注的电子文本本质上是不一样的。然而，如何在新媒体时代继续寻找文学的那盏灯才是更重要的。

任何一种新的媒体出现时都会对已有的媒体和文化形成冲击，但是毫无疑问，新媒体在加速文学的传播方面是有益的。新媒体让文学的传播变得简单，此前要读到一部作品主要通过纸质媒介，而新媒体让我们很容易读到原本不太容易读到的文本。与此同时，新媒体让这个时代变成了一个自媒体时代，许多文学作品的传播是通过博客、微博、微信等来实现的，在这一点上，网络作家的界限开始变得模糊，甚至需要重新审视。

众所周知，许多文学作品是在其影视版作品产生影响之后才引起文坛乃至社会广泛关注的。这样的例子很多，从20世纪80年代的路遥、莫言、苏童、张贤亮，到当前的严歌苓、冯唐等，其文学作品的传播往往与影视作品的传播紧密关联，当然，影视作品是否忠实于原著则是另外一件事情。事实上，影视作品有其自身艺术形式、时间（主要是电影）等方面的限制，不能以是否忠实于原著作为衡量其好坏的惟一标准。问题的关键在于，换一个方向看，透过影视作品看文学，则会发现真正优秀的影视作品中往往有很强的文学性，比如朱塞佩·托纳多雷导演的电影《海上钢琴师》，视觉和听觉的卓越效果背后，深藏着文学性的幽灵，没有意大利作家亚历山德罗·巴里科的同名小说，自然难有这样一部优秀的电影。就此，学者陈晓明在十余年前曾经撰文论述，他认为文学对社会生活进行多方面的渗透，起到潜在的隐蔽的支配作用，所有以符号化形式表现出来的事物都在某种程度上以某种方式被文学幽灵附身。这就是"文学的幽灵化"。①

回过头来,我们要重新去回忆文字未经产生时代的神话传说、萨满的神秘语言以及那漫山遍野的咒语。那个时候我们有"文学"这个概念吗?我们都知道,没有。当文字产生之后,才有文学,于是,文学继承了语言的衣钵。影视对文学的解构在于,它用视觉来代替部分文学,使文学的娱乐性更强。这使文学的操持者们惊慌失措。事实上,人们已然忘记了,托尔斯泰的那些白描式的叙述,肖霍洛夫对静静的顿河以及平原上广阔大地的描写,几乎就是一个导演在讲他如何用摄像机来记录那一切。事实上,人们也已然忘记了,视觉是人类认识世界的第一个也是最为直接的方式。虽然我们承认,文字乃神授,但难道视觉不是神授?文字需要学习才能得到其秘密,视觉不需要。因此,它和声音是人类的第一认识方式和表达方式。问题在于,视觉艺术的浅薄被我们夸大为其本质属性。这是人类的一种反抗,绝非理性判断。

文学在视觉艺术中就要消失吗?这才是我们要思考的问题所在。文学对人类心灵的护佑、表达也不会被影视等其他形式消灭。但是,迄今为止我们还不能确信声音和视觉语言能完全代替文字,反过来讲,文字,这一凝练了音、形、义的神秘符号是在声音和视觉形式不能完全表达人类之时发明、成熟起来的,它也将长期伴随人类而存在。在人类的意识里,还没有完全废弃文字的可能。因此,新媒体时代虽然不时传来文学死亡的恐惧之声,但文学依然存在,以她自己的方式。

---

① 陈晓明:《文学的消失或幽灵化》,载《记忆》,2002年创刊号。

日常的、寓言的和文化的
—— 当前城市文学的三种形态

城市文学在当代中国自然并非全新的概念,但其所展露的规模与活力却属前所未有。正如许多人所预言的,乡村经验的叙述确实如同日益土崩瓦解的乡村本身一样,正面临支离破碎和渐趋消弭的尴尬之境。而关于城市的叙述虽然伴随着与生俱来的错与罪、乱与恶,但却生长着全新的故事,伴随着更为怪异和酷戾的悲欢离合,吸引着读者日渐稀薄的兴趣,构建着更加复杂怪诞的新谱系。

人们喜欢习惯性地将城市文学的源头追溯至唐传奇《虬髯客传》《李娃传》《霍小玉传》等,因为其时中国的城市已有初步的规模与发展,特定的消费群体和传播媒介已经形成,城市文学的产生是自然而然的。其后的宋人话本、元人杂剧中呈现的也是中国古代形色各异的城市生活,明代《三言》《二拍》、"四大奇书"之一的《金瓶梅》,以及清代的《红楼梦》更是着力揭示与发掘其时的城市生活与文化。当然,它们更深刻的文化意义并不局限于城市自身。然而,彼时的城市与今天的城市意味迥然不同,不同的文化中产生的文学也风格迥异。今天的城市文学概念更为广阔和复杂,它所指涉的不仅仅是城市内部,而是几乎隐含了当代中国由乡土文明向现代文明转型中的所有重大和基本问题。尤其是,作为一个"他者"的文明形式,现代城市所纠合的矛盾与冲突,所隐含的悲剧与悖谬与传统形态的城市是不可同日而语的。从这个意义上看,"城市文学"这个概念在如今不再仅仅倚重题材的城市性，而是裹挟着当下中国人面对现代化进程时的焦虑与生存的迷惘，以及登临一个历史转折点时在现实与历史间对文明的追寻与建构。

世纪之交以来中国社会的历史性巨变，使得城市文明的权力已经在中国社会中无所不及，乡村的文化尊严受到前所未有的挑战。为莫言和贾平凹等乡村出身的作家所描述过的那个整体性的乡村世界，那些传奇的和壮美的乡村故事与农业历史，差不多已沦为城市故事的稀薄背景。世纪初，莫言的《四十一炮》叙述的是已沦为城市与商业文化的附庸与奴婢的乡村，其伦理崩陷、欲望横陈的可悲境况；刘庆邦《到城里去》喊出的是中国乡村灵魂对城市的盲目渴念；罗伟章《我们的路》则指向亿万中国乡村人的无法不面临着永远"在路上"——在奔向城市的路上——漂泊的命运与结局。今天，我们已经不得不面对的是城市取得的文化上的绝对优势，以及乡村从物质到精神上全面的空壳化，我们的生存空间与文化空间已经无法不转向城市，甚至以往作为"精神家园"的乡村所拥有的抽象的道德优势也不复存在。

本尼迪克特·安德森认为，民族是"一种想象的政治共同体——并且，它是被想象为本质上有限的，同时也享有主权的共同体"。[①] 这个界定对于研究当下中国的城市文学有一种启示，当下文学对城市的想象与文化建构已经引起人们越来越多的关注。城市文学是一个转型时代的文化印迹，它以文学的方式完成一个时代的文学想象，并由此实现共同的身份确认与文化建构。除去那些给人同质性感受的城市景观、欲望涌动、青春情怀、金钱罪恶的表述之外，当下的城市文学正以一种隐忍而坚定的力量浮现而出，它突破的是百年来中国文学固有的乡土领地。

---

① [美]本尼迪克特·安德森：《想象的共同体》，吴叡人译，上海人民出版社，2003年，第5页。

一　日常城市的经验与想象

作为日常生活的栖息地，城市文学首先表达的就是日常生活的经验。这是它的传统，它的常态，也是其内容、根基与魅力所在。从《金瓶梅》、"三言二拍"到《红楼梦》，中国传统的小说与城市叙事无不是靠日常生活搭起舞台与框架的。当代城市书写的基本模式与典范架构也是对日常生活景观的书写。从池莉、方方，到"新生代"的韩东、朱文以及"70后"作家笔下的都市新人类的书写，日常性的生活景观都是城市叙事的粗鄙或琐屑美学的直接材料与呈现。毫无疑问，书写城市的作家首先面对的是道德的悖论和美学的贫困，因为他们面对的书写对象，确实没有像乡土文学那样拥有强大的"前叙事背景"以及"天然的道德优势"的支撑，对人物日常生存的庸碌与艰辛及其灵魂的猥琐与挣扎的表述，成为城市文学的常见形态。中产阶级在城市里朝九晚五，衣食无忧，但仍然很难获得幸福，很难回避在现代文明逻辑中被异化的窘境与命运，不得不面临着琐屑人生的无穷烦恼；而一无所有的外来者们虽然把城市当作他们的圆梦场，但他们一旦进入城市，就被无形的力量所伤害、被异化和被吞噬，最终化为一个个作别或湮没的苍凉手势。

在我观之，在近年城市文学的日常书写中，邱华栋、蒋一谈的创作或许是值得一谈的。他们两人同出生于20世纪60年代末，同从外地进入北京，成为"新北京人"的一员，又共同关注与书写北京的日常生活，他们笔下的"新北京人"的特色，在于精妙地传递出北京作为一个奇怪的集传统伦理与现代政治、国际性与信息化、夹缝感与主流时尚、民间与隐性社会、物质性与精神性、三教九流与现代"游荡者"等于一体的都市构造的混合性与复杂性，纤毫毕现地喻示出当代北京这座独一无二的奇怪城市的一切，这个穿行散射于北京各个阶层的新人类，穿针引线地牵扯着、映现着当代中国文化中最隐秘和敏感的部分。他们的意义由此彰显出来。

以文化意义上的现代"社区"为单元的书写,是邱华栋最显著的特色,这正如老舍以对北京胡同的书写构造了传统意义上的北京城市与文化一样。在他的笔下,摩天大楼、玻璃社区、街道、广场、职场、酒吧、歌厅、影院……这些场域构成了他刻意营建的现代人的生存场所,而其中所映现出来的现代都市文明的情境与氛围,构成了他影射和凸显文化意义上的"现代城市"北京的物质性的载体。在他的"社区人系列小说"中,集中书写了中产阶级人群的日常生活与精神困境。正如作者所说:"他们一般有着丰厚的收入,受过很好的教育,大都有房有车,有进取心,他们的生活品味很好,趣味趋同,是城市中消费和引领时尚的主体。他们往往选择自然环境和人文气氛都比较好的社区居住,并且正在形成独特的社区文化。"① 但同时他们的生活中同样有许多问题、暗伤与疼痛,他们的人生可供消费,他们的威胁来自生活——当然是城市生活。在这些中产阶级光鲜生活的背后,是城市对人的异化。社区中精神生活与伦理畸变、病态,有需要面对自己未婚先孕的女儿的单亲母亲,有因车祸而改变生活态度的轻薄女性,有令人羡慕的成功夫妻的阴暗生活,有性格畸变被异化的博士……当然,也有完满的爱情与生离死别的美好动人的感情。作者在书写这些人物时,悲悯之心时隐时现,叙述上则极尽撷取细节、彰显其精微变化之能事,一个时代的城市生存由此显形且跃然纸上。

蒋一谈的短篇小说基本上都集中于对城市人群生活的书写。他的人物背后尽管有刻意淡化或"推远"的生存背景,人物有时近乎幽灵或本雅明所说的"游荡者"那样的身份不明,但基本上也可以清晰或含混地折射出都市新人类的生活情态,以及相应的暧昧而空洞的文化

---

① 邱华栋:《十年一觉社区梦》,见邱华栋:《可供消费的人生》,广西师范大学出版社,2011年,第333页。

属性，揭示出今日城市中人的精神残缺，及其在挣扎中对救援的渴望。他的"中国故事"刻意彰显了当今中国人的时代性困顿。China Story 中的老那丧偶，只有一只会说话的鹩哥陪伴他。老那离开人世时唯一的声音是一只鹩哥鹦鹉学舌般的凄厉声音。《伊斯特伍德的雕像》中，法苏、荆轲、爷爷的家庭和情感都是不完整的，只在荆轲叙述中出现的荆轲的父亲也是个孤儿……蒋一谈对城市的书写背后有一个无处不在的声音：每个人都是残缺的部分。

蒋一谈的城市书写还往往极为敏感地以女性为视角进行叙述，短篇小说集《栖》是一部主题短篇集。其中的主人公全部是城市女性，其中更有直接通过女性视角来呈现的作品。《林荫大道》中的夏慧与男朋友苏明都是博士，但却找不到心仪的工作。当夏慧的目光从梦想中的小书房转移到母亲做保姆的富人的别墅后，她终于发现了自己的惨败，苏明几乎到了一种被去势的状态，夏慧则在独自穿行了长条状的林荫大道之后陷入了无望的悲伤；《疗伤课》中"我"带着异性留下的伤痕，放弃美国精神治疗师的高薪职位，只身来到北京。意外地，开始了对桑雪的精神治疗，而这恰恰也是一次自我的疗伤……蒋一谈对女性的关注同样充满悲悯，小说里时时出现懦弱乃至被去势的男性，而女性则相对坚定隐忍一些。这些生活情状以百态纷呈的形式，整合成为今日城市生存的万花筒般的迷乱景观，折射着"现代"这班隆隆前进的列车，或者巨大的机器碾过时人们的战栗、悲伤、狂欢或者呼救。

社会的转型和时代的变迁无疑对个体命运产生着巨大的影响，通过对他们的日常生活和灵魂的揭示，可以窥见一个时代的灵魂挣扎与蜕变，也可以由此反思城市文学写作在当下的可能。"70后"作家徐则臣、魏微、盛可以、鲁敏、田耳等也纷纷将自己的笔触伸向城市，或呈现各种城市边缘人物的生活和命运，或抵达城市外来者灵魂深处的伤痛，由此呈示的世相与生态，扩展着这个时代城市的文化想象。

二　寓言城市的荒诞与真实

城市与小说之间、小说与寓言之间，自古也同样是互为扭结和纠缠不清的关系，其实纯粹的写实可能根本就不存在，而寓言或者寓言性的叙述才是小说的常态。前文中所提到的大部分作家，他们的作品也符合或接近寓言的特性。特别是，所谓"城市叙事"或"城市经验"，究其实在今天所生发的意义也是一种"文明的样态"，因此，关于城市的叙事也是本雅明所说的一种"文明的寓言"。

不过，比较而言，有些作家的创作显得更为典型，他们的处理方式大约是喜欢将城市生存的某些状况"本质化"，以具有寓意性的城市文化符号来作为喻体，以影射、隐喻、建构和面对现实，呈现作家的当下体验。阎连科的长篇《炸裂志》是一个很好的例证。2013 年，《炸裂志》一出版就遭遇了毁誉参半的舆论，批评的声音说它"太贴现实"，赞誉的声音则说它具有"寓言品质"，加之阎连科本人的现实观和"神实主义"等论调也让批评家们把焦点集中在作品与现实的关系上。然而一个明显的问题是，阎连科在《炸裂志》中恰恰呈现的是典型的城市生存的寓言化形态，而不是具体的城市生活。这是讨论它必须要坚持的一个出发点，否则我们就会又在风格和"真实性"等问题上遭遇陷阱。

《炸裂志》以地方志的方式，架构起了一个关于城市化进程的荒诞而病态的寓言。讲述了一个名为"炸裂"的自然村从宋元时期直至当代，尤其是近三十年来如何"炸裂"为一个超级大都市的进程。小说显然不是以传统现实主义的方式来讲述的，而是以个人志的形式编纂出的特定时代的城市史。第一章"附篇"中作者以"拟真实"的方式交代出叙述者的"主编、主笔"身份，还郑重地交代了《炸裂志》"编纂委员会"名单和"编纂大事记"。接下来，我们读到的是一本"书中书"，一本被炸裂市所有人声讨和咒骂的《炸裂志》。炸裂这个小村是如何变成超级大都市的呢？首要的动力是欲望，以市长孔明亮为代表的男性凭借偷盗得到了第一桶金，迅速崛起。以朱颖为代表的女性为了达到目的不择手段，从最初的闯荡世界到最为关键时刻的努力，以及复仇的途径都只有一个：身体。因此，小说中呈现出大量的欲望描写，几乎所有的炸裂人都活在欲望中，人们对权力的崇拜也到了无以复加的地步。但同时，作品中也表现出了人心的内省，炸裂没有哭墙，但有哭俗，所有人在得到自己想得到的东西后失去了内心的操守与安宁，于是他们放声哭泣。当一切都淹没在都市的欲望河流后，仍然有一份良知守在心头。

一个成熟的作家面对这个时代时仍充满焦虑乃至恐惧。十年前，阎连科在一次演讲中说："抵抗恐惧，这大约就是我目前写作的理由，就是我为什么写作的依据。"① 十年后，他用一种寓言的方式来表达这个时代的扭曲、变态与破碎，还有蓬勃向前的一面。

《炸裂志》显然是个寓言。封底上的话显示出作家的雄心："最现实"的"最寓言"。阎连科认为《炸裂志》尽可能全方位地描述了一个国家三十年的变化，它是一个地方志，也是一个国家志。《炸裂志》当然也存在一些问题，比如欲望的过度书写和人物的符号化等，但这正是寓言手法所赋予它的结构性的特点。

与《炸裂志》几乎同时引起文坛争议的是余华的《第七天》。第七天，这又是一个富含宗教文化和存在寓意的概念。小说扉页里就引用了《旧约·创世记》中的句子。主人公杨飞，一个意外事件中遭遇不幸的亡灵因为没有墓地而到处游荡，归于"死无葬身之地"，于是回顾追述生前的种种遭遇，及同行者的残酷人生，这是余华《第七天》书写的主要内容。小说结尾处，只能看到到处飘荡的亡灵慢慢地变成一具具骷髅，那些亡灵曾经的亲情、爱情全然不见，即使是曾经舍弃自己爱

---

① 阎连科：《我为什么写作》，载《当代作家评论》，2004年第2期。

情与婚姻抚养杨飞长大的杨金彪,似乎也有意无意地成为一个新的贫富分裂的社会的帮凶,所有有真爱的情侣在死后仍然相隔两处。虽然作品中也呈现了爱的主题,比如没有血缘关系却浓烈至极的父子之爱、生前离异而死后如初见的夫妻之爱,但这些最终都化为了虚无的泡影。

《第七天》因其书写的内容与现实乃至新闻叙事的某种切近的关系,被大多数读者和批评家认为是堆积社会阴暗面、汇集负面新闻的大杂烩。在我看来,或许问题真的存在,但也要认识到,问题也可能出在是我们对余华的作品期望过高,是读者对于它既高度寓言化又充满现实感与现场性而感到不适的结果,《第七天》之所以不尽人意,是因为它的描写与当下人们对现实的理解方式之间略有些出入。抛开这些问题,假如换个角度看《第七天》,会更加理解和认同它强烈的寓言色彩,正是因为采取了作家一贯擅长的寓言叙事,如今城市化生活及其进程对人的异化和吞噬,才得以以荒诞的方式得以充分呈现。杨飞被城市的日常生活与荒诞逻辑毁灭,死后也无处可去的悲惨境遇,正是如今很多城市底层人群共同境遇的集中写照。

再往深处些看,余华的作品在哲学上往往也是现世存在的隐喻,人生而一无所有,在世间得到一些附属物后在死亡面前又一次地一无所有。得到与失去本质上的意义是如此相似。这也是《第七天》中所暗含的哲学命题。杨飞来到世间的意外,得到"父亲"的意外,得到心中的"母亲"的意外,得到婚姻的意外,乃至遭遇死亡的意外,都是巧合的戏剧性的寓言。这样的寓意在细节中也无处不在,比如小说"第一天"结尾处的描写,显见得就是个隐喻:杨飞一直行走在这个浓雾笼罩的城市,不知自己身在何处。这时一个双目失明的死者向杨飞问路,杨飞耐心指路,但他怀疑自己指的方向是错的,因为他自己也迷失了。这样的安排让人忍俊不禁地联想到这些年逐渐肆虐起来的雾霾,城市中随处可见的污染,人与人之间的冷漠与误解……这一切都化作了幽灵般的处境与感受。

三 文化城市的刻度与溯源

如果穿越城市的表象迷雾,抵达其精神的深层刻度,并逆流向上对其文化根源进行探寻,无疑是当前城市文学的根本难题。或许这并不能决定作家和作品的高下,但在趣味上、在深度的预设方面,格非、王安忆等作家是值得一谈的。

格非"江南三部曲"的收官之作《春尽江南》,将城市中个体所面临的生存痛苦和精神困境进行了深度揭示。他们的困境其实就是这个时代精神困境的症结所在。在当前中国,书写现实的难度远远胜过讲述历史的难度,《春尽江南》可以说是一次对当前中国现实的深度把握与书写。《春尽江南》出版后,格非曾说自己近年最大的变化和收获就是可以正面切入现实。现实当然是最难把握的,但格非却总是能找到一个时代最深的痛点,对当前城市人的生存和精神进行了深刻揭示,这样的作品只能出自有高度文化自觉与认知深度的作家。小说主体故事的时间只有一年,而叙述的时间却长达二十年。20世纪80年代末,文艺女青年李秀蓉和诗人谭端午相遇,后来在并不浪漫甚至残忍的经历中成为夫妻。在90年代以后的商业社会的搏斗中,端午渐渐地成为一个失败的人,在悠闲而无聊的地方志办公室慢慢腐去。李秀蓉改名为庞家玉,成为一名律师,她摸到了时代的脉搏,似乎成为一个成功者,但她在身患重病生命即将结束之时却毅然否定了自己。小说揭露了当下中国城市中的知识分子被边缘化和自我放逐的命运,以及他们面临的现实问题和精神困境。

格非的小说有一种深切的痛感,原因何在?看看端午和秀蓉的来时路便会明白,他们来自理想主义时代,在坠入了一个物欲横流、飞速运转的时代后,要么忘记自己,要么忘记时代,但任何一种选择都是无奈的悲剧,秀蓉属于前者,端午属于后者。端午什么事情都不愿意做,读的书是欧阳修的《新五代史》。在欧阳修看来,五代是一个君君臣臣父父子子之道乖,而宗庙朝廷人鬼皆失其序的乱世,而这显然也是谭端午对当前社会的判断。在另一个中篇小说《隐身衣》中,格非同样将笔触指向城市中人的精神困境。"我"是生活在北京的一个专门制作音响胆机的人,北京从事这一职业的人一共超不过二十个,"我"和同行们更多地生活在音乐的世界里,作为"大隐"隐于北京闹市之中。然而,他们仍然躲不开世界的纷扰。个体的生存、布满陷阱的社会、知识分子的道德沦陷或与时代的疏离,精神上的萎靡与困顿又一次得到了深度揭示。

格非还以自己的创作延续了中国古代城市文学的某种传统,《金瓶梅》和《红楼梦》的影子在他的一些作品中浮游。在新近出版的专著《雪隐鹭鸶:〈金瓶梅〉的声色与虚无》中,他认为《金瓶梅》所呈现的人情世态和当今中国现实存在着内在关联,或许,我们今天所遭遇的一切并未走出《金瓶梅》作者的视线。[①]而整部"江南三部曲"则寓意性地描绘出了一个桃花源梦想及其破灭的幻象。红尘即春梦,恰若桃之夭夭,灼灼其华之后惟余残春梦境。秀米父亲陆侃、陆秀米、张季元、谭功达等人物,他们所处时代不同,但几乎都走在寻找桃花源的路上,也都最终梦碎人间。想来《红楼梦》中黛玉葬的也是春日桃花,其深度的互文性便油然而出了。

无独有偶,王安忆的长篇《天香》中的园子名就叫"天香",虽然离桃林的立意远开去,却还是以桃林取胜。特定的出身和成长经验会给作家带来不同的文化选择,就本质而论,王安忆一直在逆时空历史而上,追溯上海这座城市的文化之根。王德威认为一直以来王安忆都在用文学寻找自己家族的来历,寻找根源,且在探寻早已佚失的母系家谱。《纪实与虚构》最初命名为"上海故事",王安忆要讲的,正是她为自己、为母亲家族、为上海寻根命名的经过。照这个线索看,《长

[①] 格非:《雪隐鹭鸶:〈金瓶梅〉的声色与虚无》,译林出版社,2014年。

恨歌》也是海上一场繁华春梦，恰若天长地久有时，而此恨绵绵无期。无疑从内里的书写上与红楼之梦一脉相承。"《天香》写的还是上海，但这一回王安忆不再勾勒这座城市的现代或当代风貌，而是回到了上海的'史前'时代。"①《天香》记述上海申家园林的繁华始末，春申故里的文化含义得以表露。小说的叙事时间从明嘉靖三十八年（1559）起，至清康熙六年（1667）终，共约一百余年时间，申家兄弟打造天香园，锦衣玉食，极尽繁华，但最后繁华落尽、后人流落，家中女眷们的刺绣竟然成了谋生的手段。王安忆显然是通过《天香》完成了对上海文化的前叙事，但其全然复古风神的叙述姿态，对申氏家族生活的种种细节的呈现，对女儿性的天然倾斜与描述，以及其中隐含的花盛之日必是衰败之时的美学内蕴，让人无法不与《金瓶梅》《红楼梦》联系对比。

以文学的方式对上海这座城市的文化身份和历史记忆进行建构与确认的还有金宇澄，《繁花》问世后获得盛赞，小说写出了上海这座城市中花盛之时的繁华和繁华尽处的苍凉，而他运用的语言和叙述方式都是为生命的"繁花"铺叙。《繁花》中红楼一梦的真实隐约可见。

在今天，书写城市也就是书写中国，所谓"中国故事"某种意义上也即是城市中的众生世相与悲欢离合。因此书写城市里的生存与灵魂，也就是书写中国当下人的生存与灵魂，城市文学只有抵达特定的精神深处，探清城市的文化根源，才能完成这个时代的文化想象与身份确认。

---

① 王德威：《虚构与纪实——王安忆的〈天香〉》，载《扬子江评论》，2011 年第 2 期。

小说中国的方式

——2014年长篇小说走向观察

2014年的长篇小说仍然是题量浩大、百舸争流、千姿百态，老将们宝刀不让，新生代们则勇争潮头，尤其是在新媒体（微博、微信）的作俑下，文坛呈现出以往难见的波涛汹涌之势。尽管如此，透过浪花，还可清晰地看出2014年的小说长河上大写着古老、新鲜、沉重、复杂的两个字：中国。围绕着"中国"这个关键词，作家们从不同层面展开了各自的叙述。对百年来中国故事的挖掘，作家们展现了他们的才华，在叙事方式上的探索与创新令人瞩目；关注当下中国现实，触摸当下中国脉搏一直是中国当代作家的一个重要使命，这一层面的作品数量较多，其中不乏佳作；命运存在的思考追问是2014年度长篇小说的一个支流，作家们联系现实历史人生，跳出表象，进行了深度探寻与追问；个人的精神成长与青春是一个永恒的话题，不同年龄的作家们在这一点上表现出共同的兴趣与努力；也有一些作家将笔力挺向中国传统文化符号的溯源与发掘。这一切似乎可以说明：中国作家开始拥有某种程度上的文化自觉与自信，然而，作家们是否找到了好的小说中国的方式？他们是否实现了自己的初衷？

百年中国故事的多重讲述

究竟如何讲好中国故事？作家们在文化自觉的同时却陷入了某种叙事焦虑，这也是近来出现许多"难读"的长篇小说的原因。作家们在讲述中国故事的方式上呈现出多重探索性，譬如贾平凹的《老生》、关仁山的《日头》、雪漠的《野狐岭》等。一个非常突出的现象是，近来长篇小说中出现了大量复调风格的叙事，由多个声部共同讲述中国故事，在这一点上，有不俗的收获，也有不完满的作品。总体看来，作家们并没有停留在形式的探索层面，而是将关注与努力的重心放在书写百年中国历史，讲述百年中国故事上。

贾平凹新作《老生》是在中国的土地上生长的中国故事，用中国的方式来记录百年的中国史。这部作品主要由四个故事构成，每一部分的名称就是"第几个故事"，又辅之以"开头"、"结尾"。书中讲百年中国故事的中心人物"老生"是一个穿越阴阳两界的唱师，他见证和讲述的四个故事共同构成了百年中国的历史记忆与这个国家中人的命运。较为独特的是每一个故事中间又穿插了一位饱学之人给放羊人的孩子讲述《山海经》的内容，这是小说的又一重声音。具体到每一重声音内部，又由多重声音构成，比如《山海经》部分既有老师讲的声音，又有师生问答的声音。这种多声部配合的结构方式是一种文学对于音乐的移植，在复杂的声音中获得小说的丰富性与深厚性，获得普通的小说结构难以达到的戏剧性效果。在多声部同时展开并配合的同时，贾平凹运用了一种巧妙的衔接来完成叙事结构上的转换。《山海经》是描绘远古中国山川地理和奇异动植物的一部书，它在小说四个故事之中是有特殊用意的，它的声音和老生的声音共同记录了中国，这个国家自古至今的历史和生活其中的人的命运。《老生》又是一部向《红楼梦》致敬的作品，其更深寓意在中国传统文化深处，老唱师唱的第一首阴歌"人生在世有什么好，墙头一棵草，寒冬腊月霜杀了……"，显然是直逼《红楼梦》中跛足道人的《好了歌》。他的人生是一场梦，他讲述的百年中国故事也是时代的一场大梦。

无独有偶，关仁山的《日头》也表现出对讲述中国故事的方式的努力。这部作品是关仁山的"中国农民三部曲"收官之作，小说通过一老（八十八岁的老人汪长珍）一少（菩提树上的毛嘎子灵魂）的双重叙事展现出河北冀东平原日头村数十年的变迁，对中国农民的生存困境和精神困境进行了深度探寻。同时，作者在每一章的开头引入了古代十二乐律名，小说的文本内部的声音由此变得更加丰富，体现出作者试图书写当代中国黄钟大吕式作品的雄心。作者在《日头》中试图更直接地探讨和追问农民问题，如农民贫困的根源、农民怎样才能生活得更好等。关仁山对当前农村土地荒芜、生态失衡、空巢现象、留守儿童问题等没有停留在简单的谴责层面，而是深度反思其历史文化及制度方面的根源。但是，小说中的古十二律、二十八星宿的象征性意象带来了一定的阅读难度。

《野狐岭》由二十七"会"构成一部长篇，每一会都由"我"的行动和处境与幽灵们的叙述两重声音构成，这是比较独特的。"会"意味着聚会、集会，意味着声音的复杂性和多重性。这种独特的小说结构体现出雪漠的创新与努力。《野狐岭》中的声音实在太多：无形的杀手、痴迷木鱼歌的书生、起义英雄、复仇的女子、向往出家人的年轻人、沙漠中的土匪、驼把式、不义之徒、心思堪与人相比的骆驼……而小说正是在此基础上加上一个活在现世的"我"，来将这一切串连在一起。"我"在小说中表面上是为了探寻百年来西部最有名的两支驼队的消失之谜，但事实上是个灵魂的采访者、倾听者。"我"是为了实现灵魂集会并采访他们而来到野狐岭的。《野狐岭》以众多幽灵的集会和叙述来完成一部长篇小说，它的试验性结构其实是有相当写作难度的。虽然小说中有关"我"的叙述节奏总是与幽灵们的回忆与叙述的节奏有内在的关联性和相通性，但仍然有声音过于杂乱之感。

《吾血吾土》是范稳"藏地三部曲"之后的一次精神高地之行。作者为了此书的创作，查阅史料四年，深入滇西采访抗战老兵，甚至赴台湾等地采风，终于在 2014 年将此书完成。这是一部以个人之史抵达民族之史的作品，小说揭示了西南联大"三剑客"赵广陵、刘苍璧、廖志弘抗战时期投笔从戎，英勇救国，及其在不同的历史时期的遭遇。作者以大时代中的人生与命运为线，呈现出这一时期中华民族的历史。赵广陵是小说的重要人物，他曾师从闻一多，参加过远征军，立过奇功，负伤毁容。又重新求学，被冤入狱。解放后被改造。在特殊年代受到亲人的伤害，后搜集远征军资料和文物，书写历史。作者"希望能通过一个人面对历史与现实碰撞中的无奈与坚守、妥协与抗争，来还原我们整个民族的一段历史"。

此外，王妹英的《山川记》通过桃花川三代人的人生与命运的描述，呈现出解放初期至今，尤其是改革开放三十多年以来中国农村的历史变迁。桃花川上有理想主义色彩的人物，有各式各样的乡村女性，有新一代农民形象，他们在各自的人生中品尝世事的艰苦抑或幸福，但岁月总归教会他们释然与坦荡。桃花川就是王妹英心目中的世外桃源，它从未与世隔绝，却又似乎只身世外，在这里，人情与世事相容，凡俗与自然呼应。而学者型作家於可训的《地老天荒》多条线索同时展开讲述湖北鄂东地区自 20 世纪 30 年代至今的历史及宛戬两大家族争夺大湖滩的惊心动魄的故事，中间又穿插了三代人的爱情故事。张好好的《布尔津光谱》则以一个未及来到人世就死去的婴孩灵魂的叙述视角展现出大时代中布尔津普通人的幸福、伤痛以及他们的故事。

当下中国脉搏的深度触摸

触摸自己所处的时代的脉搏是每一个有良知的作家的责任，近来这方面的长篇小说不少，在这一层面上，部分作家同样保持了对叙事方式的迷恋和某种写作的难度。

宁肯《三个三重奏》中的三重奏如下：一是"我"，"我"是一个外表健康但内心病态的人。"我"不是残疾人，却喜欢坐在轮椅上阅读，在书架中穿行，自己将自己囚在书房里面。"我"其实是一个自我放逐和阉割的知识分子，对图书馆畸形迷恋，"我"的理想是居住在图书馆里。某天"我"来到看守所的死囚牢，成为一名志愿者，认识了许多死囚，他们的人生成为"我"讲述的故事，这部分在书中由序曲和注释构成；二是杜远方，一个国企总裁，生活在我们这个时代和社会的黑洞里，他在逃亡中躲避在小学教师李敏芬家中并与其产生不伦之恋；三是居延泽，一个名牌大学生从秘书走向权力巅峰，他在一个纯白色空间中受审。小说在这一重奏中充分体现了现代小说的特征，比如纯白色的空间、审讯方和被审方的深刻心理描写，这些内容在当下的小说中是较为少见的。小说中的三重声音其实在同时奏鸣，最终走向合唱。小说冥想与哲思的风格让人感受到生命之重。小说题记为鲍德里亚《完美的罪行》中的句子，作者借鲍德里亚对虚拟取代现实的批判来反思现代人与真实的疏离。小说中的三重声音其实构成了三重虚拟的空间，人与现实的关系越来越远，这是一种完美的罪行。

刘心武在《飘窗》中坚持了他一以贯之的人道主义思想、知识分子自省意识，以及对世俗生活中普通人的生存和生命的关注。小说中的薛去疾是一个有人文理想的知识分子，但他同时又喜欢关切市井之中的芸芸众生，每天通过自己四楼的飘窗观察外面街道的动态，从容地欣赏窗外的"清明上河图"。庞奇的出现打破了他的平静观望，庞奇曾是黑社会麻爷的手下，与薛去疾相识后受到薛去疾"启蒙"，懂得了尊严、高尚、博爱等。然而，为了儿子的事业和房产，薛去疾抛弃了自己坚守的立场，出卖了自己的人格，跪在麻爷面前给他磕头，这一举动让曾经被他成功灌输了人文精神的庞奇对整个世界无比绝望，庞奇杀死了他。《飘窗》意味深长，是知识分子成功启蒙大众后却遭遇自身堕落的悲剧，是知识分子的一次自省。

《荒唐》是先锋作家马原新作，小说主人公黄棠是荒唐的谐音，她是一家大型公共关系公司的总经理，作者通过黄棠这样一个特殊的社会位置与当下时代的各个领域取得了联系——黄棠的家族几乎涉及中国现实的各个重要层面：资深的政府官员、跨国公司经理、医药专家、大型节目策划、独立纪录片导演、官二代和富二代……马原试图通过对黄棠及其所在整个家族的叙事，揭示当下社会的复杂面貌与现实生活的本质。马原在这部小说中的叙述态度是冷静而又反讽式的，他避免了一种对抗式的激烈的态度。在《荒唐》的结尾，马原又一次把小说虚构的本质揭开给我们看，时间又一次弄错，那个叫马原的汉人又一次出现，这当然让人想起他的《虚构》，但是多年之后重设叙事圈套并没有给人带来新的质素，反而破坏了整个作品的完整性。

薛忆沩的《空巢》的中心情节并不复杂，讲述一位高龄的空巢老人遭受到电信诈骗并因此离开人世的故事。与许多想占些小便宜而上当受骗的案例不同，小说中的"我"是个一生"清白"没有污点的人，在垂暮之年回想自己的一生，觉得自己一事无成，但是唯一值得珍惜的是自己的"清白"，这清白甚至是悼词里要突出的重要内容。这个终生的精神洁癖成为犯罪分子欺诈成功的一个重要原因。"我"甚至不承认自己是被欺骗了，最后，当"我"终于明白事情的真相后，感到布满自己一身的已经不是污点，而是充满恶臭的污垢。"我"在极度悲伤中离开了这个充满骗局的世界。作者对母亲代表的"这一代中国人"所坚信的历史与政治话语进行了隐性的解构与质疑。《空巢》成功地将一个社会事件转化成小说，人物内心的发掘和呈现也非常成功。

《爱历元年》与王跃文此前的写作风格相异，小说由一个普通家庭的情与爱打开了一扇时代社会的窗户。爱历，是两个人相爱之后的年历，小说中的孙离与喜子原本是一对相爱的夫妻，并拥有属于他们自己的爱历。然而，因着现实生活的压力，喜子努力上进的同时远离了自己的家庭，孙离也在与其他女性的相处中远离了自己的爱历，一个家庭几近离散。然而，作者却让这个家庭在这个时候遭遇了难以想象的难关，于是，两个人共同面对命运的戏弄和磨难之后重新打开了属于他们的爱历。小说书写的重心不是爱情，而是现实对人性的磨损及其救赎。这部作品的不足之处是某些情节的设置痕迹有些过于生硬。

晓航的《被声音打扰的时光》中每一个人都在极速运转的社会中寻找着爱，小说中卫近宇、楚维卿、秦枫、冯慧桐等人物大多有被亲人或爱人抛弃的经历，他们无一不内心充满伤痕却向往有爱的生活，最终，主人公克服了内心庞大的恐怖声音而走向自己的位置。相比地方志的形式的《上塘书》，孙惠芬的新作《后上塘书》更加侧重内心的书写，小说拉开了一幕当下中国乡村现实的画卷，深度书写其中的人的精神世界以及他们历经时代之浪后的重生。高众的《白衣江湖》描写某省城中心医院心内科的医生们在经济大浪下的"江湖"人生，小说揭去了"白衣天使"的面纱，随之而来的是现实的残忍与痛彻。

中国人命运存在的思考

在触摸现实的同时，作家们纷纷探寻人性并对生活在这片土地上的人的命运与存在进行思考与追问。2014 年长篇小说中出现了较为集中追问女性命运、知识分子命运的作品，当然，也有对人的存在的思考。

叶兆言新作《很久以来》的时间跨度自 20 世纪 40 年代初期至今，小说聚焦竺欣慰、冷春兰两位女性的命运及她们一生的友情。作者在呈现"文革"灾难中人物的命运时，淡化了时代对命运的影响，却将人物性格与其所遭遇的结局紧密相连。她们的命运在时间与历史中各自延伸。小说第二章和第九章中仍然以先锋作家的姿态将叙事的本质揭露出来，使文本变得更加复杂。《很久以来》延续了叶兆言对南京记忆的书写，南京在作者笔下是人物活动的场景，更是中国当代历史的见证者，世事沧海桑田，不变的却是南京这座城市的风貌，这样的背景中人物的命运遭际更加让人慨叹。这部作品实现了作者不"控诉历经的苦难，只是想展现普通人的生活状态，为大多数人立传"的意图。

严歌苓的《妈阁是座城》以澳门为背景，呈现出梅晓鸥这个女叠码仔的人生与命运。赌场本身就是一个特殊的场域，小说几乎是拉开了一幅赌场与世界的百丑图。梅晓鸥等人物的性格特点都非常鲜明，但是这部作品对于擅长描写女性的严歌苓来说仍然是一部另类之作。梅晓鸥的工作环境特殊，性格中也有一些不可预料甚至难以理解的因素。透过梅晓鸥的眼睛，既能看到当下人们的无尽欲望，也能看到人性的复杂。叠码仔总是想方设法从客户中找那些所谓的潜力股，他们在贪婪的欲望中的毁灭是叠码仔的生存基础。人性的丑陋与命运的残酷由此可窥一斑。每个人在某种程度上变成无法自拔的赌徒，他们的命运尽头只能是毁灭。这部作品中，反复无常的丑陋人性、无止尽的贪婪欲望都得到了深度呈现。

张翎的《阵痛》重点呈现上官吟春、小桃、武生三代女性的命运遭际，命运之神伸出她那无形的大手，牵引着这三代女性走上同一条路，她们无一不经历了非凡的情感经历和在生死边缘独自面对生育的阵痛。对于女性来说，生育的阵痛是暂时的，而时代的苦难却是长久的，生命如此博大，母性却如此坚韧。小说同时也将 20 世纪 40 后代初到当下历史的风雨飘摇与动荡时局揭示出来，显现出作者的追求。但作品对于女性的思考过于集中在生育新生命的层面，对女性精神剖面中更深层的剖析似乎不够。

徐虹在《逃亡者》中以女主人公"我"的人生轨迹为线索，将人物放在改革开放、市场经济发展中的北京，书写世纪之交都市中的女性人生及命运，小说揭示出当下都市现实的复杂混乱，心灵的无处可逃，绝望感伤。

当代中国知识分子的命运一直是作家们关注的焦点，2014 年，两位身在高校的作家呈出了两部直抵知识分子生存与精神双重困境的作品。

阎真《活着之上》专注于高校知识分子的生存状况和精神世界，大胆揭示了高校的学术制度问题与知识分子的生存之痛。小说中的"我"，历史学博士聂致远有学术潜质，热爱自己的专业，但却因为不善钻营而处处失意，在求学、求职、婚姻、生活方面可谓举步维艰。"我"致敬的对象是曹雪芹，因其拥有在社会现实面前坚守人生理想的伟大人格，面对现实"我"也时时迷茫失落，但终于坚守了知识分子的良知。另一人物蒙天舒不学无术，却因为坚持实践"屁股中心论"一路平坦走进高校并仕途得意。被称作高校"青椒"的青年教师成长艰难，他们带着自己的难与痛又如何对学生讲人文精神？《活着之上》将高校知识分子在市场经济大浪中的困境无情地撕开，作者的追问是：活着是不是活着的意义，在活着之上是不是还有更加重要的意义？答案是：在活着之上，还有先行者用自己的血泪人生昭示的价值和意义。

徐兆寿《荒原问道》以双重线索切入到知识分子的心理、命运、精神、信仰层面，书写了新中国成立以来两代知识分子的命运与心灵，追问个体存在的意义与中国文化的命运问题。老一辈知识分子夏好问经历了从广场到民间，再从民间到广场，而最后又回到民间问道，新一代知识分子陈十三则经历了从民间到广场、从东方到西方，再从西方至东方的问道过程，他们的经历从一定意义上可以理解为我们半个世纪以来知识分子的"问道"之路。如果说张贤亮那一代作家强调对知识分子的政治叙事，那么，《荒原问道》的知识分子书写则转到文化叙事。从这个角度来看，这部小说意味着对当代中国知识分子的精神史的书写。同时，也意味着对当代社会的精神现实及人面临的精神困境的追问。

范小青《我的名字叫王村》触及了当下中国农村在城市化进程中遭遇的种种困境，并以一种寓言式的手法直击人存在之荒谬。"我"弟弟从小认为自己是一只老鼠，我们全家为此备受歧视，"我"下决心将他抛弃之后又悔恨，踏上了寻找弟弟的道路。由此吃尽苦头，甚至被人误以为精神失常。后来弟弟竟然回乡了,他说:"我的是名字叫王村。"这里的离乡与归来,背离与寻找,都是寓言式的。作品中充斥着撕裂和疼痛,迷失和追寻,这是人与人之间的,人与自我之间的,也是人与世界之间的。小说中反复出现"我就是我弟弟""我不是我弟弟""我就是我""我不是我"之类的语句,体现出现代人迷失与找寻的迷惘以及找不到自己存在的荒诞性。

中国式精神成长的书写

2014年,不同代群的作家在书写个人的精神成长和青春方面表现出浓厚的兴趣,他们将笔触伸向个人内心深处,写下了一部部精神史或者成长史式的作品,而这些作品无一不立于当代中国的大背景之下,堪称中国式的精神成长与青春的记录。

引起众人关注目光的首先是老作家王蒙的《闷与狂》,这是一部诗性的个人精神史,也是一次个人精神的时光逆旅。小说由十八个篇章构成,大体以人生经历为序,以两只猫的眼睛为小说开始,先写儿时的记忆,童年的乐趣和贫乏的成长环境,所经受的饥饿与疾病。然而,童年全不需要同情的眼泪。一个渺小孱弱贫寒的童年恰恰是不确定的,它有可能是走向辉煌的梦。作者在此处用了两个极能说明态度的标题:"瘦弱的童年也许更加期待爆炸"、"我的宠物就是贫穷"。其后是"青春赋",青春是杀人的与救人的、诗性的与血性的、悲苦的与敞亮的、郁闷的与痛快淋漓的。爱情也是青春经历中一个不可或缺的部分。作者此后又让意识流向"未名",一个无法命名的部分,它是人生,是文学,是幽灵。作者以意识流的方式记述了自己的新疆生活、文学生活、个人的精神生活。最后,他说"明年我将衰老",他将自己的灵魂飞翔在崆峒山上,绕着"空同"飞翔。王蒙出生于20世纪30年代中期,他是当代中国历史的参与者和见证者,他的个人精神史中包含了中国近八十年的国家历史和民族经验。在这个意义上,王蒙的《闷与狂》是每一个当代中国人的精神史。这部作品又因作者强大的意识整体性流动而被称作"中国版的《追忆逝水年华》"、"中国版的《尤利西斯》"。

较之《妈阁是座城》,严歌苓的《老师好美》显得有些单薄,但也是严歌苓的一次大胆尝试。作品采用多个叙述视角的转换,多个故事交叉行进,以细腻的笔法发掘人物内心的情感伤痛和挣扎。作品把人物的身份设定在校园,却几乎没有涉及校园生活的内容,想表达出师生三人的隐秘感情,却将女主角推向不受读者理解的对立面。两名家庭背景、性格爱好都截然相反的男学生却都对自己的女班主任情有独钟。丁佳心一直在人性、欲望、道德的漩涡中挣扎。人的欲望会迷失自我,并出现难以预料的结局。作品虽然努力想要表现高考压力下学生的情感世界,但是却很难引起共鸣,结局也有些仓促。

《别了,日尔曼尼亚》是学者型作家王宏图的第三部长篇小说。王宏图是复旦大学中文系教授、批评家,旅欧生活不仅对他的学术研究视野产生了影响,而且对他的小说创作产生了深远影响。这是一部"双城记"式的精神成长小说,作品以上海和德国北部一座城市为背景,展现出生活在双城之中的青年的精神成长与文化冲撞。小说中以上海为背景书写时人物和事件纷繁复杂,有一种强烈的时代浮躁和焦灼气息。钱重华的爱情遭到父亲钱英年反对,因此走上了一条被动留学欧洲的道路。钱英年是一个拥有一切的表象下心灵疲惫空虚的中年人,他与妻子之间冷淡而又不可分割。而当小说的视线转移到欧洲后,立刻变得较为舒缓平静。小说在对爱情与留学生活的书写之上,深刻揭示出不同人生阅历的华人对中国政治、文明、发展各方面的思考,并将这一思考引向终极追问:中国人到底有没有信仰?在两种文明冲撞中生活的钱重华最终实现了自我救赎。《别了,日尔曼尼亚》在中西文明的对比性思考、爱情的书写、知识分子人格的反讽等方面显现出与钱钟书《围城》的相似性,在当下学者型创作中独树一帜。

"70后"作家徐则臣的《耶路撒冷》虽然去年已经发表,但并不完整,2014年,《耶路撒冷》单行本出版。这部作品显现出作者创作一部"70后"精神史和心灵史大书的雄心。小说时间跨度约七十年,在复杂浩荡的历史图卷里,出生于20世纪70年代的中国年轻人是作者聚焦所在。初平阳、杨杰、易长安等"70后"是典型代表,他们强烈渴望"到世界去",尤其是初平阳,他想到耶路撒冷去。耶路撒冷在小说里是一个抽象的,有着高度象征意味的精神寓所,它象征人的信仰、精神的出路和人之初的心安。"返回故乡花街"与"到世界去"构成了一种强烈的矛盾与张力。"70后"在飞速发展中的焦虑与心灵的挣扎是小说聚焦之处。初平阳的"70后"专栏和花街不同命运的"70后"的人生齐头并进,构成小说多声部的复调性质。花街与北京,中国与世界,世俗与宗教,一切都在这部作品中得以发掘和呈示。这部作品因此被誉为"'70后'作家中迄今最具雄心的长篇小说"。

"80后"作家姚良《虚拟的伤痛》同样以意识流的风格记述了一个"80后"青年关于理想、存在、亲情、爱情、友情的青春成长史。小说以第二人称展开叙事,"你"在都市中漂泊,被城市人归为乡下人,被乡下人归为城市人,介于城与乡之间颇感尴尬,最终带着伤痛回到故乡。小说由生活的一个点而漫延至个人的青春经历,揭示出"80后"青年在伤痛中成长的历史,同时又有着对生命和存在意义的探寻。作品显然有自传式的精神表白,对父权的反抗的同时对父亲的感恩,对生命的个人化体验。"你"无端地苦闷,热情之后更加冷静。小说中人物的命运没有波澜起伏,爱与恨也不是深入骨髓式的,作者没有刻意去呈现大时代的风云变幻,而是采用独语式的意识流范式,这种独特的话语世界更加倾向于一种小时代的伤痛。

中国传统文化符号的发掘

梁漱溟说:"我相信全部中国文化是一个整体(至少各部门各方面相连贯)。它为中国人所享用,变出于中国人之所创造,复转而陶铸了中国人。"那些具有中国文化特质的意象成为作家们传达中国经验的重要途径。于是,重新发掘中国传统文化符号成为近来长篇小说的又一亮点,作家们纷纷发掘中国文化符号,由此展开自己的叙述。刘醒龙的《蟠虺》、储福金的《黑白·白之篇》、张大春的《大唐李白·少年游》等在共同的艺术追求中表现出不同的审美气质,彰显出传统文化的独特魅力。

《蟠虺》围绕青铜重器曾侯乙尊盘的真伪之谜展开叙事,由此将社会各色人等聚拢起来,知识分子与普通人在人性的关照下同行。小说中的曾侯乙尊盘引来更多关注的目光,这是一件青铜器中的极品,20世纪70年代末在湖北随州市擂鼓墩曾侯乙墓中出土,此后一直收藏于湖北省博物馆。然而,它的发掘者和研究者曾本之等人对它的真伪产生了怀疑,于是,一系列问题产生,小说在与之有关的悬念中层层深入。刘醒龙的创作动因也是由这件青铜器而起,2003年,刘醒龙了解到曾侯乙尊盘的价值,随后大约十年间,他购买了上百本青铜方面的书籍进行研究。刘醒龙选择青铜重器作为小说的核心文化意象是有蕴含的,他借书中人物之口说:"与青铜重器打交道的人,心里一定要留下足够的地方,安排良知","非大德之人,非天助之力,不可为之"。这显然是对青铜重器所隐喻的中国文化精神的理解与表达。《蟠虺》虽然最终直指人性,反思现代知识分子的文化良知,充满现实意义,却因其特殊的中国文化符号而产生了独到的魅力,曾侯乙尊盘又是未为一般人所知的稀世之物,是王者用来盛酒和温酒的一套器皿,其存在的意义视为国宝中的国宝,小说对读者的吸引力也因此变得浓厚。不可否认的是,《蟠虺》同样具有一定的阅读难度,只是它的难度是在文化方面,如书中与青铜重器相关的汉字的生僻、曾侯乙尊盘的制作方法的争议等。

与《蟠虺》较为相似的是储福金的《黑白·白之篇》,这部作品是作者此前《黑白》的延续,由"搏杀""围空""阴阳""涅槃"四个部分构成,以围棋为核心写出了陶羊子、彭行、柳倩倩、小君四代棋手的"黑白"人生。他们的棋路就是他们的人生路。小说将四代棋人的命运分别和他们所处的时代联系起来,以此为线索勾勒出当代中国大约四十余年的历史剪影,也是中国当代历史中的重要时段:20世纪50年代至"文革"、"文革"、80年代、当下。围棋是一种起源于中国的棋类游戏,相传为尧所发明,春秋战国时即有关于围棋的文字记载。后渐渐传入日本及欧美各国。围棋的内蕴不仅仅局限在对弈本身,而是一种中国传统文化的体现。储福金思索棋人们的人生与命运,但更大程度上则是从围棋与生存、围棋与文化等层面来揭示围棋的发展与社会发展的关联。四代棋人的棋路与心路在层层下降,至当下竟走到了追名逐利的境地,这是对时代变迁的书写,也是对围棋文化式微的慨叹。

如果说以上两部作品是从器物着手写文化,《大唐李白·少年游》则是从人物着手写文化,这部作品是张大春有关李白的浩大写作计划的第一部,小说将笔触直接伸向唐代,大唐盛世的兴衰和诗仙李白的一生是小说的重心所在。这部小说出入于历史与文学之间,行走于人生与诗歌之中,每一章的题目和其中人物的心绪都由诗句推动,作者甚至大胆替李白写诗,将其诗续补、改写,作者以一种诗意的方式解开了诗人李白的身世和师从,勾勒出李白早年的人生轨迹。《大唐李白》同样有阅读的难度,小说中引用了许多诗文注解和历史材料,文本整体呈现出过度的历史化倾向,影响到了小说的阅读。

在这方面同样不能忽略的是前面文中提到的《老生》和《日头》。《老生》的四个故事中,饱学之人讲《山海经》,每日一次,每次两节。依次为《南山经》首山系、次山系、次三山系,《西山经》首山系、第二山系、次三山系、次四山系,《北山经》北山首山系,再加上"结尾"部分的《北山经》次二山系共九节。《山海经》中对这些山水的方位、矿产,以及其中怪异的花草树木、飞禽走兽的描述是百年中国故事的一个遥远的精神背景,是贾平凹的一次精神寻祖。《日头》中的夷则、无射、蕤宾、黄钟、大吕等古代十二乐律名与二十八星宿等也彰显出关仁山书写一部黄钟大吕之作的雄心和作者对于中国传统文化符号的溯源之意。

以上文本只是 2014 年长篇小说之河中激起的一个个波涛,它们一再地被扬起,被议论,被瞩目,而在它们之下,数千条支流在默默书写着中国大地上的生灵故事,景象万千,不一而具,却如秋风中的落叶即将随风而逝了。在加速度行进的现代,在新媒体不断刷新文学传播的今天,它们急需我们去重新阅读和发现,但那也只是回马一枪了。写到此处,我们大概都会为文学在今天的命运而慨叹,而同时我们也应当总结存在的一系列问题,如部分作品对叙事形式过分注重,对时代人性存在的拷问尚浅,对传统文化的挖掘深度不足等问题,它们依然还是我们要攻坚的高地。

抵达真实之路

进入新世纪第二个十年后,真实与虚构的问题又一次成了中国文学的焦点。2010年第2期《人民文学》开辟了一个新栏目,发表了韩石山的自传《既贱且辱此一生》,引起更多关注目光的不是这篇自传,而是这个新栏目的名称:非虚构。虽然非虚构(Nonfiction)的概念在国外早已有之,但它在中国产生的影响之大让人始料未及,它以非虚构向长期以虚构自居的小说挑战,暗藏着一种真实的优越感。在被贴上非虚构标签的作品中,"70后"作家梁鸿的《中国在梁庄》在读者、评论家和社会层面都备受瞩目,其后《出梁庄记》同样给作者带来了很大声誉。说非虚构近几年在文坛大行其道似乎一点也不过分,一些知名作家也纷纷创作非虚构作品,比如阿来的《瞻对》等。与此同时,一些以小说自居的作品却因其与现实过分亲密而备受批判,甚至被质疑抄袭和拼贴社会新闻,余华的《第七天》和阎连科的《炸裂志》都遭遇了这样的命运。还有一些紧贴当下社会现实的小说也因这样那样的原因而被质疑,贾平凹《带灯》和刘震云《我不是潘金莲》也在其列。这一切让文学与现实、真实与虚构的关系等恒久的文学话题重新摆在我们面前。于是,作家如何面对现实又如何以自己的方式写真实不仅仅是困扰作家的问题,也成为当前文学批评和研究必须面临的问题。

假语村言的真实

文学的真实究竟是什么？它显然不同于客体的真实，它表达并传达人类的经验，人类对世界的理解和情感。在文学领域，说真实，是在说文学要表达的人类自由经验的本质，而不是客观现实的表象和镜子。说虚构，是在说文学的创作方式，而不是脱离日常生活经验的凭空想象。从中国文学中寻找真实与虚构的答案，必然绕不开《红楼梦》。在中国古典小说史上，曹雪芹是个奇迹。《红楼梦》的读者群之广大及红学的持久热度都是例证。然而，从文学的真实和虚构关系及叙事学的角度看，曹雪芹也是独一无二的。《红楼梦》第一回"甄士隐梦幻识通灵　贾雨村风尘怀闺秀"的内容已经被学界研究到了极度细微的地步，但从叙事学层面看，则有着另一种深刻的意义。"此开卷第一回也。作者自云：因曾历过一番梦幻之后，故将真事隐去，而借'通灵'之说，撰此《石头记》一书也。故曰'甄事隐'云云。""虽我未学，下笔无文，又何妨用假语村言，敷衍出一段故事来……故曰'贾雨村'云。"曹雪芹在开篇即告知读者，你看到的是小说，是我将真事隐去之后的假语村言，用今天的话说，是虚构。依照现实生活的日常经验，《红楼梦》的内容显然是不真实的，一块石头何以变成人游历红尘，大荒山无稽崖青埂峰又在何处？但是曹雪芹用假语村言告诉我们的是他的自由经验，即红尘究竟是到头一梦，万境归空。随后他又强调，《石头记》中所述之事的"朝代年纪、地舆邦国却反落无考"，他借石头之口道出了小说的本质："历来野史，皆蹈一辙，莫如我这不借此套者，反倒新奇别致，不过取其事体情理罢了，又何必拘拘于朝代年纪哉！"接下来"历来野史，或讪谤君相，或贬人妻女……"[①] 则是将中国古代小说的叙事方式进行历数，将自己之隐去真事的假语村言的新奇别致所在托出，

---

① 曹雪芹：《红楼梦》，人民文学出版社，1985年，第1—5页。

曹雪芹强调的是"一种共同的关于生命的认识：一切都曾经有过，但一切又终归空无——这是中国人自古的一种感伤。既是天下没有不散的筵席，又何必相聚谈欢？"[①]曹雪芹明确告诉读者，"假作真时真亦假"，小说最重要的是"取其事体情理"，而非其"拘拘于朝代年纪"，更非拘于外在真实。

在曹雪芹之后，将小说的虚构本质及其叙事策略进行强调的中国作家少之又少。中国现代文学中呈现出复杂叙述策略的是鲁迅，《狂人日记》的叙事技巧之独到是历来研究者热衷的话题之一。《红楼梦》对张爱玲的影响同样是明晰的，以至于有学者认为"《红楼梦》对现代以来中国文学的实际影响却惊人地小——几近于无。唯一的例外是张爱玲"。[②]张爱玲能在她十四岁时完成长篇小说《摩登红楼梦》，把红楼中众多人物平移到现代时空，足见她对《红楼梦》的谙熟。后来她曾经花费十年时间研究、考据《红楼梦》，并写出二十余万字的学术专著《红楼梦魇》。她自诩："十年一觉迷考据，赢得红楼梦魇名。"[③]张爱玲代表作品如《金锁记》等，其叙事、人物、语言均有着《红楼梦》遗留下来的血脉。

一直到20世纪80年代，小说的虚构本质又一次被明确提出，但这时的作家却将这一问题的源头指向了外来文化。马原的《虚构》是20世纪80年代先锋小说的重要成果，马原也是当时唯一将小说的本质虚构作为小说题目来创作的作家，他告诉我们："我就是那个叫马原的汉人，我写小说。""读者朋友，在讲完这个悲惨的故事之前，我得说下面的结尾是杜撰的。"他在这篇小说开篇写了一段题记："各种神

[①] 张清华：《长夜漫笔——关于"真实"与"虚构"的思考》，见《天堂的哀歌》，山东文艺出版社，2005年，第202页。

[②] 李敬泽：《〈红楼梦〉：影响之有无》，见《致理想读者》，中国人民大学出版社，2014年，第194、197页。

[③] 张爱玲：《〈红楼梦魇〉自序》，见《红楼梦魇》，十月文艺出版社，2007年，第6页。

祇都同样地盲目自信，它们惟我独尊的意识就是这么建立起来的。它们以为惟有自己不同凡响，其实它们彼此极其相似；比如创世传说，它们各自的方法论如出一辙，这个方法就是重复虚构。"[1]马原郑重其事地告诉读者，这段话引自《佛陀法乘外经》，二十年后，马原又说："题记在当时都是现象的表象式的，但是那个题记是抽象式的，我自己起了一个名字叫，佛陀法乘外经，我故意说它是外经，实际上是说在国土上你肯定找不到。"[2]不知马原对《红楼梦》中的"真事隐去，假语村言"的叙事策略作何理解，但当时的情形显然是作家和批评家们都从外来文化中寻找资源。一直到了新世纪之后，中国的文化传统才又一次被重视。今天的批评家和研究者们开始重视贾平凹与明清小说、莫言与传统文化、苏童与传统写实小说的关联。而就文学的真实与虚构而言，从传统中寻找精神源头的方式并不常见。

马原的近作《荒唐》仅就叙事而言，依然强调的是小说的虚构。《荒唐》开篇也引用了一段话，这次不是外经，也不是抽象式的题记，而是"独立钟铭文：就此宣布所有土地和生活其上的所有居民获得自由"。紧接着是一段来自网络的段子，网友给PM2.5起中文名字的玩笑话。马原依然在解构，他让读者体会到主人公黄棠与这个时代的荒唐不谋而合，但他却借洪静萍之口说："这原本就是个荒唐年代。妈叫不叫黄棠又有什么关系呢？我真受不了你们这样的牵强附会。"小说以几近夸张的手法完成叙事之后，又一次强调这一切是虚构的，因为马原又一次弄错了时间，马原写道："他叫马原，他是个小说家。他也就是我。我就是那个叫马原的汉人。"我们又一次进入了马原的叙述圈套，但是，时隔近三十年后的今天，这样的叙述圈套让人心生疲倦乃至厌倦之感。

---

[1] 马原：《虚构》，长江文艺出版社，1993年，第364页。
[2] 王尧：《小说的本质是方法论》，见《在汉语中出生入死》，春风文艺出版社，2005年，第308页。

当代文学以其创作向《红楼梦》致敬的作家并不多，王安忆和格非是不可多得的典例。王德威认为，一直以来王安忆都在用文学寻找自己家族的来历，寻找根源，且在探寻早已佚失的母系家谱。王安忆有一部长篇小说名字就叫《纪实与虚构》，这个名字是她两次修改后的结果，小说的命名其实也是一个作家对自我创作的命名。"这里有世界肇始的神秘契机，也有无中生有的创作行动。王安忆要讲的，正是她为自己、为母亲家族、为上海寻根命名的经过。"[①] 按照这个线索来看，《长恨歌》即是海上一场繁华春梦，天长地久有时，此恨绵绵无期。这无疑从内里的书写上与红楼之梦一脉相承，达到了一种内在的真实的一致性。《天香》中是全然古典的叙述姿态，其中的叙事语言、对女性的天然倾斜、日常生活的细节等都能看出《红楼梦》的影子。王安忆以此继续逆时空历史而上，从文化上寻找一座城市的根源。格非则以他的"江南三部曲"描绘出一个桃花源的梦想及其破灭的幻境。红尘即春梦，恰若桃花夭夭，灼灼其华之后惟余梦境。当然，当代作家偶有沿袭《红楼梦》之传统的，多是承袭其中之伤情。《红楼梦》中黛玉葬的是春日桃花，《天香》中的园子也是以桃林取胜，"江南三部曲"中秀米父亲、秀米、张季元、谭功达等人物几乎都走在寻找桃花源的路上。

小说就是假语村言，就是虚构，在这虚构之中，存在着那些表象之上的真实本质：人类自由经验的书写，作家对世界的终极体认。

紧贴现实的镜像

就中国当代文学而言，真实二字几乎是一个咒语，它让许多作家义无反顾地膜拜它，心甘情愿地追逐它，但最后得到的却往往是一个

[①] 王德威：《海派作家，又见传人》，见《当代小说二十家》，生活·读书·新知·三联书店，2006年，第22页。

真实的镜像。许多作家与批评家误将现实的表象当作真实,自以为找到了真实的本源,其实只是紧贴着现实行走,顶多从镜子中看到了真实的影子而已。

"十七年"的革命历史小说对真实的追逐到了无以复加的地步,作者们一再强调:我说的是真的。当时的许多作者也是因为参加了中国现代革命历史而获得了写作的权利,他们大多文学基础薄弱,写长篇小说是从上识字班开始的,有的则是一边查字典一边写小说。他们对小说的艺术性的追求次于对小说真实性的追逐,因为革命历史小说的功能主要是重建中国现代革命历史,而不是在文学本身。讲述真实的中国现代革命历史成为"十七年"长篇小说的至高目标,革命的起源以及革命在经历曲折之后如何最终走向胜利的过程成为"十七年"作家的要务。但是,他们忽略了一个问题,就是文学与历史的区别的问题,文学本身并不为历史服务。中国古代的历史文献却恰恰是优秀的文学作品,比如司马迁的《史记》。这种记史成文的传统在"十七年"这里来了个颠倒,作家们几乎都以写文成史为荣,但是这种对历史真实的追求导致了小说文体意识的沦丧,小说究竟是文学还是历史?

一些作家为了强调自己对中国现代革命历史的呈现之真实,施出浑身解数,杜鹏程在他的长篇《保卫延安》的正文前放了一张地图,用以突现其内容之真实性。冯雪峰对其的肯定也在其历史意义上。其实,所有的革命历史小说都是断时性的,他们只是写到革命的胜利,以胜利而结束一个时间段,但是并没有发现时间还在向前走,所以,"十七年"的革命历史小说只能是高昂的"青春之歌",不会产生王安忆的《长恨歌》。在"十七年"嘹亮的"青春之歌"中,王安忆笔下王琦瑶一类的人物迅速凋零并退出历史舞台。

中国现代革命历史到底是什么样?什么样的历史才是真实的?时间进入20世纪80年代之后,先锋文学作家显然给出了另外一种答案。对中国现代历史的重新书写成为80年代作家的热衷。"十七年"革命历史小说中的战士一定是红色的，正面的，甚至是不应该有个人打算的。"人面对他们，还有什么个人打算，那会羞愧而死！"①但在先锋小说家这里，勇敢抵抗外来侵略力量的英雄是既杀人放火又抗日救国的，他们有血性，有人的七情六欲，而不是一个概念化的符号。莫言的"红高粱系列"中的"我"爷爷余占鳌显然就是这样的形象。相对于用极度的真实塑造出的人物，先锋作家用明确的虚构方式塑造出的人物却显现出了更真实的品性。

显然，20世纪80年代的先锋作家对新中国成立前三十年的文学真实观并不认可，他们以自己的创作向其挑战并获得了巨大成功。然而，先锋作家对于虚构的倚重使小说在读者心中的面目越来越可疑，小说原有的一种魅力也开始渐渐褪去。1993年是中国当代文学的一个长篇年，这一年出版的《废都》《白鹿原》都是中国当代文学的重要收获，又一轮小说热开始。整个90年代，人们对于小说的真实与虚构问题并没有极度关注，先锋作家余华等人的转变被称作先锋文学的胜利大逃亡，似乎回归到"讲故事"上来才是正道，真实与虚构的问题已经不再是一个多么大的问题。然而，近几年来，真实与虚构的问题又一次成了小说无法回避的问题，小说家们似乎不知该如何面对和把握当下中国过于丰富的现实。刘震云2012年出版的长篇《我不是潘金莲》自问世也一直处在被质问和怀疑的中心。《我不是潘金莲》中的李雪莲被人视作荒谬，为了一句话要证明自己的清白而走上了上访路，其中不乏对社会现实的荒诞性的书写。这部作品被人看作小题大做，处理现实与虚构的关系有些过火。

2013年是中国当代文学长篇小说的又一个收获年，众多批评家在总结这一年的长篇时纷纷用了一个词：现实。《对现实发言的努力及其问题——2013年长篇小说观察》（雷达）、《2013年长篇小说：直面新

---

① 杜鹏程：《保卫延安》，人民文学出版社，2004年，第357页。

现实　讲述新故事》(白烨)、《2013年长篇小说写作：现实的洞察与历史的沉思》(王春林)。文学对现实的介入当然重要，但2013年的长篇小说在直面现实时却引来了一片质疑之声。

贾平凹的《带灯》因为触及了当前农村的各种问题以及敏感的上访问题而引起关注，但也被指其中内容与新闻内容很相似。带灯是贾平凹小说世界中寓意最为丰厚的一个女性。佛经有云："一灯能除千年暗，一智能灭万年愚。"带灯能否用自己的心灯照亮有限的空间？这是一个悬念，也是小说真正的主线。进入《带灯》，你会发现，带灯在寻找，在等待，但却没有结果。所以，带灯身上的光越来越弱，最后几乎幻化成一个夜游的幽灵。贾平凹的转身备受争议，有人高度肯定，也有人表示怀疑。小说中带灯写给元天亮的信也成了许多人的质疑点，但细读时你会发现，带灯想让元天亮"当归"，但他并未归来，对故乡的所有事情，元天亮都没有表态，也不出现。余华的《第七天》更是紧贴现实而行的作品。这部作品出版之后，迎接它的更多的是质疑和批判，究其原因主要是书写现实的方法问题。《第七天》的阅读，却是一场巨大期待中收获的遗憾。作品中现实的控制力胜过了作家的想象力，繁杂的信息抑制了经验的书写。每一个关注余华的人都对这部作品抱有很高期望。余华第七天的扉页里引用了《旧约·创世记》的话，第七天是神的安息日，而余华的第七天要说什么？要怎么说？杨飞，一个意外事件中的亡灵因为没有墓地而到处游荡，同时回顾生前的种种遭遇及同行者的残酷人生，这是余华《第七天》书写的主要内容。余华是否书写了爱并不重要，他是否将人性的恶过度阐释也不重要，重要的是，在这样一个时代，一个作家如何面对现实，如何处理对现实的焦虑并书写现实才是最重要的。

余华曾说："长期以来，我的作品源于和现实的那一层紧张关系。我沉湎于想象之中，又被现实紧紧控制，我明确感受着自我的分裂……这不只是我个人面临的困难，几乎所有优秀的作家都处于和现实的紧张关系中，在他们笔下，只有当现实处于遥远状态时，他们作品中的现实才会闪闪发亮。"① 虽然多有论者指出余华作品中现实的冰冷、残酷，但都离不开作家如何对待和表现现实的问题，罕有论及现实如何对作家产生影响者。我认为现在应该反过来考虑，当下的现实如何对我们当代中国作家形成一种强大的威胁，现实的控制力似乎超过了作家的想象力，作家由此产生对现实的焦虑。换言之，现实如何从根本上制约作家的文学创作。因为社会现实不等于真实，作家越是紧贴现实，越是与真实渐行渐远。

殊途同归的命运

非虚构是近几年中国文学的一个热点问题，它究竟是一种文学体式还是一种创作方法？非虚构的作品中作者的介入程度到底有多少？

首先提出非虚构小说的是杜鲁门·卡波特（Truman Capote）。1965年他的《冷血》出版，首印十万本销售一空。作品叙述堪萨斯州一家四口被凶手残酷杀死。为写此书，卡波特用两年多时间勘察访问，并与凶手长谈，之后将材料写成书。作品先在《纽约人》连载，引起关注。后单行本出版。卡波特自认为这本书的创作方式是一种新的艺术形式，是非虚构小说（Nonfiction Novel），并指出了三个特点：一、主题的时间无限性。二、故事背景的陌生新奇。三、角色众多，代表多方的观点。1968年，诺曼·梅勒（Norman Mailer）出版了《夜幕下的大军》，摘取了次年非虚构小说类普利策奖的桂冠，同时，还获得美国国家图书奖。1979年，他的《刽子手之歌》出版，一时间洛阳纸贵。这本书的副标题是"一部真实生活的小说"，作者强调它的非虚构性质，并且将书定义为非虚构小说。小说讲述一个谋杀案凶手茄瑞·盖尔摩

---

① 余华：《温暖和百感交集的旅程》，上海文艺出版社，2004年，第139页。

的生平。诺曼·梅勒说:"就我本人来看,非虚构的作品提供答案,虚构的作品出示疑问。我想我这书是属于后者。"从这两位作家对非虚构的定义和理解可以看出,非虚构至少包含了对所写历史的客观姿态,其实这也是尽量的客观,不可能有绝对的客观姿态存在;同时,非虚构也暗含了作家灵魂的绝少介入。历史的真实与文学的真实在这里有重叠,有错层。当历史一旦成为文本,那些真实只能是外在的,表象式的,可能更多的仍然是文学的真实。

就当前中国文学而言,非虚构本身是一种策略,不是目的,它本质上离不开作家的虚构。从梁鸿《中国在梁庄》的前言《从梁庄出发》的话中可以看出他选择非虚构的内心缘起:"在很长一段时间内,我对自己的工作充满了怀疑,我怀疑这种虚构的生活,与现实、与大地、与心灵没有任何关系。我甚至充满了羞耻之心,每天在讲台上高谈阔论,夜以继日地写着言不及义的文章,一切似乎都没有意义。""我也深知,我这种试图以相对冷静、客观的立场来呈现乡村图景的方式,也是一种温良的立场,它显示出一个思考者的早衰与某种同化……或许,我所做的只是一个文学者的纪实,只是替'故乡',替'我故乡的亲人'立一个小传。"[①]梁鸿通过梁庄一个个"个人史"替故乡立传,行将消失的中国农村在城市化的进程中的各种危机及故乡的消逝是赫然立在其后的真实。《出梁庄记》仍然以非虚构的方式呈现梁庄的打工者在城市的生活,他们进入了哪些城市,做什么工作,他们与城市的关系究竟如何,梁庄对于他们有着怎样的意义,出梁庄的他们是否还要回梁庄去……出梁庄之后,等待他们的是永远在路上的命运,这是文学的真实。

阿来的《瞻对》也打上了非虚构的标签,出人意料的是作品单行本的正文前出现了一张手工绘制的民国时期瞻化(瞻对)地区及周边示意图,又是地图。这张地图让人想到"十七年"小说《保卫延安》中的

---

① 梁鸿:《中国在梁庄》,江苏人民出版社,2011年,第1—4页。

地图,是他们都在写历史,都想通过地图呈现历史中的真实情形。《瞻对》共十章,从1744年写起,至1950年结束,阿来将民风强悍的藏族地区瞻对,一块生顽的铁疙瘩大约两百年间终于完全融化的历史。阿来在这部作品的结尾处这样写道:"我在新龙县寻访旧事时,逢县里从州府康定请来有名的舞蹈编导,正在排演一台风格雄健舒展的舞台晚会。这些舞蹈,大量采用了当地民间舞蹈素材,着力体现的正是瞻对民风中雄健强悍的一面。""2013年新年,我从电视里收看了这台晚会。看着那些在舞台上大开大阖,会展雄健的舞姿,看着舞台深处的灯光变幻,我想,这其实已是一个漫长时代遥远的浪漫化的依稀背影了。"①即使写史,作者的灵魂也难免出现在作品中。就阿来本身而言,他一直书写的真实其实不是这些表象,而是一个民族的历史尘埃终于落定的那种命运的揭示,《尘埃落定》《空山》等虚构作品到非虚构作品《瞻对》,都在呈现共同的真实:一个时代已经结束。这显然是不同的文学方式的殊途同归。

虚构其实是通往文学真实的一条必然之路。莫言的《生死疲劳》中西门闹的生死轮回显然是虚构,但他传达的是生死疲劳的悲欢离合与生命的执著。作品的章回体小说形式和纷繁复杂的叙述方式被看作是向中国传统文化致敬的巨制。金宇澄的《繁花》问世后获得盛赞,小说写出了花盛之时的繁华和繁华尽处的苍凉,而他运用的语言和叙述方式都是为生命的"繁花"铺叙。从《繁花》中,隐约看见了红楼一梦的真实。

更多的"70后"作家也以自己的虚构方式走向文学的真实。鲁敏自称"二十五岁决意写作,欲以小说之虚妄来抵抗生活之虚妄"。她通过小说向"失败的大多数致敬",其长篇小说《六人晚餐》《九种忧伤》将世俗世界中人存在的痛苦与挣扎、无奈与忧伤撕开给人看。每个人

---

① 阿来:《瞻对》,四川文艺出版社,2014年,第307页。

都在晦暗中痴心向往着光明与高尚的生活，而他们要从一条狭窄的小径上找到通往世界的路。徐则臣的《耶路撒冷》把"70后"这一代人强烈渴望到世界去与归乡再离去的心灵道路铺陈开来，初平阳、易长安、杨杰、秦福小、舒袖、吕冬等同龄人从事不同的职业，但他们的共同之处是在花街和世界间来回。《耶路撒冷》的叙事策略呈现出明显的虚构倾向，仅叙述人称而言，三种人称都出现了，初平阳的专栏大多是第一人称，第六章采用第二人称，其余各章则采用第三人称进行叙述。小说中常常出现让人意外和难忘的细节和形象：信仰宗教的奶奶、懂得巫术的母亲、遭到雷电的少年、木雕的穿着解放鞋的耶稣……在某种程度上，虚构是抵达真实的最佳途径。

然而，不是每个作家作品都能通过虚构到达他们心中的高地。阎连科的长篇小说《炸裂志》以地方志的方式架构起一部长篇小说，第一章"附篇"中作者以写真实的方式交代出叙述者的"主编、主笔"身份，并且郑重地交代了《炸裂志》编纂委员会名单和编纂大事记。小说最后一章仍然是主笔的话，首尾呼应，其余部分都以标准地方志的写作结构行文，叙述一个叫炸裂的村子如何由村庄炸裂而成城市的过程，封底上的话显示出作家的初衷："'最现实'的'最寓言'/揭开'不存在'的真实/展示看不见的真实/凸显被真实掩盖的真实。"这也是作家一心向往的境界，但是这部小说并没有实现他的初衷。

当下学界和批评界争议的文学真实与虚构的问题其实是一个既藏又显的问题，文学的真实并不等于现实，文学创作自然来源于现实生活，但文学创作的根本是虚构，是文字的行走，是面向人类的内心、人性，以及命运。非虚构本质上是文学介入现实的一种方式和策略，也绝对不是外部现实的无意义的再现，不是社会热点问题尤其是负面社会新闻的罗列，从本质上看，虚构和非虚构不是问题本身，它们是人类抵达文学生存的大地的不同途径而已。

博尔赫斯的话或许能帮助我们从虚构与非虚构的迷雾中清醒过来：

"从某种意义上说,虚构小说和源于环境的小说同样真实,也许更真实。因为说到头,环境瞬息改变,而象征始终存在。假如我写布宜诺斯艾利斯的一个街角,那个街角说不定会消失。但是,假如我写迷宫,或者镜子,或者邪恶和恐惧,那些东西是持久的——我是指它们永远和我们在一起。"①

---

① [阿根廷]博尔赫斯:《博尔赫斯谈话录》,王永年译,上海译文出版社,2008年,第99—100页。

论新世纪小说的文化建构意义

不言而喻,文学在今天开始式微。每年出版几千部长篇小说并不能说明问题。人们早已开始喜欢谈文化。何谓文化?至今有两百种左右的解释,众说纷纭,不一而足。广义来讲,文化乃人类生活之一切。然狭义来讲,文化乃一种精神。民间有云:"博士有知识,但没文化。"这也大概就是萨义德所说的知识分子精神吧。古代,知识被少数人据之,拥有知识者往往就是文化者,但今天,知识已经普及,尤其是在后谷歌时代,获取知识、积累知识已成为轻易之举,在这样的情形下,知识分子到底是谁便难以辨认。无论是班达、葛兰西,还是萨义德,都认为知识分子以独立精神而居。

文学在文化中又是什么角色呢?广义地说,文学乃文化的语言形象,文学可以表现文化的种种细节和神韵。然狭义来讲,文学乃文化的精神镜像。甚至更为狭窄地讲,好的文学是能将人类文化之深广精神尤其是理想精神进行塑造的形象文本。从这一意义上来谈论今天的文学,也许能谈出一些新意和深度来,或许能打开作家和研究者的窗户,让时代之劲风和阳光吹开窗帘,荡涤室内的阴暗、凝滞与浊气。

古人讲究文史哲合一,作家学者皆要读经史子集、通天地至理、晓人情世故、效圣人贤者,如此方能著万世文章。所以古人之文学,便是文化与人情的凝练,所以有形而上学存焉。今之文学,似乎只有人情,文化之理性要么乌有,要么粗浅教条,形而上学丧失。尤其是后现代语境下,流氓语言横行,低俗下流情节弥漫,物欲金钱崇拜,暴力情色至上,传统文化大厦将倾,文学是要做传统文化的掘墓者?还是要扶危济难,为文化伦理的重建做中流砥柱?显然,从知识分子精神来讲,自然是孤独、悲怆然而勇敢之后者。接下来,笔者将从以上关系和精神向度对新时期以来的文学进行一次印象式的评论,以期引起人们的关注。

一 中国文学的语境与转变

自从20世纪90年代大众文化兴起之后,文学就一再被边缘化,尤其是代表一个民族语言精魂的诗歌更是少人问津。但事实上,文学对于一个社会和个体的功用,是无法用GDP来衡量的,它才是真正的软实力。经济建设是要让人们摆脱物质贫穷,文学和文化是要让人们摆脱精神困境,让人们感到幸福、自足。物质的贫穷与富有是看得见的,但精神的困境和富足是看不见的,只有心才能感到。文学所做的,就是那颗心的所感、所想和所坚守的精神高地。

不可否认,在这种语境之下,中国作家面临比以往更加艰难的选择。一方面是世界多元文化背景下对人性、价值、道德等的重新考量,在此语境下,很多作家无所适从,迷茫而又彷徨。经过90年代市场经济的动荡,新世纪以来又面临网络写作、"80后"新锐写作和大众写作的冲击,一些传统作家几乎不知如何应对时代的转型。这从余华《兄弟》之前的状态中就可以看得出来。焦虑成为很多作家的共态。余华、莫言、王安忆等的写作则表现为一种世界文学语境下的焦虑。如余华总是要在不同场合强调自己在欧洲的受欢迎程度,《兄弟》在国外出版后,给他带来了极大的声誉,他更是强调。莫言与大江健三郎的关系使有些人疑心他在讨好大江健三郎,《蛙》中还专门有给日本作家写信的情节。事实上,这些言行对于一个作家来说太正常不过了,他喜欢哪个作家都是应该的,但因为中国读者和作家都怀着同样的心理,即为中国争一个诺奖。报端也不时会有外国汉学家评论中国作家和当代文学的报道,同样也显示出中国人对世界文坛上的文学话语很看重。它成为中国人的文学政治。这些现象告诉人们,中国作家尤其是一流作家活在一个世界文学语境下。王安忆在《天香》出版后上海举行的一个研讨会上的一段话也能说明这个问题:"我特别注意和世界同龄作家的作品比较,比如日本的石黑一雄,和我同龄,我会关注他的作品。我要看看自己和同龄人的差别在哪里,我如果看到一个更好的小说,心情非常复杂,就会觉得怎么写不过他。有时候又觉得,可以写得更好。"

在这样的语境下写作,中国作家在对人性、道德、价值的判断必将发生弯曲甚至转折。欧洲人希望看到的中国文学到底是什么?他们的价值判断又是什么?怎样才能打开世界文学的市场?诺贝尔奖获得者写作的立场、文学理想、道德价值观又是什么?我们不能简单地说某些作家为获得世界文坛的认可努力在"讨好"西方,这种想法未免有些"以小人之心度君子之腹",但是,在观察和思考世界的同时,一个作家的美学观念和价值观念总是会发生一些变化,有时可能连他自己也不能觉察。比如,先锋作家们的写作是最明显的潮流。余华到现在事实上仍然保持着这样一种学习的态度。这不是政治站队,因此我们也不能简单地说一个作家学习了西方的某个大作家就想当然地反对、批判。文学或文化是超越政党和国家的,伟大的文学必将是全人类的。从这个角度来讲,欧洲人希望看到真正中国文化味的小说,也希望能看到与他们的政治不同的"文革"时期的真实情况。这就是说,中国作家选择写"文革"和继承中国古典文学的传统,既是中国文学自身的选择,也与欧洲人对中国文学的需求一致。最近,《楚天都市报》报道了一则消息很能说明问题。德国著名学者、作家、柏林文学论坛主席乌尔里希·雅奈茨基在华中师大文学院举行了一场题为《当代中国文学在德国》的讲座,讲座中,雅奈茨基认为,余华的《兄弟》是部完全可以获得诺贝尔奖的作品。他说,余华的作品传到德国以后,完全颠覆了国外人对中国的看法。德国民众对中国"文化大革命"知之甚少，他们渴望从作家和文本中获得真实的信息，以此来了解这个国家和民族，这些是看新闻所无法代替的。

然而，这样一场语境下的转变必将是重大的、难以预测的。比如，高行健同样是写"文革"，也同样是将《山海经》里的人物和故事等一些中国古典文化元素穿插在写作中，但是，他的观念与中国大陆作家的观念在各方面都有很大不同。当然，每个作家都是不同的，转变也是不同的。目前笔者还没有一一去研究中国知名作家在近二十年观念上有哪些深刻的转变，但是，可以肯定的是，几乎每个作家都在转变。一些中国作家原有的道德防线在不断地撤退，对人性的看法也不断地发生位移，最后退出精英立场和知识分子立场，而转向平庸、无常的大众立场。

二　中国文学的经验与理想

另一方面又是对中国经验及民族密码的重新思索、研究与书写。如何处理好这一问题，便成为优秀作家的最大难题。有评论家称文学中的中国经验乃为创伤性的中国经验，其意思是一切伟大的作品都是展现一个大时代里人是如何面对创伤，如何拯救自我与世界的。这些发现本身都有一个精神向度，即重新挖掘中国经验，重新塑造一个中国的形象。这大概也可以称为中国作家的文学理想。作家哈金在其《伟大的中国小说》一文里说："早在1868年，J. W. Deforest 就给伟大的美国小说下了定义，至今这个定义仍在沿用：'一个描述美国生活的长篇小说，它的描绘如此广阔、真实，并富有同情心，使得每一个有感情、有文化的美国人都不得不承认它似乎再现了自己所知道的某些东西。'表面看来，这个定义似乎有点陈旧、平淡，实际上是非常宽阔的，并富有极大的理想主义的色彩。它的核心在于没有人能写成这样的小说,因为不可能有一部让每一个人都能接受的书。然而正是这种理想主义推动着美国作家去创作伟大的作品。纵观美国文学,我们会发现每一部里程碑式的作品后面都有伟大的美国小说的影子——《汤姆叔叔的小屋》《哈克贝利·芬历险记》《白鲸》《大街》《愤怒的葡萄》《奥吉·马奇历险记》等巨著都是如此。"他还认为,"目前中国文化中缺少的是伟大的中国小说的概念。没有宏大的意识,就不会有宏大的作品。这也是为什么现当代中国文学中,长篇小说一直是个薄弱环节。"① 哈金的说法也许只对了一半,那就是宏大叙事在中国文学中的退潮,但是,中国作家并不是没有伟大的中国小说这个概念。从前面论述的世界语境中可以看到,中国作家尤其是一流作家都有这样的愿望,同时,我们可以从近些年来茅盾文学奖获奖来看,现实主义仍然是烛照中国文学的一座灯塔。中国文学的梦还在那里。

笔者以为,90年代中国文学的重要收获是《白鹿原》《废都》《心灵史》等。显然,这几部作品都怀有崇高的文学梦想。《白鹿原》的扉页上写着巴尔扎克的那句话:"小说是一个民族的秘史。"很显然,陈忠实的心里有中国伟大小说之梦。《废都》则直指中国古典文学传统,《心灵史》的意义已经越过国境,跨向伊斯兰世界。到21世纪,这些理想并未就此消失。随着中国文学在世界文学语境中越来越足的气场,中国作家的伟大小说的理想也越来越强烈。

阿来的《空山》系列虽然没有其《尘埃落定》那样受关注,但其立意的高度、批判的勇气和诗意的浓度以及写作的广度都远远超过前者,其史诗般的品质就是一种伟大的梦想在支撑。贾平凹在新世纪著成的《秦腔》和《古炉》更是怀着极大的勇气来为一个失去的时代招魂。贾平凹在《秦腔》获得茅盾文学奖后说:"在我的写作中,《秦腔》是我最想写的一部书,也是我最费心血的一部书。当年动笔写这本书时,我

---

① 哈金:《伟大的中国小说》,载《南方周末》,2005年10月14日。

不知道要写的这本书将会是什么命运，但我在家乡的山上和在我父亲的坟头发誓，我要以此书为故乡的过去而立一块纪念的碑子。"《古炉》从某种意义上是《秦腔》的兄弟，贾平凹显然通过《秦腔》打开了一个通向过往时代的密道，《秦腔》仅仅是前院，后院则是《古炉》，也是更为幽深、传统、神秘的民族历史。两部作品独特的叙事技艺、原生态的视角以及神人共在的神秘的美学氛围在当今世界文坛上都是独树一帜的。就连一直在写都市生活的王安忆也扭身探向上海的古代，这是中国锦绣山河的一段历史。王安忆通过《天香》试图还原中国古代历史中那道亮丽的光芒。在她看来，那道光芒显然是中国文明史上引以为豪的往昔。从王安忆的这种突变可以看出她在突围，而突围的力量仍然来自一个中国伟大小说的梦想。

三　中国文学的时代气场与交响之乐

如果说上面那些写作是高蹈的独唱、领唱，那么，另外一些文学类型或文学思潮的兴作则是合奏、支流。它们属于大多数。它们与前者是一个共同体。只有前者，没有后者大多数的低吟共鸣，整个舞台就是寂寞的，演奏将是单调的，其崇拜与"伟大"也难以映衬。没有前者，只有后者，那么，整个的音乐将变成众声喧哗，失去主旋律，演出将失败。

在这些支流中，最值得关注的应属底层写作，也最有价值关怀。这是"人的文学"的又一次发现和书写。新世纪以来，大批的农民工涌向城市，这是工业化进程和城市化进程中决堤的江河。他们代表了中国的大多数。从"五四"时期到新时期，中国文学的巨笔始终都在乡土大地上描绘，但这并不意味着农村就是中国最底层的民众。事实上，从苦难的角度来看，那些从土地上走出却又无法回到土地的农民工也许是最底层的人物了。他们比农民的心理还要苦难。农民，由于稳定的土地和两千多年来稳定的农耕文化的熏染，他们的心灵也相对稳定，可是，到城里去的农民工就不同了。他们终究成了流浪者，精神上最苦的人群。过去，人们以为，民以食为天，生活在底层的老百姓主要是解决生存问题，因此一开始作家们的笔触在于描绘这些底层人的生存状况。然而不久，作家们敏锐地发现，在解决了生存问题之后，或者在解决生存问题的过程中，底层人同样需要信仰、道德、精神生活。这是底层写作对整个中国文化建设做出的贡献。这些作品，我们熟悉的有青年作家罗伟章的系列小说、刘庆邦的《神木》《到城里去》、陈应松的《松鸦为什么鸣叫》《马嘶岭血案》、贾平凹的《高兴》等小说。新世纪小说对于人文精神的追寻主要体现在对底层的书写上。作家张扬的不是启蒙话语，而是对于底层生存的一种强烈的现实观照。

另一支值得关注的支流是生态文学。新世纪以来，作家们敏锐地对人类生存的问题发出了应有的声音。在荒漠化、大气污染、海洋污染、地球升温、能源危机等生态危机面前，作家们通过文学的方式对人类的现代文明进行了深刻的反思。主要成就有迟子建的《额尔古纳河右岸》、贾平凹的《怀念狼》、姜戎的《狼图腾》等。在这里需要特别指出的是 20 世纪 80 年代因寻根文学而进入文坛的作家韩少功，新世纪一开始，韩少功就奔往湖南汨罗八溪峒的山水之间，并在那里修建了一所住处，每年有一半左右的时间居住于此。七年后捧出了一部跨文体长卷《山南水北》，作者在这部作品中表现出了强烈的生态关怀，以及对自然、文化的思考。

在这曲交响乐的最基层，是网络与大众文学的轰鸣。它们泥沙俱下、良莠不齐，不能成为文学的主流，然而，没有它们，文学就失去了整个的大地。它们虽然充满了欲望，就像春天蓬勃的大地一样，然而，一旦秧苗开始成长，它就同样需要太阳的照耀，需要精神的抚慰与观照。因此，在讨论新时期文学时，不能简单地否定网络文学、市场上的大众文学以及青春文学。它们最大的贡献在于文学形式的创造、文学传播方式的创新以及作家存在的多元探索。"80后"作家的创作是新世纪小说中一道异样的风景。"80后"作家作品一出现，就以其惊人的市场业绩和全新的文学特征改变了传统文坛的状况——文学和市场的关系前所未有地密切起来。这是一批真正在新世纪的土壤中生长起来的写作者，代表作家有韩寒、郭敬明、春树、李傻傻、张悦然、周嘉宁、陈安栋等。"80后"作家的创作有着许多共同特点，他们着力表现青春的个人体验、孤独的成长经验等主题，也有一些"80后"作家擅长创作玄幻题材。"80后"写作虽然更多的是市场化的大众文学，但它整个地刺激了文学创作与流通的市场。没有"80后"，开放的文学出版市场也许还不能有效地形成。在2000年之前，每年出版两三百部长篇小说大概已经很惊人了。到了2006年前后，每年已经到了八百部左右，而到2011年已经超过年出版两千部了。同时，作家机制也发生了很大的变化。从2000年前单纯的作协为主流的作家群，慢慢地有了以市场为主的另一作家群，再后来便有了大量的网络作家群。最后，书写与传播的方式也发生了巨大的变化。从网络写作到博客写作，再到现在的微写作，不仅文学写作的方式在变化，其传统的媒体也从纸质向电子版、网络版转型。虽然这样的繁荣在很多评论家眼里都是虚假的繁荣，但也在一定程度上也说明文学在努力地突围，作家们在努力地实现自己的梦想。

这样一种概括式的评述，也许遗漏了很多作家、文学现象，尤其是诗歌和影视文学创作，但是，从高蹈的文学理想和知识分子精神来讲，笔者也许已经高评了一些作家和文学现象。从本质上讲，文学不是以数量来取胜，而是以质量决胜负。当然，从一个国家的文化发展来说，数量也是非常重要的。它显示了中国文明的一个水平线。

论新世纪短篇小说的价值追求

新世纪以来,短篇小说这一文体产生了诸多变化,而造成其变化的根本性原因,除了文学本身之外,更是社会多元化发展的必然体现——现代社会的多元导致了作为社会主体的"人"的价值追求的多元,这种多元在文本中则主要表现为两种不同方式:精英性和大众性。这两种不同类型的价值追求共同构成了作家文本写作的价值取向,凭借这样的取向,在广泛且不同风貌的人众中逐层显示,以绝对包容多元的追求让人们在阅读中寻求到了自我价值的满足,从而展现出新世纪短篇小说的独特魅力。新世纪短篇小说中表现出最为重要的精神价值,仍然是作家作为知识分子特有的精英价值追求。

精英化叙事一直是中国文学的传统。以"修身齐家治国平天下"为要的儒家入世理念和科举制促发的庙堂情怀让传统的中国士子们将精英化的文本叙事做到了极致。到清代中后期,随着专制体制的日益衰微、社会经济基础发生了变化,以及西学东渐和列强涌入,积贫积弱和分疆赔款让传统中国知识分子开始谋求社会的变革以完成顺应时代发展潮流之举,从百日维新开始,中国现代的文学创作逐渐成型。"今日欲改良群治,必自小说界革命始,欲新民,必自新小说始。"[①]梁启超之言论掀开了"小说界革命"的序幕,成为中国现代小说的滥觞之论。维新的先觉者发掘的这条道路到了"五四"则以摧枯拉朽的姿态将传

---

① 梁启超:《论小说与群治之关系》,见《二十世纪中国小说理论资料(一)》,北京大学出版社,1997年,第53—54页。

统知识分子植入到了故纸堆。

"五四"文学革命和由此诞生的新文学,从一开始就反映了将文学从少数人的手掌里解放出来,为更多人所有的时代要求。"国民文学"、"平民文学"的口号,反帝反封建的主题,以各阶层人民的日常生活作为创作题材,采用白话作为文学语言等,完成了文学与底层民众的全面结合,也让平民化写作逐层兴起,而20世纪40年代解放区那篇著名的《讲话》则将大众化、平民化写作推到了一个前所未有的高度,一直维持到70年代"文革"结束。80年代,中国文学界对以往完全政治化的文学逐渐回归到了文学本身,而此前过于宣扬的"两化"也被重新审视,"精英化"由此而起。

有学者甚至以为80年代是绝对的"精英化时期",直到1989年结束,"其核心是通过否定解放以后,特别是"文革"时期的民粹主义思潮,反思以"样板戏"为代表的革命文化、革命文学,反思所谓的"工农兵方向",来确立精英知识分子、精英文学、精英文化的统治地位。"[①]到了90年代,精英化文学逐渐陷入颓势。进入到市场化运作的文学创作不可避免的浸染了市场气息,为获得销量和争取读者,文本也逐渐抛弃了80年代方得到复兴的"精英化"创作进入到了大众层次。但这样的状态并没有持续很久,在新世纪的头几年里,精英群逐渐意识到了传统人文精神的荒废甚至开始担忧从此被扼杀的问题,呼吁复兴传统,高层精英群甚至不惜以《宣言》的方式凭借个人的人文影响力和传媒的作用来呼吁人们关注。譬如"2004文化高峰论坛"上,季羡林、任继愈、杨振宁、王蒙、白先勇、周汝昌、杜维明等八十多位学者签署并发表的《甲申文化宣言》,从各种角度探讨了中国所能体现的人文精神和能够向世界传达的文化信息。在精英群的强势介入之下与国家经济发展到较高程度导致的国民精神追求逐渐提升的合力中,精英化写

---

① 陶东风:《文学活动的去精英化》,载《文化与诗学》,2008年第1期。

作重新归入文本之中。但是与以往不同的是,这一次的回归只能是部分也是有意识的人为的回归。

在新世纪的文学创作中,精英价值的追求依然不时呈现。对此我们可以理解为是对《宣言》里学者们普遍呼吁的回应,也可以说是对今日中国普遍的文化回归的一次必然反映。

一 启蒙精神的延续

自"五四"起,《新青年》《小说月报》等刊物将文学赋予推动民族前行的责任,胡适、鲁迅、陈独秀以及后来的茅盾、郭沫若都在极力宣扬现代国民意识。鲁迅直言太多人"即使体格如何茁壮、如何健全,也只能做毫无意义的示众的材料和看客",[①]从而提出了"五四"文学树立独立人格精神的问题。"五四"以来形成的这条思想路线终结于50年代,随着改革开放在80年代重新兴起。这中间虽然经历了一些波折和低潮,但是以宣扬世界的基本价值构建现代国民意识而来的人格独立、自由、平等、民主等价值在新世纪已经深入到作家的写作意识之中。

作家们扎根于自己熟悉的环境之中,用熟稔的故地情怀去进行自我心理的人文想象。如前所及,这是一个快餐化的时代,但是面对快节奏的生活,我们的短篇小说家们却一反"迅捷",相反沉浸在了自己的叙事之中——或琐碎而絮叨,或自由而奔放,或驰骋而放达,或宽松而闲适。作家们用自己熟悉的语言在钩织着一幅幅蓝图,蓝图的背景是一个个简单却又不乏时代意义的"存在",他们都是某类群体中的个体,而也是这些"个体",让作家们陷入到了有关国民"启蒙"的汪洋大海之中。

新世纪十年,继承"五四"启蒙精神的作家中,最具典型意义的是

---

① 鲁迅:《〈呐喊〉自序》,《鲁迅文集(一)》,黑龙江人民出版社,1995年,第8页。

铁凝。铁凝作品的质量上乘，但是也相对有些许的单一。从铁凝的小说里，我们不难看出从"五四"的"启蒙"到今日的"启蒙"，在并不漫长岁月之后的有关对于"启蒙"本身的弱化或者说广义化。在铁凝的小说里，人性的温暖和觉醒隐藏在一个个的近乎"好笑"而又感觉很是"沉重"的话题里。在作者新世纪登载于《小说月报》的第一篇文章《有客来兮》中，作者对精神世界的关注，特别是关于现代人的隔膜与压抑有着自我的阐释。作者立足于一个高干家庭出来的贵族小姐到她表妹家——一个一般家庭的一次游玩开始，贵族小姐的身上虽然始终带有趾高气扬的气质，但是在文本里，我们明显地感受到作者对这一所谓"高干出身"的排斥——在文中，作者直言"时过境迁，所有的一切都在改革的大潮中改变，表姐的家庭已经没落"。尽管时代早已改变，但是这个贵族的表姐却无视现今的这种变化，依然带着心理优越感说话，这让作为表妹的李曼金很不舒服甚至产生厌恶的情绪。小说的情节在主人公李曼金对贵族表姐的逐渐轻视中展开，文本最后，在表姐马上要离开之际，李曼金终于说出了讨厌，吐了口恶气。但是值得深思的是，在这个"恶气"刚刚抒发后不及几分钟的时候，李曼金就开始后悔了，甚至开始反思她这一个普通家庭的孩子怎么能和高贵的表姐相比？虽然此前，李曼金已经体悟到了社会变迁，已经对今日的平等社会有所领悟，但是她依然不可避免地陷入到了血统和继承甚至是地位的高低对比之中，而这个"心理"已经成为她内心之中的"定势"。作者似乎告诉读者：无论李曼金怎样努力，她都无法摆脱这一阴影对她的内心压迫。这个阴影的背后潜藏着一个危险的"警示"，那就是面对所谓的高干抑或具有所谓的高贵血统或修养的家庭，尽管他们业已没落、业已无所依赖，但是面对这样的家庭，普通人内心深处的"奴性"还是随之而起。从鲁迅说横竖都是"吃人"社会的"做奴隶而不得"和求做"奴隶"的时代迄今七十年，我们的国民奴性依然深入骨髓，即使他已经没落、即使已经生活于现代的平等时代，其内心深处的对于所谓"高贵"的"仰望"还是深藏心底。我们依然远离"任何时候我们都是平等的"——这个命题的遥远,也利用主人公瞬间的"后悔"勾起了我们的思绪,国民启蒙或者说现代人格的建立之路远未完成。

可以说,铁凝在新世纪的亮相伊始便带来了一种深刻的叙述。如前所云,这种叙述贯穿始终,在稍后的《逃跑》里,作者立足于"农民入城"而去发掘关于尽管社会早已变迁,尽管农民具有高尚品德,尽管他如此的朴实厚道,但是在社会表层的喧嚣之下,他所具有的一切关于人性的"优点"都消失无形,从而揭示道德与生存间的时代张力。铁凝的思考并没止步于此,在新世纪第一个十年末期,她更加的深入到了"人性"与"社会存在"的彼此融合,也让读者能够在更为丰富的内容里去反思和批判这个时代的"客观存在"。在此期间,她并没有回到"五四"间关于"拯救"的话题里,但是重新陷入了有关"奴性"的叙述之中。作者通过《伊琳娜的礼帽》一文对人性在今日的"焦虑"进行了深层次的挖掘和展现。作者以理性、洞穿的目光对今日的社会进行了客观的素描。作者利用旅游之中的有关"情感奔放"和"欲望舒展"的老套话题开始展开对人性内质的挖掘。文本里日益狂放和张扬的"调情"和"煽动"的终结是生活本身的"回归正道"。作者利用古老的煽情的话题试图去揭开现代文明深处的那种事关"人性"和"欲望"的一些苍白和盲动的因子,也由此阐释了作者眼里那些"真正的"情感永远是朴实的、简单的和不聒噪的。更值得注意的是,作者并没有借此回归到那些传统的有关人情伦理的"三从四德"之中,而是真实地进入在世俗社会之中去挖掘和展示现代社会的人性的"伪裂变"和"真性情",也由此升格了关于"国民性"现代转变中的诸种"劣迹",并进而警示人们关于现代人性构建和宣扬的"仓促"和"荒诞"。在铁凝的叙述里,启蒙和拯救是一个连贯的话题,"仓促"和"荒诞"背后是启蒙的未完成,我们置身现代世界,但是我们并非都是现代人。

相对于铁凝在细腻之中对"现代人性"变轨的宏大开掘,杨少衡的《啤酒箱事件》中的人情物事对于中国的"现代国民意识"的构建揭示得更为明了。小说中的啤酒箱是村里选举使用的票箱，而"啤酒箱事件"指的是某村选举时被一村民将装有选票的票箱浇了水，影响了选举的正常进行和"领导意图"的实现。小小一个村级选举，不仅牵连到乡镇书记、民政局副局长，还牵涉到副县长和副市长。而为了增加作者对于"中国式"选举的"特殊国情"的自我理解，作者穿插了一个从北京来的神秘社会学家"李老师"。作者利用"李老师"的出现给选举的结局增加了更多的不确定性和不可揣测性。作者没有拘泥于一两个所谓的"主角"，而是众多人物一起演绎出了一系列故事。故事的结局在一系列的内部和外来因素导致的出其不意中"平静的落幕"——村主任一职还是落在了原村干部制定的亲属头上。作者利用一系列的外来和内在因素来影响选举和宣扬着新的选举理念，但是最后反证了"意料的结局"，借此表达着作者眼中中国式的选举要想体现民意还有很长的道路要走。杨少衡此作是新世纪短篇里最具有明显指向性也是最直接的指向"现代国民"的文本。也是因为这种直接的表达和描述反倒让文本的可读性仅仅停留在文中种种的内外因素掺杂交织的不确定性之中，而不是落于最后还是"确定的"结果之中，也就由此削弱了文本的内在意义。

很显然这二位作家不足以说明"国民启蒙"在今日中国短篇小说里的整体图景，但是他们关于"现代国民"构建的价值意义在今日中国却是极有意义的且必然引发更多的作家们关注和涉及。启蒙是客观的也是急切的，这已经是一种共识性存在，不可回避，而作家们的刻意迎上，虽然有博取"时代声音"或"眼球关注"的一面，但究其本质，仍然不能不说体现的是一个作家的价值立场的高瞻远瞩。

二 人文价值的坚守

改革开放三十年积聚之下今日中国的沧桑巨变，让精英知识分子群对现代化的反思日益表露。经过数十年的现代化，经过对西方一系列事物的盲目吸收、快速吸纳、有所筛选到今日的全面审视，中国社会的人文风气也随之重振。对于传统价值，作家们不时地表露着自我的批判与反批判。这其中尤其值得称颂的是梁晓声、聂鑫森和刘庆邦。相对于精神世界的书写，对于文化坚守的创作显得平易近人，易于理解。没有了神性的漂移和不可窥测，作家们对于传统文化的坚守显得很是顺畅。

梁晓声的《讹诈》通过表现老会计对经理的金钱讹诈展现的实则是经理对老会计的良心讹诈，而这种污浊的社会空气让周围所有人都在彼此猜疑和防范，几乎无人相信真善美的存在，或者说文本的后部分让人不可能相信人间的真善美。作者笔力所至，尽处欺瞒，作者展现了一个令人悲观、到处充斥欺瞒的人间。而聂鑫森则更进一步，在描述一个关于传承传统手工艺术的故事里净化着人们的心灵。在《铁支子》里，作者选择了明暗交织的叙述模式，明线是一家卖烤肉串与一家卖古玩的，写他们的生意，带着传统的手工艺的美与基本的诚信；暗线是，作者在其中发掘着传统人文价值里那些温情的邻里关系和淳朴祥和的人际情感——这些久已失落的人文精华。刘庆邦则借助于《金色小调》里有关"农村偷汉子"的故事来解读人性的复杂。主人公灯嫂是一个四十几岁的善解人意的好母亲。灯嫂为了让儿媳好好休息，时常特意拣一些轻松的事情让她去做，故事就在这种充满温情的叙述之中缓慢展开。突变发生在一个五月的下午，劳累的灯嫂让儿媳小兰去提水，好让儿媳有个休息的空闲，但是小兰许久不来，灯嫂回去竟然发现儿媳与一个"未出四服"的侄子偷奸苟且。这一切让家教极严，洁身自好的灯嫂陷入到了不知如何是好的忙乱之中。本文中作者的可贵在于没有选择去描写"欲望"以勾起所谓读者的"兴趣"或吸引读者的"眼球",一切都在平缓的语调中前行。作者用灯嫂的朴实传统和儿媳的"欲望"凸显了现代农村所遭遇的道德冲突。憨厚耿直的灯嫂从没想过自己的儿媳尽竟然有这种不齿之事,而对于儿媳的"出轨",文本的平淡叙述却给事件本身的发生增加了一种自然感,似乎现代乡村的"道德背离"已不再是一件新鲜的事情。作者无疑想借此凸显一种在现代社会里乡村人性关系的变异。

梁晓声、聂鑫森和刘庆邦都选择了平淡叙事,他们面对深刻的人文主题的这种平淡描述让读者陷入到了不可抑制的有关"人性本善"和"性善和谐"的观感深渊中不可自拔。作品里所包含的平和的性情、祥和的社情和平淡简单的生活况味让远离纯真的我们,所谓的现代人肃然起敬甚至泪流满面。作家们借助一些朴实无华、简单的不可再简单的,躲藏在现实社会最边缘角落里的事物人情去叩响"最中国"的价值理念。那些几近忽略的处事,平淡得丝毫不引人入胜的叙述,毫无雕饰的文字展现着我们这个时代里的一些不可或缺的东西。也正是这样的一种写作,展现着中国知识分子对所谓的"精英价值"的追求、继承和宣扬。

三 社会问题的批判

今日中国的病症和纠结来自于社会发展之中重重的社会肌理的不合适。这种不合适甚至已经超越了可以"调试"的阶段而进入了不可不关注和修正的阶段。就文学的意义和价值而言,对社会弊端和黑暗的揭示永远是中国文学的高地,而"现实主义"也因为背负了这样的历史和人文意义而永载史册。

新世纪的短篇小说创作,作家几乎都有意无意地参与到了对社会的反思和比照的行列里。在这个行列里,我们可以欣喜地看到众多作家们的价值追求和道义责任。从铁凝在《咳嗽天鹅》里对生态、人态的双重忧思,《风度》里社会体制对人性至纯至真的追求的心理影响,《春风夜》里对进城打工女性的现实生活、精神世界的关注以及城乡差距问题的聚焦;到迟子建《草原》《无常》和《七十年代的四季歌》里对于社会变革中人性蜕变的反思和批判;再到孙春平《派我一辆吉普车》里对官场霸权和操弄的深切痛斥,都展示着这个社会变革的种种问题。而作家们在此期间所表现的那种"深切的痛恶之后的眷恋"让读者不可自拔地感受着一种家国的真实。爱之深所以责之切,作家们无情地揭露背后所流露出来的急切和焦急引人发慌,发慌于时代发展的无奈和窘境之中。

相对于以上诸人,王十月似乎并不"扎眼",但其文本的内质力却值得注意。王十月的小说《众》应该可以归类为底层小说,文中描写一个老汉,老冯在楚州城的建筑工地打工了十几年,明天要回乡了,想把自己这些年来修的楼都看一看。他三年前修的依云小区是一个高档住宅区,保安不让进,老冯便找了个僻静地方想偷偷地溜进去,不想被保安当贼抓住,挂上写有"贼"的牌子,在小区门口示众了两个小时,老冯感到深深的耻辱。作者在平静的叙述中结束了文本,而带给我们的并不仅仅是对社会层级的质疑,当我们简单地用社会群体分裂的观点去审视作者的写作立场,显然已经弱化了文本的意义,文本重在精神层面的描写,在老冯的屈辱里我们可以看到传统道德的"潜价值"。作者似乎在诉说这种群体性的权利给一般大众的屈辱的复杂不可能单靠道德感可以解脱,而是要到深层次的具体的社会制约体制中去。中国城市化是90年代兴起的,带动着国家的繁荣也带动着社会的种种"不和谐",普通人的追求被这种强大的已经近乎不可提防的洪流卷入,沦为底层,成为农民工,成为城市里面的"蜗居者",这种强大的吸力让大众的生活被一种全新的由建筑层级导致的人文群体的分化敲打得支离破碎,它表面严格的安检和管制代表着住宅背后尖锐的、深刻的和巨大的社会裂缝和社会创伤。表面上这种社会的裂缝可以由一系列的制度和人为的努力填补，而实质上，它已经将所有的人群分割化、模块化和类型化。这种分割比人为分割更为残酷。中国国民传统的阶级和等级意识经过近代以来的修正和重建苟延残喘到今日，依然很强大，甚至可以说仍然是一种绝不可忽视的力量。这种力量其实已经卷入到了现代国民的内心，一个现代社会的构建，首要的是一个健康、法理、平等的价值观的存在，而今日国民内心深层次的等级观则打碎了这一系列价值观。更具悲剧意义的是，其中所展示的中国当代社会一个贫苦之人走向正常的人生道路所需要跨越的门槛之高之艰险让人深感其高而不可逾越，也由此可知中国从传统的等级到现代的民主之路依旧漫长而遥远。现代化的国民不是一个口号，而是一个实体，唯有将现代的价值观念渗入到中国国民的骨髓之中，才能实现真正的现代化。

在这样的境遇里，知识分子的悲观在所难免。谈歌的写作就不可避免地笼罩着关于现代悲观的情绪。新世纪以来谈歌作品中无一例外透露着悲悯和无奈。《城市传说》讲述主人公二叔由农村进城打拼至飞黄腾达，可心累人情淡，最终退出商场的过程。不仅表达着人向往平淡宁静的自然状态，也揭示着城乡生活的巨大反差背后隐藏在城市灯红酒绿之下的人性的变异和可怕。作者在接下来的《绝品》中写乡村一个老户不在乎钱财而把国宝始终珍藏，并遇到了一个"饿死不卖收藏"的王商人，二人的道义超越了金钱和人际，最终把国宝顺利捐献。作者在寻找到一种道德和心灵的慰藉之后，又转身去关注了更为荒诞的现代社会的种种现状，最后停歇在了《鱼塘女人》关注"现代祥林嫂"的人情冷暖之中。生得沉鱼落雁般俊俏的杨三嫂却是命薄如纸，远嫁到白洋淀边上的梁家湾，为养家糊口，跟个窝囊老公杨三，挖了四口鱼塘经营垂钓，勉强度日。杨三嫂通融、大度，丝毫不嫉妒、不预防，成为村子里最为侠义的女人。在村庄人性的肮脏和利益倾轧的短视之下，杨三嫂本性的侠义被现实的丑陋凝聚到了一个跟人比拼钓鱼的无奈之中。"杨三嫂听到了脚步声,无力地睁开眼睛,软软地说一句:当家的,把这些鱼都收拾干净了,做了鱼干吧。杨三哦了一声,看着脸色苍白如纸的杨三嫂,眼泪就不听话地流了下来:老婆呀,咱们还开这鱼塘吗?杨三嫂一言不发,目光呆滞地盯着两口已经干干净净了的鱼塘……"最后行文在杨三嫂无奈的泪如泉涌的悲叹中结束。作家行文简洁,透过杨三嫂应对挑战的从容淡定娓娓道来,却把鱼塘夜钓的萧杀气氛渲染得惊心动魄。烘托出的,不仅是鱼塘人家讨口饭吃的艰难处境,还有懦弱男人背后所引发的有关农村人性善恶的蜕变,也由此揭示了作者对于无助者的无限悲悯和叹息。有关特权和强权群体的存在是这个国家的一大特征,而如何抑制强权并进而约束强权则是一个更为沉重、复杂的话题。

作家们所引发的对于社会机制的深度思考,作家们在盛世欢歌之下对现代人文价值的宣扬,体现着中国文学最为称道的价值现实主义和文学的讽刺性,更显示着知识分子本身的传统价值理念的继续。这所有的表现和追求近乎是今日中国文学的宿命,"我们在当下的困惑与困境,是未完成20世纪的累积和延续。……这个时代把太多的问题纠结在一起,则是一种重压,文学不免气喘吁吁。"[①] 而这一切的目的仅仅是为了让今日所有的狂欢者和奉承者以及沉浸于复兴大业的所谓的前行者们惊醒与警醒在时代的三岔口,最终谋求这个国家的自由、民主、现代和繁荣。

四 精神世界的探索

今日中国文学的精英价值追求起于20世纪80年代,跌宕于90年代,回归于新世纪。今日所有的有关精英化叙事的论述都无法脱离80

[①] 王尧:《在困境与困惑的打磨中成长》,载《当代作家评论》,2008年第6期。

年代的精英叙事。新世纪的转轨功劳首先在于 80 年代方兴未艾的关于"精神"和"宗教"甚至是"灵魂"等一系列看似飘渺实则存在于人类根底的叩问，是"80 年代精神探索"的继续，而面对新世纪的社会生活之快节奏，这一主题的出现似乎是"正当其时"。

新世纪，科学技术等一系列崭新事物在中国蓬勃发展，城市化、人口迁移、消费兴起等这些欧美 20 世纪 60 年代、70 年代的社会变迁在中国蓬勃而出。与此同时，带来的是"快节奏"甚至是"跨节奏"的生活实景。从飞机、高铁到电话、短信等各式各样的联系方式大肆兴起且日益普遍和大众化，文化的消费随之进入了"快餐"时代。从"百家讲坛"粗枝大叶式讲座的流行，到"拇指文学"、"信息书刊"，越来越简约而单薄，逐渐远离了文学存在的关键价值。那么处于逆境之中的中国文学的传统——有关"心灵释放"的宏伟主题是否飘远？

文学回归文学，这是历史的期待，而这一切，在新世纪悄然成真。文学所固有的人文精神所包孕的"人性"和"人的问题"等话题在新世纪短篇里可以说是处处可见。以《红蚂蚁》《玫瑰绿洲》两部作品为代表的红柯试图努力在现代的高墙楼层里寻求精神世界的休憩之地。前者描绘了一个做蛋糕的小伙计，在被女朋友冷落多年后，突然接到对方同意结婚的信之后的连锁反应。小伙计寻求爱的旅程从做了一堆油馕开始，途经沙漠之时，因烧烤油馕引来红蚂蚁的噬咬，他没有反抗如殉道般死去，剩下一个油馕作为遗物辗转送到女朋友手中。而红蚂蚁居然循着油馕的味道，跋涉千里，将女朋友也叮咬至死。小说弥漫着神秘、怪异的气息，实质上仍旧是红柯物我融合的神话思维。自然残酷的提示和"教诲"，经由红蚂蚁刺入主人公麻木的意识。在昏厥中，他"所有的孤独、寂寞、荒凉在这个时候全都化为乌有。从他的每一个毛孔辐射出来的感觉都在昭示他的存在，他的生命扩散到四面八方"。这是拯救，还是灭亡？我们看到，小伙计和女友之间的情感在红蚂蚁的叮咬中被激活，他们从未像此刻这般心有灵犀。而《玫瑰绿洲》中作者是在试图寻求"死"的突破。"死者"原本是属于新疆的旷野的，当年他离开家园匆匆南下，在经济发达的南方创出了自己的事业，"他过着大地上最喧嚣的生活。"这种生活把他变得粗糙不堪，他渴望高贵心灵的陪伴，但也只能是现实中的一种渴望，锦衣玉食的物质生活中似乎没有他感官不能享受到的东西，可心灵世界却被莫名地抽空了。在他死后，他倔强地拒绝火化，尽管被烧得面目全非，却无法把他化成灰烬。他留下的遗嘱竟是让两个保镖千里迢迢护送他的遗体回归故土，要烂也要烂在故乡的泥土里。在流浪的灵魂终于回到了故乡的土地时，他急切地寻找着自己的栖息地，他羡慕蟋蟀的洞穴，他觉得那里不仅可以安置生命，还可以安稳他已经破碎的心灵。"红柯并不局限于此，在此后的《大飞机》《生命树》和《额尔齐斯河波浪》里，他都在努力地诠释宗教和神秘感对于人类的存在意义。

孙春平在《地下爱情》里描述一种人的生存状态。作者貌似在诉说古老的话题——爱情，实则是抛离爱情，而纵情于爱情之下的人性，而这个人性更是在"政治高度存在"的氛围里发生的。作者利用双线贯穿式的写作方式，利用先后二十年的时代变迁来表现人性，也就更显示出了人性在高压时代里的畸形存在。文本在现在与过去的平行交错中展开。其表象是合乎于小说题目的有关爱情在现在这样一个肉欲横流的时代与过去那个纯真的爱情却因荒诞的政治而无法存活的彼此比较。故事开始于二十年前的一段旧事：烈士的妻子韩秉梅被照顾性地安排到地下靶场当报靶员。在一个要求个人为社会牺牲一切的时代，作为烈士的妻子，她就被合逻辑地剥夺了爱的自由和权利。然而，爱情还是发生了。她爱上了试枪员祝福林，开始了他们的地下爱情生活。但是，悲剧随后发生，他们被偷偷来过射击瘾的人打死了。而后作者叙述到，"我"作为记者重回旧地并来到已改做练歌厅的工厂这一经历。这一部分不过起着穿针引线引领叙述的功能，然而作者好像津津乐道于歌厅中灯红酒绿的气氛和风尘女子的种种表现，这部分文字写得十分暧昧,让小说变得"好看"又不出格,这个投其所好的擦边球,恰恰迎合了大众窥私的欲望。在这篇小说的结尾,作者还不自觉地表现出对大众阅读习惯的迎合,本来小说应当在打开洞穴,发现两个人惨死其中,厂子低调处理此事为结束,因为这正是全篇情绪的最高点,但是作者非要蛇足般地加上一段正好是符合中国大众"有头有尾"的阅读习惯。数年后厂领导的忏悔,非要讲一个完整的故事,这无形之中暴露了作者宁可破坏艺术规律,也不能冷漠了大众趣味的心理。于是在近期孙春平的小说中我们越来越明显地觉察到精神的淡出,传奇性的增强,作者传奇性的增强也就表征了关于人生、爱情和社会的古老话题在今日依然无法破解。

更为可贵的是,红柯与孙春平一反模式化的小说写作,而去尝试新的有关心灵深处的"悟性"写作,可以说把我们所认为的有关"神性"、"灵魂"和"宗教"、"传奇"有机结合,诡异、皈依、不测和怪诞融合在一起,表达着作者对于人的"自在"在大自然和人类社会中那一系列不可预测之下的反应。凸显着人类纵使风云变幻、物质丰盈依然无法挣脱有关"心"的枷锁和魔咒,也表达着人性的存在里那些不为人知的我们刻意拒绝接纳甚至刻意忽视的一些事物的存在,而这些存在对于我们的精神世界永远无法"消弭"。

精英价值的追求,其实就是在现代快节奏的生活之下的一次神性的探索,这种探索在今日中国,是适应"快餐文化"背景之下的一次知识分子的心灵坚守,也是这种坚守凸显了作为知识分子一部分的作家的价值,也由此验证着新世纪短篇小说在中国小说领域的独特价值和意义所在。

第四辑

从容对话

民族灵魂的发现与重铸
——论雷达的文学批评

文学史的发展过程就是一个大浪淘沙的过程,既纷呈出七彩斑斓,又显现出凌厉甚至无情。中国当代文学史更是如此,一方面,一些曾经轰动一时的作品,一些曾经获得过国内较高文学奖项的作品,在历史的大浪之中杳然无踪;另一方面,那些曾经由于种种原因而写在地下的作品在经年之后却闪现出动人的光芒。批评家也是一样,有些批评家只能走红一时,有些批评家却能在自己的生命中始终找寻时代的精神主流并发出独特而有力的声音,后一种并不多见。然而,有一个批评家却在新时期以来的三十余年中锲而不舍地发现民族灵魂并试图重塑文学理想,突显出高度的民族文化意义。他就是当代著名批评家雷达。新时期伊始至今,他一直在文学史的长河中淘金去沙,辨真去伪,找到一条当代文学的主潮,这也使得他本人能够立于当代文学之河流中央,免却了随波逐流和被无情卷走的命运。无怪乎《中华读书报》称他为"探测当代文学潮汐的'雷达'"。[①] 而同为批评家的白烨则发自内心地慨叹:"十数年来,'雷达'一直是小说评论文章中出现频率最高的名字。因而,便有了雷达是名副其实的'雷达'的说法。这句不无调侃意味的玩笑话,实际上也如实地反映了雷达小说评论的许多特点,这便是扫描纷至沓来的新人新作及时而细密,探测此起彼伏

---

① 舒晋瑜:《探测当代文学潮汐的"雷达"》,载《中华读书报》,2010年9月22日。

的文学潮汐敏锐而快捷。可以说,仅此两点,雷达在评坛乃至文坛上就有了别人无以替代的一席地位。"① 无论如何评价,都难以掩盖雷达批评参与中华民族当代文化建构的本质。

民族灵魂的深刻发现

雷达批评的文化意义首先在于他通过文学批评完成了一次民族灵魂的深刻发现。在舒晋瑜的访谈中,他说:"由于工作关系,我不得不站在当代文学的前沿,根据自己的阅读和理解,提出过一些看法,至于重要与否,就只能由别人去评说了。但客观地说,有些观点在不同时期发生过一点影响。比如,总结新时期文学的主潮,有人认为主潮是现实主义,或是人道主义,或是文明与愚昧的冲突,有人则认为无主潮,而我提出了'民族灵魂的发现与重铸'是主潮,以为这才是长远性的,不管文学现象多么纷纭庞杂,贯穿的灵魂是这个。"② 这段话谦虚而坚定。谦虚的是为人的态度,坚定的则是为文的风骨。雷达从新时期伊始对"人"的发现到近来从生活中汲取原创力的批评,始终都有一条坚定不移的主线,那就是民族灵魂的深刻发现。这一特征最为直接而全面地体现在 1986 年 9 月写下的文章《民族灵魂的发现与重铸》之中。

这篇长文堪称雷达批评世界的重心,没有这篇长文,雷达的批评就没有了灵魂,而这篇文章的题目,用来概括雷达的批评的文化建构意义,同样是恰如其分的。雷达大学毕业进入中国文联,原本抱着一颗为文学的赤诚之心,却遭遇了十年"文革",新时期到来之后,《文艺报》复刊,他毛遂自荐进入《文艺报》评论组工作,开始了他的文学批

---

① 白烨:《个性·活力·深度——评雷达的小说评论》,见《批评的风采》,安徽文艺出版社,1994 年,第 232 页。
② 舒晋瑜:《探测当代文学潮汐的"雷达"》,载《中华读书报》,2010 年 9 月 22 日。

评之路。将近十年的批评思考和找寻至1986年终于成形定音，他终于找到了新时期文学的原动力和生命线，"那就是作为创作主体的众多作家，呼吸领受了民族自我意识觉醒的浓厚空气，日益清醒地反思我们民族的生存状态和精神状态，不倦地、焦灼地探求着处身今日世界，如何强化民族灵魂的道路。对民族灵魂的重新发现和重新铸造就是十年文学划出的主要轨迹。"而"这股探索民族灵魂的泱泱主流，绝非笔者的主观玄想，它乃是从历史深处迸发的不可阻遏的潮流，是中国历史、中国社会、中国文学汇流到今天的一种必然涌现"。

回顾新时期之前的历史，雷达痛心而清醒地指出："民族灵魂并不是一开始就回归到新时期文学中来的，她被逐出文学的苑囿多年，但她始终游荡在我们的生活氛围中，游荡在我们四周和心灵深处，我们却久久视而不见。"雷达通过对新时期以来涌现的书写农村、女性和知识分子等题材的分类透析，提出新时期文学对于民族灵魂的发现并非是主动的、完满的，而是有缺憾和局限的，是处在传统观念制约下的发现，它最先是在民族生活、民族性格变化最缓慢和传统精神最深固的部位进行的，也有单一化和静止化倾向。然而，雷达通过高晓声、张贤亮、路遥、张承志、张炜、郑义、张洁、李国文等大量作家作品的剖析，沿着民族灵魂的发现与重铸这股主潮，审视了改革者、农民、知识分子三个人物谱系的主导思想轨迹，阐发了新时期文学中表现出的"人的觉醒与民族灵魂内部的搏斗"的主题。在这个主题之中，有关农民和知识分子灵魂的觉醒和痛楚是雷达批评的精彩之处，他通过对《人生》的分析指出，赵玉林、梁生宝的出现是社会政治史意义上的分化，而高加林的出现则是思想史意义上的分化。作为知识分子成员之一的雷达对新时期知识分子形象的论述极为深刻，下面的话至今引人深思："这股人的发现、觉醒、解放的浩浩潮流在知识分子中激起的变化，其层次之复杂、走向之歧异、哲学思想之多端，都远远超过了农民。"他借对章永璘的分析提出，"食"和"色"不过是其起点，目的则是人怎样尽可能地摆脱动物性,向着灵与肉融合的"升华"境界和全面"人化"复归。在这个意义上,章永璘既是当时的知识分子,也是今天的知识分子。

在这篇文章的最后一部分"走向文化鸟瞰刍议"中,雷达在民族灵魂的发现和重铸的主线上,将视角提到新时期之上的高度,即文化鸟瞰的高度。雷达以自己的思考回答了一个困扰着文学的永恒的却又常思常新的问题,什么是艺术作品价值更替和魅力浮沉的秘密?什么是通向获得艺术生命和不竭艺术魅力的道路?那就是"看一部作品在多大幅度和多深程度上体现出变动着的民族精神和魂魄;愈是能够在纵的历史精神连续和横的世界文化参照下挖掘、重铸民族灵魂的作品,其价值就愈高,超越时空的魅力就愈久"。

需要指出的是,雷达在这篇文章之前和之后的大量著作,理论批评文章诸如有关"探究生存真相展示原生魄力"、"灵性激活历史"、"传统的创化"、"现实主义冲击波"等,文本分析则诸如对《平凡的世界》《白鹿原》《废都》等一系列长篇的评论,更是对这一主线的延伸与支撑,二者共同构成了雷达的批评世界,民族灵魂的发现与重铸是这个世界不可或缺的灵魂。我们也就不难理解,为什么时至今日,雷达仍然在强调这一主线了:"尽管有人认为,现在已从再现历史进入了个人言说的时代,但在根本上,文学即是灵魂的历史。"①

重要文本的深度透析

面对当代文学史上大量的重要文本,雷达往往能及时发言,对其进行深度透析,这是雷达批评世界不可或缺的一部分。当然,雷达在进行文体透析时也是围绕着民族灵魂的发现与重铸这一主线展开的。早在1995年,朱向前就雷达的批评进行过专门论述,在提到文本分析

---

① 雷达:《对2011年中国长篇小说的观察和质询》,载《文艺报》,2011年12月21日。

时,朱向前说:"尽管我认为能否对思潮性的重大文学现象及时地做出重要发言,是衡估一个批评家量级的重要准绳,而且雷达也已在这方面屡屡成功地证明了自己的实力;但是,相比较而言,以我的私心论,我更喜欢的却是他那些对于单篇的主要是长篇小说所作出的洋洋洒洒的长文。"[①]的确,这些文章方能更真实、更准确地透露出雷达的真性情和人格魅力。他的文本批评之中最可宝贵的,便是真性情,当然,这与他长期对散文的热爱和写作不无关系,也与他的冬泳兴趣、化石研究、彩陶收藏有着关联,这一切使得雷达的批评散发出独特而真实的光彩。

雷达几乎对新时期以来中国当代文坛上的重要文本都进行了深刻的透析,贾平凹、陈忠实、张炜、路遥、莫言、刘恒、苏童、刘震云、铁凝、凌力、残雪、毕淑敏、张贤亮、邓友梅、古华、何立伟、杨显惠、雪漠、余华、王朔等作家的重要作品都难逃雷达犀利的目光,然而,是共饮流过大西北的黄河水的缘故,更是来自相似或共同的文化背景的缘故,在雷达的文本批评中,最令人难忘,也是最为成功的是对于陕西三位作家的小说评论。

路遥、陈忠实、贾平凹三人是当代文坛至关重要的作家,也是先后获得过茅盾文学奖的作家,雷达对于他们三位的代表作品的研究足以支撑起他批评世界的半壁江山。对这三位作家作品的批评中,最为突出的当属对陈忠实《白鹿原》的透析。原因在于,在雷达这里,评《白鹿原》就是阐发他的批评的主线——民族灵魂的发现与重铸,这部作品的评论就是这一主线的实证分析与理论深化。《废墟上的精魂——〈白鹿原〉论》一文对于《白鹿原》整部作品的思想主旨和白嘉轩的透彻分析是当代文学批评史上的一个重要闪光点。贾平凹的感受代表了很多人的感受——读雷达的评论文章仿佛在读散文,[②]这样说并没有贬

[①] 朱向前:《旋转在当代文学天空中的雷达》,载《当代作家评论》,1995年第1期。
[②] 贾平凹:《读雷达的抒情散文》,载《当代作家评论》,1995年第1期。

低之意,深刻的思想与心灵的流淌并不冲突。这篇文章开篇令人折服并激动,它牵引着读者进入雷达的批评世界:

> 我从未像读《白鹿原》这样强烈地体验到,静与动、稳与乱、空间与时间这些截然对立的因素被浑然地扭结在一起所形成的巨大而奇异的魅力。古老的白鹿原静静地伫立在关中大地上,它已伫立了数千载,我仿佛一个游子在夕阳下来到它的身旁眺望,除了炊烟袅袅,犬吠几声,周遭一片安详。……可是,突然间,一只掀天揭地的手乐队指挥似的奋力一挥,这块土地上所有的生灵就全动了起来,呼号、挣扎、冲突;碰撞、交叉、起落,诉不尽的恩恩怨怨、死死生生,整个白鹿原有如一鼎沸锅。

雷达认为,新时期以来的文坛上,陈忠实第一次正面观照中华文化精神及这种文化培育的人格,进而探究民族的文化命运和历史命运。"《白鹿原》写的是人格。""《白鹿原》的作者,对于浸透了文化精神的人格,极为痴迷,极为关注。"而陈忠实真正的目的则是紧紧抓住富于文化意蕴的人格,民族心理的秘密。"面对白嘉轩,我们会感到,这个人物来到世间,他本身就是一部浓缩了的民族精神进化史,他的身上,凝聚着传统文化的负荷,他在村社的民间性活动,相当完整地保留了宗法农民文化的全部要义,他的顽健的存在本身,即无可置疑地证明,封建社会得以维系两千多年的秘密就在于有他这样的栋梁和柱石们支撑着不绝如缕。作为活人,他有血有肉,作为文化精神的代表,他简直近乎人格神。"所以,"《白鹿原》终究是一部重新发现人,重新发掘民族灵魂的书。"朱向前说:"尤其是当批评对象和他个人的人生与文化背景贴得越近,他的批评主体也就被滋养被刺激得越强壮雄健。譬如孕育诞生于关中大地的《白鹿原》,就使得他如鱼在水,如云在天,忽而神游其里,忽而超拔其外,相互进入撞击而出的思想火花和心灵激流闪闪烁烁,滔滔滚滚,以一种凝重沉郁的情感基调和斑斓顿挫的语言旋律将人震慑和打动。"①

贾平凹的《废都》发表后批评之声高于肯定之音,雷达却顶着压力对其进行了透析。他坦然:"面对《废都》,面对它的恣肆和复杂,我一时尚难做出较为准确的评价,也很难用'好'或'坏'来简单判断。我对上述每一种看法似乎都不完全地认同,但也不敢抱说服他人的奢望,我知道那将是徒劳。我只想将之纳入文学研究的范围,尽量冷静、客观地研诘它的得失。"这显现出一种有良知和责任感的独立精神,冷静不随流,专业不意气,自觉不被动。他从美学的角度客观分析了这部作品,分析了主人公的由来与意义,也客观地指出了作品的不足,他认为,《废都》生成在20世纪末中国的文化古城,它展现了由"士"演变而来的中国某些知识分子在文化交错的特定时空中的生存困境和精神危机。但是批判力量和悲剧力量不足,感官的泛溢淹滞了灵性的思考,也阻滞了人文精神的深化。

面对《平凡的世界》这部诗与史的恢宏画卷时,雷达明显地感到路遥对民族的文化精神的独立而坚定的看法。他在作品的多重精神层面中找出一条纵贯这幅画卷的主导流向,即孙少平、孙少安、田晓霞等所代表的生机勃勃的历史前进力量。与此同时,他与路遥一起,在当时文坛风靡新观念、新方法的热潮中积极地肯定了现实主义,提出惟有生活的深刻性和时代精神的渗透对艺术创作才是根本的观点。

惟有能对一个时代最为重要的文本进行透彻分析的批评家,才有可能寻找到一个时代最为重要的灵魂,并与时代同行,新时期以来的三十余年中,雷达做到了这一点,他是这个时代的同行者。

---

① 朱向前:《旋转在当代文学天空中的雷达》,载《当代作家评论》,1995年第1期。

文学理想的理性铸造

就像海德格尔对荷尔德林的诗详尽的、不厌其烦的阐释是为了阐发存在主义的哲学观一样，雷达对当代重要文本的深度透析同样是为了自己一以贯之的文学理想：文学活着，且有其不懈的使命：文学要对民族灵魂发现与重铸、文学要弘扬正面精神价值。

雷达在激情中燃烧，在理性中沉潜，刘再复将其形容为"理性的激情"，是确评。雷达的批评文章质地坚硬，风骨独存，迥异于一些学院派平稳得有些过度的文章，以及一些惟好是说的文章，雷达的批评文字，向来坚定从容、耐嚼且回味无穷，甚至在阅读时有一种适度的阻碍感。要说的是，当下的一些批评文章过于流畅，读者在阅读快感之后却找不到精神的向度与思考的品质。

自走上文学道路起，雷达一直在铸造自己的文学理想，新时期之初，他于文学中发现"人"，20世纪80年代，雷达在众声喧哗之中找到了文学的主线，成为当代文学精神与文化精神的建构者之一。90年代，在文学遭受质疑的时代，雷达承认文学艰难地存在，但也大胆地肯定文学活着。1994年所著《文学活着》一文，即是对当时"文学死亡论"的有力回击。他在通过对其时一些优秀的作品的评价后肯定了作家们在寂寞中取得的坚实成绩，并指出，文学的活出精气神儿，在于作家把文学作为自己的生命形式，多样而守一，对民族灵魂的发现与重铸，就是他们不懈的使命。

与此同时，雷达与时代同行就是与自己的文学理想同行，进入新世纪以来，雷达对当代文学的精神走向的关注从未停歇，与散文中表现出的真性情一样，他将当下文学的症候大胆地揭开，体现出一个有良知的知识分子的担当。最引人注目的是《当前文学创作症候分析》一文。雷达在此文中对当前文学症候进行了深刻分析，他指出"与世界上许多公认的大作品相比，与庄严的文学目标相比，当下的中国文学,包括某些口碑不错的作品,总觉缺少了一些什么。……如果说现在文学的缺失,首先是生命写作、灵魂写作、孤独写作、独创性写作的缺失;其次是缺少肯定和弘扬正面精神价值的能力;第三是缺少对现实生存的精神超越,缺少对时代生活的整体性把握能力;第四是缺少宝贵的原创能力,却增大了畸形的复制能力"。此文在《光明日报》发表后引起轩然大波,该报为此开辟专栏进行讨论,国内许多作家和评论家纷纷参与了这场讨论。

雷达在这篇文章中提出了一个关乎文学理想的重要命题——正面价值。在文学观念找不到主流的时代,雷达说:"所谓正面的价值声音,应该是民族精神的高扬,伟大人性的礼赞,应该是对人类某些普世价值的肯定,例如人格、尊严、正义、勤劳、坚韧、创造、乐观、宽容等等。有了这些,对文学而言,才有了魂魄。它不仅表现为对国民性的批判,而且表现为对国民性的重构;不仅表现为对民族灵魂的发现,而且表现为对民族灵魂重铸的理想。"[①] 此文是雷达文学理想的一部宣言书,它与其后发表的《原创力的匮乏、焦虑与拯救》《〈狼图腾〉的再评价与文化分析》《批评:根本问题在于思想资源和精神价值》《近三十年长篇小说审美经验反思》《真正透彻的批评为何总难出现》等文章与雷达的散义一起共同构建了雷达的文学理想大厦。雷达总是强调,在当下这个多元的时代,作家更应直面现实、弘扬正气,体现人类正面价值。这些是好的文学作品存在的价值之一。在雷达的批评世界中,我们看到,在这个多元的时代,文学仍然活着,它要弘扬正面价值,它要以此实现一个时代民族灵魂的发现与重铸。

新世纪以来,雷达仍然关注思潮性的重大文学现象,并对其做出重要发言。雷达及时地发现了新世纪以来中国文学的新现象、新变化,对其进行论述的同时也在找寻文学的主流。其中《论"新世纪文学"》

---

① 雷达:《当前文学创作症候分析》,载《光明日报》,2006年7月5日。

和《新世纪十年中国文学的走势》是两篇力作。前者写于2007年,雷达在文中论述了新世纪文学的概念,对其性质、特征及其与当今世界文学的关联进行了论述。文章认为,较之此前的文学,新世纪文学构成的最大变化是打工文学、"80后"写作、网络文学等因素的出现。新世纪文学在文学创作和理论研究两个方面不再盲目追随西方,而开始了平等参与当代世界文学的建构。《新世纪十年中国文学的走势》一文则对新世纪文学进行了又一次系统而详尽的论述。

白烨说:"检视我对雷达的认识,最为突出的感觉是,这是把较多的矛盾的东西汇集一身,又表现得淋漓尽致的'这一个',甚至可以说是一个天然而自在的性格典型。把人的这种复杂与独特辐射到文学评论之中,他成为评坛'这一个',也便是自然而然的事情。"[1] 如果说当代文学参与了当代文化建构的话,那么,雷达的文学批评则以一种独特的方式参与了当代文化建构,在这一点上,雷达的批评显现出无可替代的独特意义与价值。

---

[1] 白烨:《评坛"这一个"——雷达其人其文漫说》,载《当代作家评论》,1995年第1期。

写作是一个悲喜交加的过程
——杨显惠访谈录

一　如何正视并雕刻民族苦难

张晓琴：杨老师好，非常感谢您接受我的访谈！您的创作自始至终充满一种巨大的力量，敢于正视20世纪这个国家的民族苦难，并且以文字雕刻出来，这是您创作中最闪光的一部分，是什么样的原因使您将笔力挺向民族苦难？您创作的初衷是什么？

杨显惠：这是一个很大的问题，我出生在20世纪40年代，饥饿是我成长过程中一个重要的体验。从上小学到初中，一直饿肚子，这个饥饿是忘不了的。虽然我没有在农村待过，可是城市里的人也是吃不饱的。当时城市的每一家门口不断地有从乡下跑来要饭的，一个进来走了过一会又一个进来走了，能够跑出来要饭的人都是有一定勇气的，很多没有要饭的人饿死在乡村，这个事情我们都非常清楚。我是1965年主动申请上山下乡的，上山下乡时父亲不同意，我是从家里偷跑出来的。我也没有直接到农村，而是到生产建设兵团。在我的印象中，永远在饿肚子。在我们兵团，真正不饿肚子到70年代了，我们农场里面自己种的粮食够吃了，我们才不饿肚子了。可是这个时期，甘肃定西等地的人跑到我们兵团要饭的人还在继续。全国人民吃饱肚子是在土地承包的第二年，这一年开始大家就吃饱了。就是这些经历，包括

"文化大革命"不正常的年代的经历促使我的写作发生了转变。在中学时期我就喜欢文学,所以我对上山下乡抱着一种非常乐观的态度,我觉得自己将来能当作家,无论是在哪里劳动,无非是向高尔基的童年一样经历一段艰苦,然后我一定会走向写作的道路。在上山下乡之前我就有这样的思想准备。

张晓琴:您刚才提到您的家庭和父亲,家庭的文化背景有没有对您的创作产生什么影响?

杨显惠:基本没有,我基本不写个人的事情。

张晓琴:对,您确实很少写自己。饥饿体验本身是个人生活经验,而您把生活经验转变为生命经验,以"我手"写"他心"。

杨显惠:写自己无非就是自己偶尔去了哪一趟,知道了一些什么事,以自我的形式写一篇散文。

张晓琴:您的"命运三部曲"尤其是前两部,触及了当代历史上极度敏感的话题,这样的写作无疑需要巨大的勇气,您的勇气来自何处?

杨显惠:古话有一句,无欲则刚。

张晓琴:您的创作不得不让人想起阿多诺的那句话:"奥斯维辛之后,写诗是野蛮的,也是不可能的。"一些评论家把您称作"中国的索尔仁尼琴",古拉格和奥斯维辛确实是人类苦难史上的标记,《夹边沟记事》的创作是否受到《古拉格群岛》的影响?

杨显惠:肯定有影响,《古拉格群岛》《日瓦格医生》这些作品我都是反复读过的,在我的心目当中,中国的作家全体加起来,其重量也不如《古拉格群岛》作家的重量。

张晓琴:当代中国作家往往被指认出与外国作家的相似性,20世纪80年代中国的先锋小说作家往往被人称作"中国的博尔赫斯"、"中国的卡夫卡"，这样的判断往往是因其文学形式与外国作家的相似性，您与索尔仁尼琴的相似性是建立在怎样的基础之上的呢？或者说您本人是否愿意认可这种指认？

杨显惠：索尔仁尼琴敢于写一个民族的苦难，我觉得我也可以。至于写作的技术层面，我没有学习他的任何技巧。

张晓琴：您认为自己的创作与索尔仁尼琴的区别何在？

杨显惠：我是一粒沙子，索尔仁尼琴是一座大山，没有任何可比性。《古拉格群岛》不要说其内容，光是他的书的质量就是一大堆，很厚重，我只是写了那么一个薄薄的小册子。

张晓琴：索尔仁尼琴当然只是您精神资源中的一个，在他之外还有哪些作家、哲学家构成了您的精神资源？

杨显惠：我哲学著作读得很少。对我影响最大的作家实际上是肖洛霍夫，可是我的作品当中又没有肖洛霍夫的味道。俄罗斯文学对我的影响很深，俄罗斯文学厚重，场景宏大，作家对生活的热爱也是力透纸背的。高尔基是苏联时期的著名作家，实际上他在十月革命之前已经成名。他的作品不能完全归在第一个阶段——苏联文学阶段，他早期的作品是属于俄罗斯文学的。他的三部曲是经典，后期的高尔基已经贵族化了，成了斯大林的座上宾。

张晓琴：当代文学史上书写民族苦难的作品并不罕见，比如张贤亮、余华、严歌苓作品中的苦难就让人非常难忘，您认为您对苦难的雕刻和其他作家有何异同？

杨显惠：我认为张贤亮对中国文学有很大的贡献，他除了描述自己经历的生活和那个时代的苦难之外，文笔也非常漂亮，他是很有才气的一个人，我很钦佩他。严歌苓也一样，她有几本书写的很好。我们都在写同一个时代的事情，我们各自用自己的办法写，没有互相借鉴。我在写一个东西时，拒绝读同一题材的东西，我读张贤亮时，我才刚开始写作，张贤亮是我的老师。我读严歌苓的作品是在见到她本人之前，可是等到我去写这些东西时，我是不读他们的。

张晓琴：您雕刻苦难的终极意义是什么？

杨显惠：我希望整个社会都来反思我们历史当中的一些错误，我希望今后不再有这种事情出现。如果我们今天不把过去的事情进行反思，进行批评，那么我们将来可能还会走回头路。

二 如何面对采访与写作的伦理

张晓琴：您的"命运三部曲"中有些人的名字与现实中的一样，这确实给人一种非常"真实"的感觉，但是这种"真实"的人物和事件中往往会有一些与普遍的道德伦理相左的事情，比如发生在夹边沟右派身上的事情，从情感上来说是完全可以理解的，也是值得人同情的，但是从道德伦理上来说则是不合理的。我们当然明白道德伦理的标尺不能用来衡量文学作品，但是您在采访和创作时如何面对和把握二者之间的关系？

杨显惠：有些作品中的人物名字和现实中是一样的，但绝大多数都换掉了。文学写作是要突破一切框架的，当你写这个故事的时候就是衡量的标准，你怎么衡量，你就怎么来写这个东西，你不要管那些道德伦理的东西，你要按那些来写的话，什么真实就都出不来了，写不真实了。作家创作实际上是在表达对世界的看法，而不是固有的传统的看法。你必须与别人不同，所谓的与别人不同，不是你故意做作的，而是你的心灵就是这样。你要心灵非常自由，你如果心灵没有自由，你创作就没有意义。

张晓琴：情感与道德矛盾的典型例子是《李祥年的爱情故事》，李祥年与俞淑敏的爱情悲剧及其后的艰难"团圆"非常打动人，但是从道德方面来看很难让普通人接受。我有一个疑虑，就是您的采访对象，您作品中的人物原型是否乐意您把他们的故事写出来，写出来后会不会对他们的生活产生负面影响？

杨显惠：咱们就谈这个李祥年，李祥年是真名，没有用化名，他自己跟我说，你一定要用我的真名。但是其中很多东西我都改变了，尽管我写的是他的生活，但在里面必须做很多改变，这就是虚构。比如说，李祥年的女朋友不是在石家庄，在另外一个地区，可是我把她写在石家庄了，我不能把他们的秘密暴露出去。

张晓琴：作品发表出版后会不会对李祥年本人产生负面影响？

杨显惠：没有。李祥年自己要求用他的真名。被采访者本人不说用真名的时候，我绝对不用他的真名。

张晓琴：您在采访中有没有遭遇过拒绝？

杨显惠：当然遇到过。比如说当年在夹边沟待过的有很多人还活着，我知道的是夹边沟有三千余人，活着出来的五百余人，在我开始做这个工作的时候，活着的还有一二百人，在我和他们接触的时候，有些人就坦坦荡荡讲述，有些人则不愿意，或者说干脆不见我。我在农场的时候认识一个知青，他后来调到武威当图书馆的副馆长。他看到兰州的《都市天地报》转载《上海文学》发表的《夹边沟记事》的时候，就对我说："你不是调查夹边沟的事情吗，我的几个朋友是夹边沟待过的，你到武威来，我给你引荐他们。"我就从兰州坐车到武威，到朋友家，朋友去叫人，结果一个人都没有叫来。遭遇拒绝是经常发生的事情，也有的人见了却不愿谈，采访十个人，能够成功采访三个人就是最高的比例。

张晓琴：在您的采访过程中，最让您难忘的经历是什么？

杨老师：我最难忘的是为《定西孤儿院》做采访的时候，通渭县有一个妇女谈到她们家人饿死的过程，我忍不住了，说暂停暂停，咱们不要说了，我休息一下。我跑到外面站到院子里头哭去了。

张晓琴：您作品中对人性最残忍的书写就是"人相食"，也就是"吃人"，当然，这里的"吃人"与鲁迅所说的"吃人"还是有区别的，您作品中的人是在极端的饥饿状态下"吃人"，其中最残忍的给人印象最深刻的是母亲吃自己的孩子，这样的历史实在是让人不忍直视，您是如何面对这样一种极限的采访的？

杨显惠：我觉得我好像是专门为此而去的，所以我能够面对。

张晓琴：我想问一个更深入的问题，张纯如得忧郁症和结束自己的生命都与她调查南京大屠杀有关，书写人性失衡残忍血腥的历史的过程也是一个考验写作者内心是否强大的过程，您的著作，尤其是前两部，面对的是人性变形的历史，在极端的饥饿和政治磨难中，人往往失去了常性，显现出残忍、血腥、恶劣的一面，您采访并且把这样的历史和人性写出来时是否有强烈的愤怒和悲痛，这样的情绪时间久了对您本人的生活和心理有没有影响？

杨显惠：张纯如的东西我没读过，她精神出问题那是她自己太脆弱了。

张晓琴：您的采访与写作对您本人的生活和心理有没有影响？

杨显惠：写作是一个悲喜交加的过程。喜是我觉得我挖掘到了很深的东西，悲则是我们经历过的这种历史确实令人发指，你看到我写的不动声色，这其实是我的一种追求，我写作的过程就是一天到晚哭鼻子抹眼泪的过程。有时候我在我的书房里，我夫人在外面客厅里都听见我在哭呢。

张晓琴：您的部分采访对象是旁观者，他者，但是更多的采访对象是苦难的亲历者，对于大多数人来说，重述一次自己的苦难史是需要勇气的，同时也是灵魂的又一次考验，您在采访中有没有关怀安抚他们的灵魂？

杨显惠：能把自己的苦难讲出来的人都是很坚强的，这个时候去安慰他，我觉得是不合时宜的。

张晓琴：甘南有许多地方仍然保存了比较原始的文化和民间意识形态，但是一旦遭遇现代法律就立刻产生矛盾，显现出无力与脆弱。《甘南纪事》里还有一些读来令人心生难过的事情，比如不合恒常的道德标准的事情，当事人似乎也很无奈，但是只能接受，您在写作时是如何看待这些矛盾的？

杨显惠：有关这一点还可以写得更加深入，虽然我一直在考察甘南，但还是带着外来者的东西，我还在继续考察，还想更深入。

三　如何抵达真实及新的走向

张晓琴：您的创作被看作是跨文体创作，是什么促使您选择了这样一种文体？

杨显惠：选择这种文体，首先是因为我好多年都在写小说，尽管我写的很多都是真人真事，可是我把它写成小说的形式。小说是文学表达里边一种很好的方式，可以进行一定的虚构，某些东西我可以删掉，某些东西我可以加强，有些东西不够时我可以从别的地方拿来补充一点，我很喜欢小说写作。

张晓琴：您的作品虽然被看作非虚构的代表，但以我的阅读经验，您的作品恰恰是充满了虚构色彩的，文体和叙述方式的选择上都极为考究,"命运三部曲"中叙述视角各有不同,语言也各有千秋,您认为自己的创作到底是虚构还是非虚构?

杨显惠:我很感谢你说这样的话,有些人在读我作品的时候觉得是真实的素材打动了他们,实际上,我在写作时非常重视结构和语言。

张晓琴:您认为文学创作的本质是虚构还是非虚构?

杨显惠:这个问题是一个不好回答的问题,因为我写的很多是真事真人,只有局部的补充或者减弱,可是整体上来说,还是以真实为主的作品。

张晓琴:从这一点上说,文学究其本质而言意义何在?

杨显惠:文学的意义就是抵达真实。

张晓琴:事实上我一直也很关注这个问题,去年还写过一篇文章就叫《抵达真实之路》。我认为文学的本质是虚构。但是无论是虚构还是非虚构,最终目的就是抵达人类内心的真实。

杨显惠:即使虚构也必须写出一种真实的本质出来,文学的本质就是,你用写实的办法写出来,或者用虚幻的办法写出来,你终归要抵达真实。

张晓琴:"命运三部曲"的书名第一部用"记事",后两部用"纪事",您有什么特别的用意吗?

杨显惠:《夹边沟记事》特别讲究真实,我记的是真事,所以用言字旁的记。

张晓琴:记言立史。

杨显惠:到写作后两部书的时候,我就更讲究艺术,虚构的成分就有了。比较宽泛一些,不特别强调事件的真实性。这个时候,我就不用言字旁了,而是用绞丝旁。小说也可以叫做纪事,比如孙犁的《白洋淀纪事》。苏联一个大评论家办的杂志叫《祖国纪事》，里面有许多虚构的东西。

张晓琴：我觉得您的作品，好像表面看起来很纪实，实际上结构、叙述、语言都特别考究。我看到一个有趣的细节，您在《甘南纪事》一书提到最早去扎尕那是在《一条牛鼻绳》中，这篇开头中写您的经历是真的吗？还是虚构的呢？您把这篇放在了第三篇，而书中第一篇却写恩贝，第二篇写白玛，两个惊心动魄的复仇的故事，我相信这样的安排是有用意的，用意何在呢？

杨显惠：《一条牛鼻绳》的开头肯定是虚构的。至于排序方面倒没有特别动脑子，我认为第一篇的内容一下子要给人一种冲击力，当别人拿到一本书，一般都是从前边看起，第一篇就要把读者抓住，让读者一晚上把这本书读完，就是这样。

张晓琴：您的作品叙述视角都很丰富，《甘南纪事》尤其如此，里面有第一人称叙述（作者"我"），有第三人称叙述（比如《恩贝》《白玛》中的讲述者达让），也有全知全能的叙述，各种叙述视角共同运用，又在随时转换，您在创作时是怎么考虑设置它们的呢？

杨显惠：两种原因，一是你不能给读者一种审美的疲劳，要不断变化；二是怎样才能讲好故事的考虑。同样的故事，哪种办法讲出来效果好就用哪种。

张晓琴：您的创作真正实践了文学的田野精神，完全不书斋化，在考察甘南之后，您的下一个考察目标是哪里呢？

杨显惠：下一个？（笑）我已经七十岁了，不会再开辟下一个战场。

张晓琴：您肯定还有许多采访的资料没有写出来，比如右派们平反后的人生，他们的未来；比如定西孤儿院中人物的更丰富的人生；比如甘南更多的人和事，您下一部要写的作品是什么呢？

杨显惠：今后的几年我准备先写完《甘南纪事》的续篇，再写上二十万字。素材都已经有了，需要再沉淀一下，明年开始动手写。我想真正进入藏族人的生活并且把它写下来。要深入。

张晓琴：《甘南纪事》里侧重藏民族在大的文化转型时代的文明隐痛，您在续篇中的侧重点会在哪个方面呢？

杨显惠：我会写的更深入。我举一个细节：我第一次去扎尕那是2006年，当时那里没有一个汉人。

张晓琴：我第一次去扎尕那是2007年，当时甘南的朋友还指着一个村庄说，杨显惠先生最近一直住在那里。那时确实没有见到汉人。

杨显惠：可是今天扎尕那已经成了甘南的第一景点，游客量已经超过了拉卜楞寺。

张晓琴：游客们看到的只是大概，很难深入细部。

杨显惠：扎尕那有这样的小细节，《小妹的婚事》中的更堆群佩家里现在搞农家乐了。我对他说，让你爸爸洗洗澡。有些游客不在他家住的原因是更堆群佩的爸爸身上有味道。更堆群佩说让我劝，我也劝不了。年纪大一些的藏族人认为身上的垢甲越厚越好，这样人才活的长久。更堆群佩的爸爸老万考认为让他洗澡就是受罪。

张晓琴：这与《礼物》中他们家阿婆的保暖内裤的故事异曲同工。

杨显惠：我要写一篇关于这个老万考的故事。我第一次去扎尕那时住在他家，以后我每次去扎尕那至少要在他家住一晚上，我要不住，他就不高兴。他见我就说，你有新朋友啦，老朋友就忘掉啦！所以我到别人家住了以后呢，别人家房子即便空着，我也要跑到他家住一晚上。

张晓琴：您在他心中是重要的朋友。这种思维方式是典型的民间意识形态的表现，但这在现代文明进程中就变得脆弱，很容易受到伤害，《甘南纪事》中的甘南人正在经受文化隐痛。是否可以说您的创作在此发生了转变：由雕刻民族苦难转向揭示文化隐痛？而这一命题正是当下有良知的中国作家努力的方向。

杨显惠：可以如此理解。

张晓琴：杨老师，再次感谢您！期待您的《甘南纪事》续篇！

穿透时间的方式

——彭金山其诗其人

他是一个苦行的诗人。驻足于时间之岸的那一刻，他看到水去云回之恨，悟出历史轮回之理，心中激荡燃烧，然而，他将那些火苗强行压下，并且让其归于低落沉静，浓缩成一个能量的佳种，落入尘泥，然后不紧不慢地发芽，最后开出语言的杂花，结出秋光中低头沉思的果实——一个浮躁时代的清火良药。

这不是说彭金山的诗没有激情，没有自我，而是说他的诗中的自我已经被吸纳被静化，恰若顾随语："文人是自我中心，由自我中心至自我扩大至自我消灭，这就是美，这就是诗。"从20世纪80年代至今，彭金山先是以诗人的形象登上文坛，后又涉足诗歌理论与批评、民俗学研究，但他在每一个领域都走得很从容，履印深刻而清晰。

无论如何，彭金山首先是一位诗人。他的诗歌中贯穿了一种以个体生命为基石的时间观念，这在早期作品中就已经呈现出来。面对二百余万年前的黄河古象化石，他洞穿了时间的亘古与生命的短暂。"我的羽毛已十分疲惫／每一片都挂着三十个月亮／明天啊"、"在波光与干渴之间／矗起历史的双峰坐标"（《象背上的童话》）。《渡》显然是这种思考的果子："每天　你必须去趟一条河／这河水和昨天一样冰凉或温煦／待你感到不能再下水的时候／彼岸就向你漂来"。羊皮筏子也是"从历史摇来的"，"轻轻叙说着过去"（《夜，在桥头》）。这种迷蒙的时间观念逐渐演变成清晰的生命意识，彭金山把自己的生命注入一切入诗的"物",于是,内心的探索与外物的呈现融为一体,"心"成为"物"。早期《沉重》《如果你进山》《有根的石头和无根的山》之独特就在这里。近期诗作《故乡的石头》有了一定升华。诗人对阻滞文明的某些东西的矛盾情感尽在石头的意象上,令人心惊的是,"看风景的人不会知道/这些石头深刻的孤独"。

彭金山的诗中也有存在之思。《草原初识》《等等我》《夜晚,你走过玫瑰花丛》是一些较为直白的诗篇,《短暂的客人》却是出人意料的,"父亲 永远生动的只能是那些麦子/主宰土地的也只能是那些麦子/麦子以不变的面孔迎来送往/我们都是它短暂的客人"。写作这首诗时,海子的诗尚未蔓延到西北,彭金山以少有的敏感看到了麦子、土地与人的特殊关联。麦子的意象在这首诗中所指甚丰。这似乎是受了唐祈等九叶诗人的影响,当然,更深处则是冯至的影子,就生命来说,它们存在的本质是相通的。"物"可化成我们的生命,而我们也可化为"物"的生命。在这种思考的背景下,就有了"物"在诗中的复活与重生。"回望来路/你和山都感到轻松/你们虽然无语/心已淙淙/流得很远"(《如果你进山》),岂不就是"相看两不厌,惟有敬亭山"。甚至,诗人羡慕了神性降临处的木片,眼见它们"躺在佛光里晒暖"、"自在","永远坐在日子的头顶/聆听"(《聆听》)。

彭金山与诗歌结缘的地理位置特殊。20世纪70年代初,一个中原青年随着命运之神抵达西部,西部的广袤雄浑震撼着他的心灵,"岁月在这里把我耕种成一个写诗的人"(《望中原》)。1978年,他参加高考,以灵台县文科状元的身份考取西北师范大学中文系。在学校幸遇九叶诗人唐祈、孙克恒等先生为师。1980年创建学校青年诗歌学会,并创办《我们》杂志。此后以诗为旗,师道相传。一方面,他的诗中有浓烈的西部高原气息,《烽火台》《春到高原》《崆峒山道》《夜访黄河母亲》《九寨沟拾零》等篇目盖是如此;一方面,他于陇原恩泽桃李。大学毕业后彭金山一直工作在大学,经常和学生们在一起谈诗写诗,待学生如子侄，许多曾经焦躁的文学青年在他安静如水的指引中成长。他的学生中走出过不少诗人作家，以至于有学生把他当作成长路上的"精神父亲"，对此，他深感不安。

　　作为学者的彭金山更为沉潜，在诗歌研究与批评和民俗学领域都独树一帜。前者的代表性成果是《中国新诗艺术论》，继承了中国传统诗学的精要之论，通过自己的创作之得与诗学之思，对长期以来存在争议的、模糊的概念和范畴做出了新的阐释，且做到了整体性诗论与微观诗学的结合。其中关于给散文诗"归队"的学术观点也极为大胆，有探索价值。《陇东风俗》则是一部全面系统地研究陇东地区民俗的专著，"弥补了各地方志中记载过少过简的缺憾"（柯杨语），文化参考和研究价值很高。

　　理解任何一个人的精神世界都无比艰难，认识彭金山先生至今已经二十年了，期间结师生缘，又似忘年之交，但为先生写下有关诗歌的文字却是首次。我不知道这些有限的文字对于他来说是否有叙述的意义，我却坚信他的诗和他所做的一切一定会是新时期以来陇原诗歌不可或缺的一个部分。彭金山是静默的、宽阔的，更是素朴的，在品尝过众多的词语之后，素朴尤显其伟大。他必须远离喧嚣，以生命和存在穿透时间，因为他深知：

　　　　穿透时间的还是那些水
　　　　让历史抖动不已

从先锋批判到从容对话
——陈晓明访谈录

学术开端：孤军深入的出场

张晓琴：陈老师，您好！非常感谢您接受我的访谈。您在中国现当代文学研究领域是为数不多的兼文艺理论研究与中国当代文学研究于一身的学者，同时您有关德里达与解构主义、后现代主义的研究产生了极为广泛的学术影响。前段时间做您的学术年谱时，发现您进入学术领域较早，著述也非常丰厚，学术著作二十余部，中英文学术论文则有四百余篇，您敏锐的学术视角和强大的理论思维构成了当代文学研究不可或缺的一部分，孙绍振先生用"见证中国当代文学话语变革"来形容您的学术品格。今天的访谈可否先从您的学术道路开始呢？每一个学者的人生经验、学术积累、知识结构等都是影响学术品格的重要因素，您的学术兴趣的最早来源是什么？

陈晓明：我在福建出生成长，少时曾随父母下放到非常偏僻的山区，也有过上山下乡的知青经历。但我从小对理论有种天然的喜好，十一岁时读到父亲作为下放干部的政治读物《反杜林论》，那时根本看不懂，但端着那本书就觉得有一种欣慰。我读了第一页，什么也没有读懂，很长时间就是读那第一页。在缺乏教育的偏僻山区，阅读报纸也是我的最大收获。从十一岁多到十七岁去插队当知青我一直读《参考消息》,那上面的所有文章,我都从头读到尾。因为父亲是下放干部,能享受阅读《参考消息》的待遇,这构成我当时崇拜父亲的全部理由,这真的帮了我的忙。实际上,我的小学教育和中学教育都不完整,如果要论我的启蒙老师,《参考消息》的影响可能是最深远的。

张晓琴:在一些资料上看到您也是 1977 年参加高考的,并且作文成绩几近满分,能说一说当时的情况和您的学术生涯的开端吗?

陈晓明:1977 年教育部恢复了高等学校招生统一考试制度,但我当时正在乡下插队,由于家庭出身不好,不敢对高考抱有任何想法,觉得自己参加高考是一件不可思议的事情。当听说自己也有资格参加高考时离高考只剩一个月左右的时间了,我投入了全部的精力和热情准备高考,成绩确实很好。但由于家庭出身的原因,被某重点大学退回档案,最后被福建省南平师专中文系录取。虽然在中文系,但我花了更多的时间读哲学著作,这与我的兴趣有关。毕业后留校任教,当时最大的收获是在学校图书馆发现一套商务印书馆编的汉译学术名著,其中有黑格尔、康德、费希特、马克思、斯宾格勒、罗素等人的著作,这让我激动不已。

张晓琴:我看到您在《审美的激变》一书的《自序》中曾回忆过当时的情形,说您的感受就像后来武侠小说里说的,在山洞里捡到一本破旧的剑谱,当下就会想到,对着这剑谱练,就能成就一身功夫。

陈晓明:那时我读这套书,房间门上贴着一张纸条:闲谈请勿超过十分钟。其实当时有人要闲谈五分钟我就着急了。现在回想起来,觉得一方面是我个人的兴趣使然,另一方面则与当时的时代有关。这就是 20 世纪 80 年代,我们的阅读和知识追求。西学构成了我们的学术背景,哲学成为我们学术的基础。

张晓琴：您的阅读确实是一个很重要的学术准备，您后来的学术兴趣与这一时期的阅读必然有关。

陈晓明：其实当时的兴趣很广泛。也细读马克思的书，那个年代最热的马克思的《巴黎手稿》，我也反复研读，写了长篇论文《人是马克思主义美学的出发点》，参加1982年在哈尔滨举行的"全国马列文论年会"，并作大会发言，斗胆和曹俊峰先生论辩。1983年春天，我在《外国文学报导》杂志中读到结构主义、拆解主义等理论甚为兴奋，隐约意识到这是一种新兴的重要理论。

张晓琴：您什么时候正式开始您的学术生涯的呢？

陈晓明：1983年秋天，我进入福建师范大学中文系攻读硕士学位，师从李联明教授、孙绍振教授。我当时正处在文艺观念形成的初期，当时整个社会的文化氛围和我的反叛气质，形成了我善于怀疑和挑战的性格。两位导师对我影响很大，他们教我如何做人、做学问。李联明先生教我如何严谨治学，孙绍振先生教我如何有学术想象力。1984年我的学术生涯正式开始。那时有的是青春激情，更重要的是那个时代有着充沛的信念——思想的变革可以引领社会向着理想的方向行进。8月，我赴武汉参加全国第一次研究生聚会，会议的主题是"新技术革命与研究生培养"，我在会上做了题为《中国传统思维模式向何处去？》的发言。

张晓琴：听说这篇文章在《福建论坛》发表后被《新华文摘》全文转载，在当时引起轩然大波，讲学于大陆的杜维明将此文视作中国大陆最早"反传统"的观点进行过批判。

陈晓明：可以说是毁誉之声同时扑向我吧，但学界表现出更多的却是欣喜和希望。当时的想法是，中国面临一个科学技术革命的时代，首先要适应历史的发展，时代的需要。如果我们依然背着五千年古老文明的光荣而沉重的历史包袱，是难以跟上时代的步伐的。

1986年,我完成硕士学位论文《论艺术作品的内在决定性结构——情绪力结构》,这是国内最早试图融合结构主义、存在主义、现象学美学的长篇论文。

张晓琴:这在当时的中国学界可能过于前卫,有没有遇到阻力?

陈晓明:论文遭遇了朦胧诗最初的命运,大多数人说"读不懂"。当时甚至担心不能通过答辩。但孙绍振先生及时肯定,并在他的著作《论变异》中引用了我的论点。那时的福建师大没有文学理论硕士学位授予权,在孙绍振先生引荐下,我申请中国社会科学院研究生文艺学硕士学位。同年秋天重新组织答辩,答辩时一些委员又提出读不懂,但又都感到了论文的分量。只有答辩主席钱中文先生表示读得懂,并且很欣赏。我获得了中国社会科学院研究生院文学硕士学位,也遇到了真正的学术知音。

张晓琴:孟繁华曾用"出场后的孤军深入"来形容您,他说在批评界就其观念层面而言,您可以引为"同道"者寥寥无几,与一个阵容庞大的批评群体相比,您几乎是孤军奋战。

陈晓明:当时的我确实比较孤寂。能够接受我的硕士论文的人寥寥无几,因此,师友们的理解和鼓励,我迄今为止还铭心刻骨。1987年考入中国社会科学院攻读博士学位,师从钱中文先生。我的学术生涯开始了一个新阶段。在钱先生这代治文艺理论的人中,他无疑首屈一指。他自成一家又兼容并包。博士期间的大部分时光是在北图度过的,当时有些资料只能从英文著作中获得,于是,我养成了一种一边阅读英文著作,一边用汉语做笔记的习惯。读博期间,我曾经痴迷海德格尔的哲学思想,在其影响下,用三个月的时间完成了专著《本文的审美结构》。

中国社会科学院其时人才济济,各个专业的博士生都住在同一栋楼。那时的我率性,喜欢结交朋友。我的房间常常有朋友聚集,大家喝劣质白酒,通过语言流露真性情,每个人都处在失重的快乐之中。这时还结识了先锋作家余华、格非等人,与他们交流哲学、文学问题,相谈甚欢。

哲学思想与文学研究:无边的挑战

张晓琴:您是中国大陆最早系统研究德里达哲学思想的学者,有关德里达从对"在场"的批判建立起他的解构思想的判断是您研究的核心问题,也是您与国外论述德里达的解构思想、阐释解构主义相区别的独到之处。您第一次接触到德里达的理论是在什么时候?为什么选择《解构与一种小说叙事方法》这个课题作为您的博士学位论文呢?

陈晓明:1987年,我听时任中国作协书记处书记鲍昌的学术报告,他说国际哲学年会以德里达哲学为主题,邀请中国学者参加,但举国无人对德里达有较为专门的研究,中国学者缺席。这让我颇不服气,此后开始有意识地去查找阅读有关德里达与后结构主义的著作。但当我大量阅读了德里达的著作之后,就开始对其进行专门研究,我的博士学位论文就德里达的解构理论进行了系统性的考察和阐释。德里达的解构策略的根本目标在于消解"逻各斯中心主义"(Logocentrism)的"在场"(Presence),我在阐述德里达的解构思想的同时,把它运用到小说叙事方法的研究中,对中国当代先锋小说进行了叙事分析,探讨其叙事革命的意义和变革动向。这些年来,关于德里达的研究渐渐多了起来,也有不少优秀的青年学者做出可喜的成绩。

张晓琴:您研究和阐释德里达的立场总体是一种正面的倾向,您如何看待德里达在中国的争议和误解?

陈晓明:时至今日,德里达仍然是一位备受争议的大师,在国内如此,在国外一些领域也是如此,在欧美的正统学界,德里达被看作是一个文学批评家。多年来,德里达的思想一直没有被更大范围内的人们真正了解。人们对德里达的最深的误解是把解构历史和主体看成是他的思想的基本特征,他也因此备受怀疑和攻击,解构主义甚至因此被定义为反历史反主体的思想理论。我曾经不止一次撰文阐述,德里达明确声称,解构是一种肯定性的思维,他一直致力于反对虚无主义和怀疑主义。换句话说,德里达一直力图肯定和创建这个时代的思想。我们有必要对解构主义重新加以理解和阐释。"在场"、"延异"、"本源性的缺乏"、"补充"等概念是德里达思想中的重要概念,它们共同构成一套相互诠释的话语体系。在对德里达的思想的引介和运用上,人们最初总是从"破"的方面去理解,我本人也经历了这样的一个阶段。但是现在看来,其实他是在开启一种新的历史观和主体观,解构主义是后现代性思维的一个强大基石,它必然包含着我们这个时代思想的重要资源。就"解构主义过时"的问题,我曾问过米勒,米勒肯定地认为,解构主义没有过时,只是解构主义的思想已经化作一种更具有普遍意义的思想方法在当代学术研究,特别是文化研究中起作用。的确如此,看看当代理论和批评走过的历程,如果没有解构主义几乎不能设想这种历史还能发生。

与此同时,德里达是这个时代最为难懂的思想家,他的思想深奥复杂,怪异多变,解构主义历来拒绝被系统化和理论化。因而,试图从整体上以理论系统性的方案来解释德里达是困难的。尽管德里达的解构理论的一整套策略繁复多变,但其宗旨却是明确的,那就是颠覆"逻各斯中心主义"。在德里达看来,并没有终极的真理,那些绝对的存在、起源和中心,那些优先的等级,都是人为的设计。德里达的思想资源广阔,包括柏拉图、黑格尔、胡塞尔、马克思、弗洛伊德、尼采、海德格尔、列维-斯特劳斯、列维纳斯等等,他对法学、政治学、伦理学都有涉猎。比如德里达以独特的方式把文学与法律放置在一起来探讨,通过对卡夫卡《在法的前面》的读解,德里达试图去解开法是如何被文学叙述建构起来的。2004年德里达辞世后我写文章研究过德里达在中国的简要传播史、德里达的中国之行、德里达对于中国的学术意义与影响等问题。

张晓琴：我读过您《通过记忆和文本的幽灵存活——德里达与中国》这篇文章，它是我读到的研究德里达与中国的论文中最有深度的一篇。您认为德里达的去世，意味着法兰西最后一位大师的离去，也意味着思想界最后一位大师的离去。

陈晓明：斯人已去，但却通过记忆和文本的幽灵活在我们中间，纪念他的最好的方式就是真正理解他的思想的本真之处，并去除似是而非的混淆。

张晓琴：您将德里达的哲学思想运用到中国当代先锋小说的研究中确实堪称独步。我很想问您的问题是，是什么原因促使您在那个时期就能将德里达的解构主义思想在中国大陆阐释清晰并运用到小说叙事方法的研究中去呢？或者说，您早期的学术研究领域是文艺理论，为什么后来又转向了当代文学研究，并且为当代文学研究提供了不可或缺的学术成果？是不是真如某些先锋作家所说，您只是把先锋小说当作自己的理论的证明材料？对不起，陈老师，这样的问题是不是有点为难您？

陈晓明：我已经不是第一次遇到这样的问题了。在《审美的激变》的《自序》里我谈到这个问题。在读书时，我就对大学里的学科建制颇为不满，更对中文系学科划分之严密觉得奇怪。这就是何以我后来又做当代的原因。早年喜好哲学和理论时，觉得做当代文学或说文学评论实乃雕虫小技。后来做当代文学研究，一开始是抱着玩票的心态，但一做就收不了手，陷进去了。做起当代文学研究，我发现这是一个丰富生动的世界，仿佛原来的理论热爱不过是为今天做的准备，今天的功课又是当年的注脚。事实上我觉得把理论和当代混淆很有意思，有无责任、不被束缚的自由。

20世纪90年代初,余华对格非说:"格非,这家伙把我们作为他的理论的证明材料。"我确实从小偏爱理论,喜欢用理论来审视并且贯穿我对文学作品的阐释,但是我对文学永远保持着感觉,甚至曾经创作过大量的诗歌和散文,也用东尧子的笔名发表过一部分。我始终在努力寻找文学蕴含与理论的契合点。

张晓琴:您的第一部著作《无边的挑战——中国先锋文学的后现代性》是国内最早系统研究当代先锋小说的著作,您从理论的深度研究中国当代文学的后现代性问题,体现出您对文学理论和中国当代文学的基本观念和创新。这部著作是您理论与批评理想的完满实践,对无数的青年后学产生影响。当然,从您研究马原、余华、苏童、格非、孙甘露、莫言等作家的长文中同样可以看出您对当代文学尤其是先锋小说的深切关注与深入研究。先锋小说是中国当代文学史的一个重要组成部分,也是一个永恒的话题,以至于有人评价您对先锋小说的研究与这个文学潮流一起构成了这段文学史。

陈晓明:《无边的挑战》凝结着我最初的敏感和激动,那种无边的理论想象,那种献祭式的思想热情。我从存在主义、结构主义和后结构主义的理论森林走向文学的旷野,遭遇'先锋派',几乎是一拍即合。先锋小说是一次声势浩大的"无边的挑战",先锋派作家与我大体是同代人,我们具有相同的人生经验和知识背景,这使我更容易进入他们的精神世界与文本。时至今日,先锋派的短暂历史依然是值得谈论的历史,先锋派完成的艺术革命,是文化溃败时代的馈赠,也是最后的馈赠。先锋派创造的形式主义经验,已经构成当代中国文学不可忽视、不可分割的一部分。先锋小说叙事表面浓重的抒情意味,但在那些似是而非的抒情背后隐藏着颇为复杂的历史意蕴。先锋小说在叙事中表现出的抒情风格与其叙述手法、语言经验、叙事策略一样,构成先锋小说的本质特征。先锋小说通过"我"的视点、描写性组织、补充的情调来表达他们的语言本体崇拜,生活经验转化为特殊的句式,过剩的语言句式其实隐含了不可表达的情感。这些限定的、补充的或附加的成分经常构造错位的情境,给人以无望的感觉或产生强烈的反讽意味,正是在这一意义上,先锋小说的抒情风格更切近后现代性。

批评:走向从容启示的时代

张晓琴:从以上有关文艺理论与当代先锋文学的研究中,可以看出您"解构"和"建构"历史的意愿,您的学术成果理当成为中国当代文学研究中一份极有价值的参照,作为当代文学重要的批评家,您认为好的批评应当具备怎样的学术品质?

陈晓明:罗兰·巴特是我欣赏的批评家,他终其一生都痛恨权势、远离权势,作为一个自由的、依靠自己的话语力量生存的批评家,巴特始终保持着批评家应有的自尊。不用说,我欣赏这种自尊,并且以此作为我的批评基本品格。批评观很大程度上建立在文学观上。批评是一项智力活动,一种敏锐的艺术感觉与复杂的知识的融合。在批评知识的运用方面,我的过去和现在以及将来,都在破除狭隘的本土主义神话。批评必须锐利、自由。随心所欲的读解,令人信服的推论,横贯中西的思绪,无所畏惧的论断,这是我所欣赏的批评风格。罗兰·巴特把当时的文学时代称作"一个从容启示的时代",苏珊·桑格塔就此赞叹道:"能够说出这种语句的作家真是幸福呀!"我不敢指望我们能够生长在这样的文学时代,但我从内心希望,当代批评能够一步步走向"从容启示的时代"。

张晓琴:您认为当代文学批评主要的问题何在?

陈晓明:当下对当代文学批评的批判之声如缕不绝,我以为,批评的问题要限定在批评专业领域和专业水准上来讨论,许多指责并未搞清楚指责对象。文学批评是指对文学作品进行介绍、言说、解释、赏析的一种话语或文体。我们今天谈论的中国当下的文学批评可划分为两大部分:其一是专业化的或者说专业领域的文学批评,其二是职业化的或者说媒体行业的批评。当下文学批评的误区与困境如下:道德化的立场依然盛行、独断论的思维方式、批评标准的困难、艺术感觉的迟滞。重建批评的公信力至关重要,同时要具有阐释创新性作品的能力,需要具备这样的素质:高度的美学自觉、多元化的宽容性视野、知识更新与保持创新的巨大勇气、保持对文学始终不渝的热情、以批评期刊为阵地构建对话空间。如此方能开创新的文学批评道路。

张晓琴:今天的对话中有一个词语很重要,就是时代。王国维所谓"凡一代有一代之文学",究竟如何评价我们这个时代的文学曾经是一个当代文学研究的热点问题。尤其是在新中国成立六十年时,大批从事当代文学批评的学者曾就此发言,观点并不一致,加之有汉学家顾彬发表了轰动大陆的"垃圾论",一场论争就此爆发,您也是这场论争的重要参与者。您如何评价建国以来的当代文学呢?

陈晓明:2009年11月1日,我参加人民大学召开的"中国文学与当代汉学的互动——第二届世界汉学大会圆桌会议",做了题为"中国当代文学六十年:开创、转折、困境和拓路"的发言,提出在梳理和评价中国当代六十年的文学时,要有中国学者自己的立场和方法,后又发表论文《中国文学达到了前所未有的高度》,对顾彬的观点明确否定,指出唱衰中国当代文学一直存在,而事实上当代文学在新中国成立以来的六十年范围内达到了前所未有的高度,并肯定了当代汉语小说。这样的观点遭到一些学者的激烈批判,一场论争开始。我始终认为,新中国成立以来的中国当代文学——至少在小说这一方面,达到了过去未有的高度。今天的中国文学中有一部分作品是有相当强的艺术表现力或创新能力的。文学的历史并不是一个衰败的历史，今天的文学并不是"垃圾"二字可以概括，也不是像顾彬那样前四十年用"政治"来概括，后二十年用"市场化"来概括。在阐释当代文学的中国经验时，要阐释出中国现代性的异质性，开掘出中国的现代性的面向。在把中国的社会主义经验纳入西方的现代性、纳入世界现代性的范畴的同时，释放出中国社会主义文学的现代性的异质性意义。这样的异质性，不只是亦步亦趋地按照西方的现代性文学给出的标准，而是从有中国历史经验和汉语言的文学经验，以及文化传统的三边关系建构起来的异质性。20世纪80年代以后的中国文学，虽然包含着断裂、反叛与转折，但并不能完全归结为回归到世界现代性的体系中去，并不能简单理解为回到世界现代文学的语境中就了事。没有中国的文学经验，我们就无法在自己的大地上给中国文学立下它的纪念碑。

张晓琴：今天如何理解中国当代文学的现代性？

陈晓明："现代性"这个概念可以提供从整体上把握20世纪中国文学的理论框架，它使历史变异和承继关系显示出更为复杂的结构。我把中国当代文学放在世界现代性的历史进程中来理解，它是中国的激进现代性的一个组成部分。它无疑意味着一种新的不同于西方资产阶级现代性的文化的开创，它开启了另一种现代性，那是中国本土的激进革命的现代性。文学由此要充当现代性前进道路的引导者，为激进现代性文化创建提供感性形象和认知的世界观基础。因此，中国当代文学史叙述的理论线索就是从激进革命的现代性叙事，到这种激进性的消退，再到现代性的转型。

张晓琴：这是否可以作为理解《中国当代文学主潮》的基本理论支撑呢？

陈晓明：可以这样理解。文学的现代性并不仅仅体现在它所表达的一套社会理念方面，更重要的在于它的表达方式，它所显现出来的那种精神气质、态度和情感记忆方式。

张晓琴：常常听到这样的论调：这个时代文学已经死去，文学创作尚且边缘，何况文学批评？新世纪以来，您有著作《不死的纯文学》《向死而生的文学》《守望剩余的文学性》等，您如何看待文学的"生"与"死"？又如何守望剩余的文学性？

陈晓明：在一个多媒体时代，传统的文学形式必然受到冲击。二十年前，我就提出了"文学的幽灵化"的观点。文学对社会生活进行多方面的渗透，起到潜在的、隐蔽的支配作用，所有以符号化形式表现出来的事物都在某种程度上以某种方式被文学幽灵附身。我们要开始思考"大文学"和"泛文学"的概念，媒体一直在模仿文学，现实本身的符号化就使它的文学性含量变得异常丰富，更重要的是，文学性思维和语言文本可以被日常性行为简便地再生产（重复和模仿）——这可能是文学优于任何电子媒介的品质。文学系的精灵们正在视觉媒体的各个岗位上整装待发，它们是文学幽灵的永久守护神。

"向死而生"的概念来自德里达，也来自海德格尔，身处绝境，却向死而生。把这种概念用于文学，用于今天文学面临的困境，是一种比喻。当代中国文学（尤其是小说）所做的努力和探索是深刻的，在这样的时代似乎其努力是缺乏实际作用的行动，但没有这样的行动，文学何为？在所有文化面临将死之命运的后现代时代，文学的"向死而生"就是回到自己最纯粹的顽强的本位时刻，这样方能生存，方能拓路。

当下文学的叙事中看不到现代性的宏大叙事，只有历史碎片剩余下来，这是宏大的文学史的剩余物，是文学性的最小值，但只有最小值的文学性，才构成最真实的审美感觉。这就是现代性的剩余的文学品质。这在后历史时代的文学书写中，成为一种更为真实的文学品质。所以，今天我们不得不以"剩余的文学性"来定位，因为文学的历史发生了变化，历史中的文学发生了变化。宏大的历史叙事已经很难在当代小说中出现，小人物、小叙事、小感觉构成了小说的基调。"剩余"是历史和文学史给定的命运，更重要的是，它是历史的积淀，最后剩余的东西，是负隅顽抗的东西，它最有韧性，也最真实。这一切在后历史时代的文学书写中，成为一种更为真实的文学品质。"剩余的文学性"的意义可能并不小，水准与价值也许很高，"守望"或许徒劳无益，或许杞人忧天，但我们本来行走在文学的末路，除此之外，别无选择。

黑暗内部的闪电
——张清华的文学世界

  闪电。
  这是一种最令人震惊的事物，它成为宇宙间最有隐喻力量的一个存在。闪电是生命本身，闪电是命运本身，每一个人的一生，都如同闪电那样独一无二，每个人的生命经验都是一道永远不会重复别人的闪电。

——张清华：《闪电的隐喻》

  这是一个语言的世界。
  上帝亲手栽下的那棵语言之树一夜间开满繁复的杂花，它们一旦开放便以独立的生命继续；也许作者已经将它们淡忘，但我分明看见，它们一个个将花瓣变了翅膀，翩然起舞，在眩目灵光的照耀下，有的飘忽而去，不知踪影；有的坠落而下，成为暮秋斑驳中的叹息。
  这是一个时间的世界。
  永恒的时间之道上，黑暗的深渊与闪电的强光并陈。当第一束闪电在彻黑的天幕亮起，它发出的光让人几乎失明。然而，这一刻世界呈示出其本真面目，人类告别默声时代，所有的生命羽化为丈量时间的刻度。
  这是一个燃烧的世界。

生命的能量因艺术、因存在不由自主地燃烧，与艺术作品一道化为火焰，自然，也有火焰之余的灰烬。当一个灵魂与他所倾慕的诗人的灵魂遭遇时，他见证了转瞬即逝的歌声和烈火，也看到那些灵魂的从此永生。

二十余年来，他聚精会神于批评，同时又有大量的散文、杂文、学术随笔问世，与此同时，他还不时游走于诗歌世界，通过诗歌创作呈现人生经验。闪电的光芒、黑暗的深渊、天堂的哀歌、存在的境遇、真实的幻象、肯定的预见、水去云回的慨叹、永恒时间的思考……这就是张清华的文学世界，夺目、繁复、驳杂，间或些许的泥沙。

诗歌的印证：上帝的诗学

> 上帝有没有诗学？我以为是有的。它比任何个人所主张的都要简单得多，也坚定得多，因为它是不可动摇和改变的。这个诗学便是——生命与诗歌的统一。
>
> ——张清华：《上帝的诗学》

必须先从诗说起。这不仅因为张清华长期以来对诗歌的关注与批评，也是因为他自身对于诗歌创作的实践，最为重要的是，我以为，诗歌是促使他走上文学道路的根本原因。

20世纪80年代初期，鲁北一个偏僻小城的学校资料室里，一个为爱情和诗歌所累、或真或假有些忧郁症的年轻人，在乍暖还寒时候翻阅杂志，突然读到了一首诗，那是一声春雷，将他疲弱的精神震得东倒西歪，那更是一道闪电，将他的意识从蒙昧中击穿，唤醒……他迫不及待地站起身来，走到窗前，发出一声长啸。这个人或许是张清华，或许是那个时代诸多年轻人的缩影。但是，这样的年轻人在未来一直未曾远离诗歌的有几个呢？张清华是那时的年轻人中从未远离诗歌的少数,并且,我以为,他一直向诗歌的核心走去。

我看到一些文友在写张清华的文章中屡屡提及他那落拓不羁的外形和忧郁的诗人气质,包括他那飘拂的须发皆成了例证。作为诗人的张清华究竟在哪里?仅仅是一种浓郁的气质,抑或是一种强烈的感觉?事实上,作为批评家的张清华与作为诗人的张华清是不可分割的同一个人。每想到这些,不由慨叹造化之弄人,一个强烈渴望要成为诗人的人成了大家公认的批评家,而他自己也一再提到曾经的诗人梦与实际的批评家归宿的相左甚至失落。或许是因为他起了个大家不熟悉的笔名?或许是他不愿意让大家知道那些诗来自一个诗评家?就这一点,有学生曾经问过他,他笑而不答。然而,在我对张清华数十首抒情诗、组诗的有限阅读中,我惊讶地发现他其实是一个真正的诗人,诗是他抒情、叙事、思考的方式,是他存在的方式。

谈论一个诗评家的诗实在是班门弄斧,你会觉得自己是在冒险,忐忑不安。要提到张清华的诗,就必须提到他写于1990年代初的组诗《悲剧在春天的N个展开式》。这是一首彻底的诗,诸神离席并且死亡,惟有诗人静立于春天,于暗处,他出场时只能面对诸神死亡后的空旷,这是一场命定的悲剧:

> 他知道　他将是下一幕剧中
> 第一个出场的人物　与神祇的退场同时
> 神的戏剧　永远不是人所能够再现的
> 这就注定他必须　制造一些语言的骗局
> 以及假想的象征形式

春天的一切被涤荡一空,世界的大幕拉开,展开的是真正意义上的悲剧,悲剧的主人公是韶光、思想、轨迹、花朵、离者,以及生命。"韶光的毛皮。一旦与命运的果核/相剥离　等待它的就是永恒的虚空",尽管迎接它的是"轻盈　祥和　充满暖意"的虚妄之像。这显然是一种登临之感，中国古人在登临一个高地时往往想到天地之恒久、时空之无垠，以及生命之渺小，"前不见古人，后不见来者"、"人生代代无穷已，江月年年只相似"、"无边落木萧萧下，不尽长江滚滚来"、"绿窗明月在，青史古人空"、"人事有代谢，往来成古今"、"从来系日乏长绳，水去云回恨不胜"，道出的都是同样的思悟。《悲剧在春天的N个展开式》是当代的一首登临诗，只不过，张清华登临的是当代时间的一个点，他看到的是不知滑向何方的人群、水肿的思想、随流而去的花朵、不朽的别离，以及期待暴风雨之后脱下残雨第一个上场的诗人。这是诗人命定的悲剧。所以，读过之后，那些质问的声音仍在："思想——隐在灿烂的季节里／多年来　它被误会所包围／欢乐或者哭泣　谁能容得下思想？"这是神的一种结局，这是人的另一种开始。

组诗《90年代的叙事一种》发出的是沉痛的声音。诗人看到一座文明的废墟：泛滥的物欲、拜金的头脑、肮脏的交易。这组诗的与众不同之处是最后一节，"今夜，我，一只多疑的乌鸦，一个冒牌的／艺术家"也来到了时代的广场，诗人由一个旁观者变成一个参与者出场，他试图努力寻找自己的青春记忆，但是"我不过是无数恶人中的一个"，"我轻易地就和我的时代完成了一次合谋"。这是知识分子与时代保持距离的一种必要，也是知识分子自省的一种方式。

张清华的诗是时代的伤口，带着隐痛，上面有他自己撒上的盐粒，也有疯草籽。读他的诗，甚至会产生一种巨大的怀疑——这是他写的吗？当然，他也有淡然悠远的回望、忧伤华美的抒情。《预言》关乎爱情，它让人想起海子的《四姐妹》，却又深彻、纯洁，有绵长的悲伤伴之。在写童年的诗中，张清华的《童年》委实独特，"黑暗的内部传来了裂帛之声／当她掌起灯，狭长的影子在壁上晃动"。这首给外婆的诗第一句是撕开混沌之句，一个孩子、一个人从蒙昧中忽然发现了光。面对世界时的恐惧同时产生："有鬼闪进梦里，我抱紧／水母的影像，直到白花花的日头／把漆黑的老屋叫醒"。在大量书写故乡及相关记忆的诗歌中,张清华思考的是存在,《故乡秋雨中所见》《透过大地我听见祖父的耳语》《暮色里》《那时我走在故乡……》等均如此,它们是返乡之诗,也是存在之诗。综观他所有的诗歌,仍以沉思为其主要品质,《读词》《读梵高》《偶遇神灵》都具备这样的质地,《生命中的一场大雪》尤其如此,"它带着耀眼的光芒来到我的命里":

谁的命里没有一场大雪?
早上起来 推开重新开始的世界
一首诗从诞生地竖到生命的尽头——
最美 最深远和单纯的墓志铭

诗歌创作中的那些灵光和声音经常被运用于文学批评之中,这也是我们看到一个诗性的批评世界的重要原因。甚至于一些诗歌批评文章的题目就缘于张清华的诗句。譬如"黑暗的内部传来了裂帛之声"、"这几乎使我失明的光"……或许这就是他说"多年来,我醉心诗歌,多得其惠又深受其害"[①]的原因,或许他将更多的心血用在了批评上,或许一个人的精力是有限的,我们看到的张清华更大程度上是以批评家和大学教授的双重姿态出现的,从开始诗歌批评至今,他写下了上百万诗歌理论与个案研究的文字,在他出版的专著中,约有三分之一是诗学论著,譬如《内心的迷津》《猜测上帝的诗学》《穿越尘埃与冰雪》等,这些论著中,生命本体论诗学一以贯之。

张清华的诗评世界主要由三部分构成:诗歌艺术总论、诗歌思潮述评、重要诗人研究。

生命本体论的诗学观念贯穿张清华诗评世界始终,他秉承中国诗学"知人论世"的批评传统,并对关怀现实的人文关怀的倾向致敬。在他看来,真正伟大的诗人是用生命和全部人格实践来完成写作的。

[①] 张清华:《内心的迷津》,山东文艺出版社,2002年,第394页。

"一个不朽的诗人,他的人生与他的写作永远是一体和'互为印证'的,这就是上帝那不可动摇的生命诗学和人本诗学。"[1] 他把诗人分成四个级别:伟大诗人、杰出或重要的诗人、优秀诗人、通常的诗人。伟大的诗人是"居住在世界中心的诗人",这是一个艺术哲学的问题:伟大诗人是不能模仿的,因为模仿也没有用,这是"一次性的生存"和"一次性的写作",而一次性是不能复制的。换句话说,诗歌的最高形式接近于老子所说的"道"。[2] 张清华常常将中西淡然整合,比如对存在主义哲学与中国古代哲学思想的融会,《中国山水诗的存在哲学》一篇长文是典例,文中既有对中国古代山水诗与存在主义的相通之处的解析,又道出了二者的不同。

《在苍穹下沿着荷尔德林的足迹》[3] 是张清华有关诗歌与哲学思考的代表性文字,这篇文章更像是一篇优美的随笔。荷尔德林是一位典型的死后才真正诞生(尼采语)的作家,他的足迹就是在路上的足迹,"'在路上',不但是生存的状态,也是本质;是思想的过程,也是思想本身","一个诗人的必然命运,还有他和其他一切人相比最大的区别也许就是,他是最容易受到误解的人——甚至包括了他自己的同类;他所得到的承认,永远是最晚的"。由此,张清华思考到西方诗人与东方诗人生命处境在本质上的相差。"许多条相似的小道,也曾在那遥远的东方土地上留存",它们"会长留在文字与诗歌里,留在东方人的哲学和心灵里","我们的诗哲就是隐身在这与天地浑然的世界之中了"。这显然是有关诗歌、哲学、艺术的一种形而上的思考。

就诗歌思潮和国内诗歌状况的总体观察和述评而言,张清华是颇费了心血的。从世纪之交起,他每年进行诗歌年选的编纂工作,并对

---

[1] 张清华:《隐秘的狂欢》,山东友谊出版社,2006年,第9页。
[2] 张清华:《猜测上帝的诗学》,北京大学出版社,2010年,第7—8页。
[3] 同上书,第38—54页。

当代诗歌的民间版图进行了细致的调查，这使得他能对此有一个全景式的了解和研究。从《好日子就要来了么》到 2012 年的诗歌观察笔记，自然地构成了一份中国新世纪诗歌的精神笔录。

对经典诗人的细读与透析是张清华诗评世界的一个亮点，食指、舒婷、哑默、林莽、梁小斌、海子、骆一禾、翟永明、欧阳江河等诗人诗作的细读式研究已经成为当代诗歌研究的经典文字。在这些诗评中，最引人注意的是食指论和海子论等篇章。有关食指的批评本文会在"精神分析"一节中述及，此处暂不赘述。海子论几乎是张清华诗歌批评的一个重要起点，就像荷尔德林之于海德格尔，海子之于张清华就是完全体现生命本体论的诗人。他从海子本人的观念、创作及生命实践所构成的完整独特的意义、海子对当代诗歌构成的深远影响等维度论述海子。"海子的诗歌观念同他的生命观念是一体的"，"海子的诗歌毫无疑问地已成为不朽的诗篇"，"它们不是作为阅读而存在，而是作为存在而存在"（《在幻象和流放中创造了伟大的诗歌——论海子》）。

一个优秀的批评家必须勇于作出判断，尤其是对于同时代的作家作品。我想说的是，张清华的批评目光不单投向那些已经成名或者已经被认可的诗人诗作，他更乐于发现那些写出了好的诗歌却尚未引起足够重视的诗人，这样的例子很多，像寒烟、郑小琼等都是他极为关注的诗人。我想，他在这些诗人的作品中看到了诗歌特有的光芒，想到了曾经被诗歌的闪电击中的那一刻，虽然他也看到了他们中部分人的粗糙与不完美。正如他读寒烟诗歌时看到"这几乎使我失明的光"，他深知，"谈论同时代的诗人是困难的，尤其是当我可能面对了一个极其重要的诗人的时候"。但他断言，"这有可能会是关于我们这个时代的诗歌一个不可或缺的段落。我自信这个预感将会得到证实，时间不会将她埋没，那时人们会重新记起这一切，给她以应有的位置和荣誉，并使之成为这个扁乏的时代、这个旷野般的城市的一个被广为叙述的传奇。"① 这因闪电的光芒而被张清华发现的诗人有福了。

"在一切文学研究中,唯有诗歌是最核心和艰深的。"② 从诗歌的创作和批评进入文学世界,就是穿过一道窄门,走向一个天宽地阔的世界。

批评的骨骼:隐秘的狂欢

这是一场隐秘的狂欢。

他驻足观望,心中充满了莫名的激动和癫狂。显然,死亡的激情在这里以正反两方面的方式显现出来,人的恶俗和善良,冷酷和慈悲的两面性显露无遗。生者借此接近一种奇异的体验,并假借悲伤来凸显其"存在"的欢乐。

——张清华:《一个人路经死亡》

出版于2006年的文集《隐秘的狂欢》,可以看作是张清华批评世界的骨骼,他以自己独特的态度与标准面对这个世界,也以此面对所有艺术作品。《隐秘的狂欢》看上去不像是一部标准的学术著作,全书分为六辑,每一辑收录的都是一组类似于随笔的单篇文章,貌似互无关联,实则构成了一个整体的哲学观和文学观世界。细观之,《隐秘的狂欢》几乎蕴含了张清华批评的所有准绳。

语言。这是必须解决的要务之一,文学是语言的世界,一个人的语言观决定他的文学观。《隐秘的狂欢》开篇直面语言,在这里,语言是闪电。"每一句话,每一个词语所揭示的存在本身都是一次闪电,它不会是对此前任何一次言说的重复。换言之,每一次言说本身都具有一次性。"价值的一次性是价值的本质。世界的光芒来自闪电,来自语

---

① 张清华:《猜测上帝的诗学》,第170—171页。
② 同上书,第266页。

言,宇宙有了光,有了名字,存在开始与生命相遇,并被生命意识到。一个原始人在黑暗的苍穹下抬头看见闪电时,"什么东西被击穿,也被唤醒。语言可能是在那时诞生的,因为不说出,他别无选择,他'啊'了一声,说出了这个词:闪——电!呵!我的天,这就是闪电——这使人几乎要失明的光。仿佛什么被撕开,世界、意识、语言同时被撕开"(《闪电的隐喻》)。诗、言、思的关联在《闪电的隐喻》一文中以随意自由的方式被言说。《对黑暗的恐惧》则更进一步探讨了语言与存在的问题。"没有光的地方,就有了遮蔽的黑暗。没有语言的地方,就有了存在的黑暗。"语言是存在的家园。在一种存在主义哲学观的影响下,张清华将笔触转向汉语的光辉。"汉语具有任何语言所不具有的独特的经验与魅力",语言在中国古代,是何等清澈的溪流。老子、庄子、孔子等,从字数上看并不丰厚,但却构成了博大学说和玄妙的思想。"语言和情怀永远是同在的"(《重识汉语的光辉》)。他甚至通过对《道德经》的深度解析提出"解构主义"的鼻祖在中国,他认为"解构主义"作为一种语言与文本层面的智慧活动是古已有之的,甚至作为一种哲学思想也是很古老的。《道德经》同西方哲学家海德格尔所说的"语言是存在之家"的说法也颇为契合。但老子对语言也是不信任的,这与德里达对"关于存在的形而上学"的拆除与颠覆的思想,也有着微妙的不谋而合(《"解构主义"的鼻祖在中国》)。这是一种对于中国经验精神层面的挖掘。由以上论述尽可以看到他那篇深为同行认可的海子论的批评基石何在,就是对于语言、存在三者之间奥妙的一种领悟。

时间。时间是张清华批评世界的脊骨。《抵抗时间的记忆》《时间·生命·政治》《时间的政治、哲学和美学》《西方文学中的时间模型》《千年之夕》等篇章共同支起一个时间的哲学观与文学观。时间之所以有了"刻度",固然有日月星辰的变化节奏在作参照,可究其根本,还是因为人类的生命对它的"丈量"。因此,时间就成了生命的基点和根本,世间的一切价值都与此有关。"时间成了人类一切认识的起点"(《时间·生命·政治》)。在此基础上,他阐明了"局部的时间"和"整体的时间"之概念,而就当代文学而言,他找到了当代中国小说的红色叙事的时间断裂性质,时间的概念完全的政治化。这种叙事直到 80 年代中期以后才慢慢改变,小说和文学中的时间才又回到了古老的逻辑,回到了古人那种永恒的时间观,这样,"时间的美学"也再次找到了它的古老的源流与根系。有关《青春之歌》与《长恨歌》的对照就是局部时间与整体时间的对照,《长恨歌》证明了一个种族的文化的持续影响的再次显形。

海德格尔的《存在与时间》中,"存在"就是时间,不是别的东西:"时间"被称为存在之真理的第一个名字,而这个真理乃是存在的呈现,因此也是存在本身……①张清华的时间观念是基于存在主义哲学的,但他并没有一味倒向西方,而是从中国古代的文学作品中寻找例证。在他眼里,陈子昂就是一个存在主义者,海德格尔说的"时间将来"和"时间过去"以及"时间现在"(即"此在")三者,在这里发生了必然和紧张的哲学关系,生命那巨大的困境,悲剧存在的全部尖锐性,都由此显露出来。一首诗所生发出来的意义,要远大于巨幅的哲学论著。这就理解了他对《登幽州台歌》和《春江花月夜》《红楼梦》等经典情有独钟的原因。

时间本身就是历史,是生命,是哲学,张清华的时间观就是他的历史观、生命观与哲学观。

死亡。死亡与时间紧密相关。"死亡是一种神秘的激情","人类对死亡的感觉和恐惧,构成了人类精神活动的核心"。任何一个此在者都无法回避死亡的问题与意义,加缪、海德格尔等人就死亡写下了大量的文字。在张清华这里,死亡的哲学意义重大,他仍然援引中国古代

---

① [德]海德格尔:《海德格尔语要》,上海远东出版社,2011 年,第 17 页。

的文学成就来证明自己的观点。人生没有不散的筵席,花盛之时便是衰败之时,汉语诗人总会看到生命的无常和提前到来的死亡,"只有中国人才真正懂得生命的本质,像林黛玉在春天到来的时候看见的是大片大片盛开的死亡那样,她才是一个真正的哲人"(《谁的生命经验最细腻》)。诚如海德格尔在《存在与时间》第四十七节"他人死亡的可经验性与把握某种整体此在的可能性"中所言,"此在在死亡中达到整全同时就是丧失了此之在","在他人死去之际可以经验到一种引人注目的存在现象,这种现象可被规定为一个存在者从此在的(或生命的)存在方式转变为不再此在。此在这种存在者的终结就是现成事物这种存在者的端始"。①张清华的《一个人路经死亡》显然是体味了他人死亡的可经验性,并由此把握了某种整体此在的可能性。"这是一场彻底的净化,对于死者来说,一了百了。对于你,将是一次短暂的洗礼,一次警示和精神的提升,一次面对存在命题的机遇。"这是对死亡的主动接近,是一种至为复杂的经验。

　　加缪在《西西弗的神话》中说:"真正严肃的问题只有一个:自杀。"②就存在主义的观念看,所有的存在都是向死而生。张清华借尼采之语表达了他对"自由而主动的死"的态度。"自由而主动的死"是文学领域有可能构成一次性伟大作品的重要因素。

　　叙事。与时间、历史等问题的思考相一致,对叙事的理解包含着历史哲学思考,《隐秘的狂欢》第五辑《谈主义》中的文章大都致力于解决这一问题。

　　就其根本而言,叙事是靠不住的,新历史主义理论家海登·怀特有关历史—存在、历史—文本的思想是一个有力的证明,在张清华看来,

---

① [德]海德格尔:《存在与时间》,生活·读书·新知三联书店,2006年,第273—276页。
② [法]阿尔贝·加缪:《荒谬和自杀》,《西西弗的神话》,生活·读书·新知三联书店,1987年,第2页。

历史上到底发生了什么是重要的,而欲望驱动着历史,生命本身也是一场叙事,一场悲剧性的叙事。他以人类学反对伦理学,这是他论中国本土的新历史主义的理论基石。在他看来,对于"那个个人"的尊重是文学不该遗忘和忽略的部分,这也是张清华之所以肯定"新历史主义"叙事原则的原因,"它们体现了历史领域中最大可能的生命关怀与人文倾向"(《尊重"那个个人"》)。

疯癫。或曰精神分裂。伟大的艺术创造源自内心的魔鬼。这是解读大量文学作品的精神分析法的资源。张清华不止一次举出雅斯贝斯的观点:寻常人只能看见世界的实利和表象,而只有精神分裂症者才能看见世界的本源,伟大艺术家认真按照独立意志做出的表现,就是一种类似于分裂症的作品。在梵高和荷尔德林那里,主观上的深刻性是和精神病结合在一起的。只有通过精神分析的方法才能理解哈姆雷特、梵高、荷尔德林、尼采、海子、食指等人。《艺术源自"内心的魔鬼"》《论"真实"与"神话"》《文学中的"俄狄浦斯"情结》《留心疯子》《关于尿床的心理分析》等均从不同的角度阐释了疯癫——精神分裂与艺术创造的问题。

知识分子。《刑罚如何变成了艺术》第三辑"真异类"的所有文章呈示了张清华的知识分子观。他重审了索尔仁尼琴的悲剧与风骨、厘清了现代中国的"多余人"谱系,批判了现代中国知识分子的悲剧。在对鲁迅的精神剖析后,他得出"中国现代启蒙知识分子的精神构造的要素有两个基本源泉,一是近代以来西方比较主流的知识分子理性批判的传统,另一个是比较边缘和个人的现代主义的价值观,它表现为反抗社会、极端张扬个性与非理性思想的'异端'和'恶魔式'人格倾向——这一点,鲁迅在《文化偏执论》和《摩罗诗力说》中就早已有充满激情的表现"[①]。他认为,当代乃至20世纪中的知识分子的精神构

[①] 张清华:《隐秘的狂欢》,山东友谊出版社,2006年,第86页。

成中都有一个"原罪"与"自惩"症结,这种精神结构可以解释他们的精神选择与人格走向的逻辑。由此出发,启蒙主义、文化实践、自否精神等得以浮出水面。

"阳光从记忆的深处汹涌而出,时间之水则在灵魂的门前如烟地奔泻"。在沉思时,张清华的文字仍然是自然的流淌、诗性的燃烧,于这样诗性的文字中见证一个人的思想,在当下这个速成与速朽的时代也算是一种奢靡了吧。

经验与本质:文学的减法

> 批评必须把自己设想成为了提升生命,本质上反对一切形式的暴君、宰割和虐待;批评的社会目标是为了促进人类自由而产生的非强制性的知识。
>
> ——萨义德:《世界·文本·批评家》

哲学的使命是解释生命的意义(尼采语),批评家的使命则是通过对文学作品的阐述来解释生命的意义。

张清华的批评道路宽阔,迄今为止,他出版了十余部学术专著,较为重要的有《境遇与策略》《中国当代先锋文学思潮论》《火焰或灰烬》《内心的迷津》《境外谈文》《天堂的哀歌》《隐秘的狂欢》《文学的减法》《存在之镜与智慧之灯》《猜测上帝的诗学》《穿越尘埃与冰雪》等。这些论著几乎涉及了中国当代文学尤其是新时期以来的每一个重要文学思潮与作家作品,所运用的话语也极为庞博,从中可以看出,他对于文学的分析没有囿限于文学内部,而是突破了这一领域,向着更广阔的历史、哲学领域延伸。

读张清华的论著,最为感慨的是他在那样求新的时代、那样年轻的时期,能够对自己的学术方向进行及时与准确的定位,这主要是说他早期的著作。《境遇与策略》旨在研究20世纪中国文学的文化逻辑，这部著作中已经呈现出他的理论定位与批评话语特征。真正给张清华带来了学术影响力与学术地位的是《中国当代先锋文学思潮论》，作为学者，著述这部专著时他还非常年轻，但却充分显示了一个学者的雄心与魄力：庞博的理论、犀利的见解、详实的资料、富于逻辑性的论证。他摆脱了此前对于先锋文学的作家作品式的研究，而是将其作为一个整体性的文学思潮进行系统研究。他发现的是先锋文学与启蒙主义及存在主义的内在关联，相对西方现代主义而言，中国当代先锋文学思潮是"从启蒙主义到存在主义"的衍变，"启蒙主义语境中的现代主义选择"是中国文学在20世纪80年代的基本文化策略，最终能够在当代中国完成启蒙主义任务的，不是那些近代意义上的文化与文学思潮，而是具有更新意义的现代主义的文化和文学思潮。[①] 这使得启蒙在当代中国有了新的蕴义。他揭示了先锋文学思潮中的对立统一特征，也道出了先锋文学思潮内部的悖论，显现出学术上的冷峻与深刻，更显现出一个知识分子对当代中国由文学及精神痛苦深彻的关怀与反思，这样的判断与思考显然具有鲜明的建设性，时至今日仍然带给人诸多的思考。所以，就能理解这本著作问世后同仁们的欣喜与激动了。孟繁华、周海波、敬文东、王侃等人在论及他的批评世界时多以此为重，而方长安、涂险峰、束学山等人则分别专门撰文论述《中国当代先锋文学思潮论》。

即便是面对给他带来了巨大学术影响的这本著作，他依然在一种"历史"、"真实"、"虚构"的反思中彷徨，对于历史的过度迷恋使得强烈的历史意识时刻充盈着他的内心。"我既感到有一种指点江山、创造历史的快意，又有一种因自己的虚弱而不能驾驭历史的惶恐，更有一种伪造和虚构历史的犯罪感"。"我游浮在我自己虚构的时间山水之中。

[①] 张清华：《从启蒙主义到存在主义》，载《中国社会科学》，1997年第6期。

我听见历史之门在风中咣然作响。我在不断的怀疑中进行我的工作。历史是什么？谁能够复原历史？都在写历史，但谁又真正接近过历史？所有的文字都只是文字，是它的驱使者的'修辞想象'，而真正的历史仍然隐在暗处"。① 这部著作几乎让他成了一个新历史主义者，"张清华基本上算得上一个新历史主义者——这和他浓厚的历史癖好倒是相适应的，他对新历史主义理论也确实有着相当精辟的理解。他似乎对'历史在于观念'、'历史就是叙事与文本'等观念有着暗暗的拜服（如果不是说崇拜的话）"。②

《火焰或灰烬》是对 20 世纪中国文学中启蒙主义研究的深化，《境外谈文》是张清华的海外讲稿，是一个痴迷历史的批评家对中国当代文学中的历史叙事的一次系统性研究。由中国文学中的历史叙事传统到当代新历史主义叙事，到当代作家的新历史主义文本的个案分析，又及当代小说中的历史解读、精神分析解读、民间理念的流变等问题，整部著作既有理论探讨，又有作家例析，收放自如。《存在之镜与智慧之灯》侧重中国当代小说叙事及美学研究，"镜与灯"、"寓言与写真"成为一个关注点，事实上，时间修辞和历史哲学仍然是他研究的要务，以格非为例，他阐明了当代小说中的历史诗学与历史哲学。

启蒙主义、存在主义、新历史主义、人类学、叙事学、修辞学、精神分析等话语在他这里几乎是信手拈来，不着痕迹。以至于有人曾以过于西化来形容他的批评，这似乎有些偏颇，上述话语确实是来自西方，但张清华对它们进行了一次重要的本土化的锤炼，因为张清华的哲学观中融进了中国传统哲学的生命意识与悲剧意识。"中国传统叙事的主流，实际上从来都是悲剧而不是其他。"③ 他确信，"在中国人的

---

① 张清华：《中国当代先锋文学思潮论》，江苏文艺出版社，1997 年，第 371 页。
② 敬文东：《"修正主义"的胜利——漫谈张清华的文学批评》，载《南方文坛》，2002 年第 4 期。
③ 张清华：《存在之镜与智慧之灯》，福建教育出版社，2010 年，第 227 页。

经验和学理中早就富含着类似的因素,在中国历史上丰富的史传文学与世情小说中,也都有大多关于历史的哲学感与探寻"。①"中国人的非凡之处,其形而上学的高迈之处,在于他们是深邃的生命本体论主义者,他们以历史的追问起,以人生的认识终,出儒入道,此乃真历史主义者也"。②

每一位批评家都有他最喜欢、分析得最透彻的作家,在张清华的批评世界里,诗人首推海子、食指,小说则以余华、莫言、苏童、格非等为主。

"文学历史的存在是按照'加法'的规则来运行的,而文学史的构成——即文学的选择则是按照'减法'的规则来实现的。从这个角度看,历史上的作家便分成了两类:一类只代表着他们自己,他们慢慢地被历史忽略和遗忘了;而另一类则'代表'了全部文学的成就,他们被文学史记忆下来,并解释着关于什么是文学的一般规律的问题。也就是说,这样的作家不但构成了他们自己,还构成了"规则和标准"。《活着》中的福贵老汉的一生是从原罪到赎罪的过程,经历了一个从天堂到地狱、从地狱到天堂的双重逆转,这是戏剧性的、诗一样的逆转。张清华对其的概括是形而上的:"作为哲学,人的一生就是'输'的过程;作为历史,它是当代中国农人生存的苦难史;作为美学,它是中国人永恒的诗篇,就像《红楼梦》《水浒传》的续篇,是'没有不散的筵席'。"③

在面对莫言时,他说:"我感到徒劳的危险。"他感到什么样的词语和概念都无法概括莫言的创作。他从人类学的角度指出莫言对当代小说中"大地"的复活,构建了"生命本体论"的历史诗学;他从叙事伦

---

① 张清华:《中国当代文学中的历史叙事》,北京大学出版社,2012年,第296页。
② 张清华:《隐秘的狂欢》,山东友谊出版社,2006年,第9、86、79页。
③ 张清华:《文学的减法》,吉林出版集团有限责任公司,2009年,第48页。

理的角度指出莫言从两个方面——民间自身的生机和被施暴的屈辱确立了其基本民间写作伦理；他从历史诗学的角度及上官金童与母亲两个形象的寓意指出《丰乳肥臀》是通向伟大的汉语小说；他从传统小说奇书的角度指出《檀香刑》逼近历史的复杂与深刻……

格非的作品则是张清华阐述当代小说历史哲学与历史诗学的一个有力例证。他对格非"你的记忆让小说给毁了"这句话极为欣赏，他更从中发现了历史的不可知论与宿命论。

张清华对苏童似乎很偏爱，原因何在？一方面，苏童是新历史主义的代表作家，"在所有先锋小说作家中，苏童是最具叙事天赋的一个"；另一方面则因为"每一代人实际上都需要他们自己的作家，他用这一代人共同喜欢的方式，代替他们记录下共同经验过的生活，成为一种留刻在历史中的特有的'公共叙事'。苏童用他自己近乎痴迷和愚执的想法，复活了整整一代人特有的童年记忆"。①每一代人同样需要他们自己的批评家，一个优秀的批评家要做的，就是文学的减法，他需要在沙中淘出那些真正有价值、有光芒的金子。

在一个如此繁复驳杂的批评世界中，你总能找到那些至关重要的核心，无论话语多么庞杂，你总能看到他的批评经验与本质，时间、生命、人性都汇集于历史的脉象之中，它们一齐寻找到了批评的意义，也是一个批评家生存的意义。"当西绪弗斯用他旁若无人的勤奋，不朽的受虐者的耐力，反过来嘲笑着神，把一生的苦行当作充实的快意的时候，不就是一切意义的证明之所在吗？""文学批评也一样……它包含着我高迈的情怀，它是写作者的知音，它联系着知识的谱系，它发现和解释着人的生存，它是另一种意义上的美文，它是我进入世界、感知人生的别一入口，是我进行着自己的文化想象的起点……我知道这很难达到，但我会向那个感人而又可笑的自愿的受虐者——西

---

① 张清华：《天堂的哀歌》，山东文艺出版社，2005年，第16页。

绪弗斯学习"。[①]

这就是文学的减法。

精神分析:"与魔鬼作斗争"

> 精神分析之为科学,其特点在于所用的方法,而不在于所要研究的题材。这些方法可用以研究文化史,宗教学,神话学,及神经病学而都不失其主要的性质。精神分析的目的及成就,仅在于发现心灵内的潜意识。
>
> ——弗洛伊德:《精神分析引论》

之所以将精神分析单独论说,是因为在张清华这里,精神分析成为一种必要的文学批评方法。他对斯蒂芬·茨威格的《与魔鬼作斗争:荷尔德林、克莱斯特、尼采》一书非常推崇,他也不止一次引雅斯贝斯的话来强调伟大的文学作品的来源:"寻常人只看见世界的表象,而只有伟大的精神病患者才能看见世界的本源。"[②] 寻着荷尔德林、尼采、海子等人的灵魂足迹游走,就会发现,他们心甘情愿屈服于魔鬼的进攻与控制,这使得他们淹没在巨大的幸福之中,并在燃烧的烈火和过度的炽热中心甘情愿走向唯一的必然的结局——毁灭。"每个精神的人、有创造性的人都不可避免地会陷入与他的魔鬼的斗争中,这种斗争永远是一场英雄的斗争、一场爱的斗争,也是人类最壮美的斗争。"[③] 张清华想做的,就是尽可能地从最大程度上揭示那些为数不多的受控于魔

---

① 张清华:《文学的减法》,吉林出版集团有限责任公司,2009年,第295页。
② 张清华:《猜测上帝的诗学》,北京大学出版社,2010年,第47页。
③ [奥]斯蒂芬·茨威格:《与魔鬼作斗争:荷尔德林、克莱斯特、尼采》,西苑出版社,1998年,第4—5页。

鬼的诗人、作家，或者文学世界中受控于魔鬼的人的神秘本质，还有魔鬼本身。

《中国当代文学中的历史叙事》中"当代小说的精神分析学解读"一讲可以看作是他有关精神分析的一个论纲。在他看来，现代以来中国人真正的思想解放常常是从"性解放"开始的，对当代中国文学来说也不例外。弗洛伊德的精神分析学引入之后，小说才发生了根本性的变化。某种意义上，正像精神分析学划分了西方现代与近代人文科学的界限一样，它在当代中国文学变革的进程中，也同样具有分水岭的意义。中国当代文学的"文化意识"也首先是从精神分析的学说开始的；而且，精神分析学不仅是一种心理学和精神病学的理论，它本身也是一种分析文学作品的方法。

从这一理论基点出发，张清华从"儿童性意识的合法书写"、"'俄狄浦斯情结'的延伸表达"、"精神病理学发病与治疗的形象阐释"三个层面对中国当代小说进了精神分析解读。莫言的《透明的红萝卜》、苏童的《罂粟之家》、余华的《鲜血梅花》、格非的《傻瓜的诗篇》是当代小说精神分析的典例。《透明的红萝卜》源于莫言的一个梦，从梦的解析入手，便获得了进入这篇作品的密码。诚然，"梦的内容采用那些较无关大局的经验，相反，一经过梦的解析以后，我们才能发现注意力所集中的事实上是最重要、最合理的核心经验"。① 从梦的解析切入红色叙事经典《青春之歌》，方能找到这部作品所蕴含的几种叙事结构，这带来了一种全新的研究方式。在我看来，张清华运用精神分析解读得最精彩的当属格非《傻瓜的诗篇》与诗人食指的论述。

我几乎能从文字中看到张清华发现《傻瓜的诗篇》时难以掩藏的喜悦："假如前面的几个例证主要还限于我的'主观推论'的话，下面的这个例证则完全是弗洛伊德理论的一个精妙而形象的演绎，这个例

---

① [奥]弗洛伊德：《梦的解析》，国际文化出版公司，1996年，第77页。

子便是格非的《傻瓜的诗篇》","小说中的大量细节与人物心理活动，都可谓自觉地印证了弗洛伊德的精神分析学说"。张清华极为细致地对杜预和莉莉这两个人物命运的转折进行了剖析，前者由医生变成了病人，后者则由病人变成了一个正常人。他认为，格非对这两个人物的塑造从正反两方面戏剧性地描写和论证了弗洛伊德有关精神病的临床治疗原理与过程。

"一切出类拔萃者不可遏制地要打破任何一种伦理的束缚，创立新的法则，如果他们原先并非真的疯了，则他们除了把自己弄疯或者假装发疯之外，别无出路——而且不限于宗教和政治制度的改革者，一切领域的改革者皆如此——甚至诗律的改革者也必须藉疯狂获得自信。"① 食指的悲剧性命运完全印证了这一点。食指的悲剧性的生命人格实践的折光是食指诗歌感染力的源泉，他设定了自己悲剧性的性格指向，他虽然没有以生命夭折为结局，但也没有完成世俗化的过程，一直循环在自己的悲剧逻辑中不能自拔。食指的精神结构和诗歌创作共同建构了他的"一次性"生存与写作。张清华并没有从单纯的世俗和病理学方面审视，而是从哲学与诗歌意义上对其观照，这样的研究才能使诗人获得深阔的精神与价值背景（《从精神分裂的方向看——论食指》）。

值得注意的是，张清华看到了文学作品印证精神分析法的必然性，"每个有创造性的作家，总是在探索人类的精神领域方面做出过非凡的努力与发现，所以与其说这些作家是按照弗氏理论去'演绎'的，不如说是人类探索的脚步的自然延伸"。②

---

① ［德］尼采：《朝霞》，见《尼采读本》，作家出版社，2012年，第121页。
② 张清华：《中国当代文学中的历史叙事》，北京大学出版社，2012年，第246—247页。

尾声或疑问：学院派批评

张清华被看作是当代学院派批评的代表之一，早在新世纪初，孟繁华就称，"张清华是学院批评家，他理性和实证的批评与其他学院批评家一起改变了中国当代文学批评的面貌与格局"。① 2008 年，刘中树、张学昕主编的"学院批评文库"收入了张清华的文集《文学的减法》，在他们看来，这些学院批评家"以他们文学批评写作的实绩、卓著的影响力，捍卫着批评的权威性和文学的尊严"。② 2012 年，王侃说，"从很多方面来讲，张清华都有被视为'学院批评'之代表、之典范的理由"。他"有着名门正派的气象与风度"，"说他是'学院批评的代表'，无疑中肯。他与'学院派'之间有着看似榫卯般丝丝入扣的密切与匹配"。③

到底什么是学院派？身处学院？有学院风格？还是二者兼而有之？

学院派这一术语最早源于美术，也称"学院主义"，是十七世纪起在欧洲各国官办美术学院中形成的流派，艺术上注重"规范"，较为排斥其他学派的艺术创造和革新。后来，这一术语被应用到文学、音乐、雕塑、建筑等领域，但所指发生了一些变化。学院派批评的研究较早见于法国批评家阿尔贝·蒂博代之《六说文学批评》，他将学院派批评看作是"职业的批评"，这是与"自发的批评"、"大师的批评"相对而言的。他看到了学院批评的优势，但对其却颇有微词。④ 明确提出学院派批评并系统研究的则是韦勒克，他对 20 世纪前期美国学院派批评进行了详尽客观的研究。⑤

---

① 孟繁华：《当代中国的学院批评》，载《南方文坛》，2002 年第 4 期。
② 刘中树，张学昕：《拓展"学院批评"空间》，载《光明日报》，2009 年 11 月 6 日。
③ 王侃：《学院派、美学复辟与批评家的自否精神》，载《当代作家评论》，2012 年第 4 期。
④ 参见阿尔贝·蒂博代：《六说文学批评》，生活·读书·新知三联书店，1989 年。
⑤ 参见雷纳·韦勒克：《近代文学批评史第 6 卷》第四章，译文出版社，2005 年。

学院派批评这一术语在中国大陆最早由王宁正式提出，他在1989年第23期《文艺报》、1990年第12期《上海文学》上发表了论学院派批评的文章，他认为学院派批评代表了当今中国文学批评的多元格局中的一种倾向或一种风尚。文章对中国的学院派批评产生的可能、历史重任及未来前景进行了一次较为乐观的分析预测。他认为学院派批评应当同直觉印象式批评和社会历史批评一起，形成90年代中国文学批评的"三足鼎立"之格局。[①] 其后二十年来，学界大都认为它与媒体批评、文坛批评（也有人称作协批评）"三足鼎立"，当然，也有人直接把它的对立面看作"街头派"。可见，从提出这一概念至今，它的对立面不尽相同，当代文学批评领域对它的态度也不一致。刘中树、张学昕、孟繁华、顾凤威、王侃等对其持一种肯定的态度，而王德胜则对此提出明确质疑，另外，陈超、周立民等从不同侧面表现出了对其的失望乃至否定。对学院派批评进行较为中肯地研究和判断的则属赵勇、南帆、颜敏等。作为一名身在学院之中的学者，赵勇的论断，虽言及他人，其实也包含着某种自我反思，他对于学院派批评的历史问题与现实困境的揭示值得深思。[②] 南帆曾在不同时期先后撰文对学院派批评进行过客观剖析，他指出，个性确实是一个重要的字眼，但个性并不能解释一切，学院派批评的精髓不是形式或表面文章，重要的是，这一切如何真正启动了思想，并且支持思想持续地向纵深展开。[③]

归根结底，学院派批评至少包含如下维度：批评主体学者化、论证理论化、方法规范化。最为重要的是，真正的学院派批评必须具有建设精神，这是它与其他批评的本质区别。张清华丰厚的理论背景、言之有据的论证方法均符合学院批评的风格。他也有很强的建设精神，

---

① 王宁：《论学院派批评》，载《上海文学》，1990年第12期。
② 赵勇：《学院批评的历史问题与现实困境》，载《文艺研究》，2008年第2期。
③ 南帆：《"学院派"批评又有什么错？》，载《中华读书报》，2003年6月25日。

"当'破坏'的性格成为20世纪重要的文化性格并仍在延续的时候，张清华理论和知识的'建设意识'是清醒而明确的"。[①] 但是，长期以来，学院派批评似乎总与过度的规范、过分的持重相连，有人认为，"学院批评近迂"，[②] 也有人认为学院派批评"既没有令人放心的审美直觉，也没有'思'的品质，也没有心口如一的自尊，剩下的只是干巴可怜见的'规范'与'学理'"。[③] 还有人认为似乎学院派的批评家总是缺乏激情与文采，而这些问题在张清华的批评世界中并不存在。理论的厚度与学术的规范并没有让张清华丧失思考的品质、批评的激情，对文本的敏锐直觉，他独特的学术风范与当下一些批评家共同开创了学院派批评的新风。前面提到的"学院批评文库"中的部分批评家尤其是"60后"批评家大都摆脱了传统意义上的学院派的这一局限，他们拥有对存在的哲学思悟、对语言的自觉追求，对文本的审美直觉，以及对批评的激情与责任。就张清华而言，诗人和批评家的双重身份使得他的语言质地坚硬而又温暖，充满炫目的光芒，他的文字不干巴，不迂。这么说来，是他给学院派增添了新的气象，还是他与"60后"的学院批评家一起开创了一个"新学院派"呢？

张清华总给我以风中独行的感觉，多少有些悲壮，悲凉。他的文字是他人文理想、精神实践、生命关怀的凝聚，是黑暗内部的一道闪电，它们烛照他的——或者更大的世界：

　　我的心只像你
　　沉默　清冷　安详　澄明
　　像我的灵魂　孤悬无依

[①] 孟繁华：《当代中国的学院批评》，载《南方文坛》，2002年第4期。
[②] 周立民：《学院派文学批评近迂 论文束缚活力》，中新网：http://www.chinanews.com/cul/2012/06－29/3997912.shtml。
[③] 陈超：《"学院派批评家"一议》，载《文学自由谈》，2002年第6期。

但普照我的世界

　　我生命所及脚步走过的大地

用他自己的诗歌作品《生日》中结尾的句子来作为这篇文字的结尾，也许是更传神和合适的。

后 记

批评很大程度上不只是面对别人的文本,而是从事批评者自我的内心较量,恰如李义山写灯:"皎洁终无倦,煎熬亦自求。"的确,许多时候,内心的燃烧和煎熬只有自己才能体会。

开始整理这部书稿时是春天。古老的东方的一个春天,一个叫张若虚的诗人站在江水面前,以自己的生命为刻度丈量无尽的时间,发出一句天问:"江畔何人初见月?江月何年初照人?"在无垠的时间长河面前,张若虚发现了人的渺小。他洞穿了"人生代代无穷已,江月年年望相似"的本质。春天总让人想起灼灼其华的桃花,黛玉葬的是桃花,她在绚烂的春天看见了在所难免的死亡,中国人自古就看穿了生命的繁华与其后的苍凉。我所在的学校西边有无数大大小小的桃林,这个春天,桃花一如既往盛开。陈超的诗就突然飘至眼前:"桃花刚刚整理好衣冠,就面临了死亡。/四月的歌手,血液如此浅淡。/但桃花的骨骸比泥沙高一些,它死过之后,就不会再死。/古老东方的隐喻。这是预料之中的事。"在时间面前,个体的命运和春天的桃花如出一辙。显然,在某种程度上,中国的古典精神在当代文学中得到了不可思议而又必然的继承。贾平凹《老生》、格非"江南三部曲"、王安忆《天香》,都是对曹雪芹《红楼梦》精神的延续和致敬。

甚至,西方现代文学的精神在某些时刻也与中国古典文学的精神相通。长江送流水的残忍与桃花疾速奔赴死亡是相似的,艾略特说,"四月是最残忍的一个月",《荒原》题记中引西比尔的典故更是生死命题的呈现,西比尔吊在笼子里只求一死,没有尽头的生命是痛苦的。在人的心灵与世界与存在的关系的勘探上,不同时代不同地域的人竟然达成了一致。人的心灵对外界的反映仅仅是一方面,这种时刻它只是一面镜子,浪漫主义的奔涌如是;而人的心灵事实上就是存在本身,是它所感知的世界的一部分,是一种发光体,它是灯,现代主义的思考如是。艾布拉姆斯有关镜与灯的隐喻与论述已经成为经典,灯意味着对世界的烛照、发现与勘探,它使人成为一种有意义的存在。

灯也是佛教中一个极为重要的意象,佛教中将彻悟的境界喻为灯被点亮,由此破除黑暗,佛性得以显现。佛经中关于灯的描写非常多,《坛经》中就有"一灯可除千年暗,一智可灭万年愚"的说法,贾平凹《带灯》一书即得名于此。带灯的困境很大程度上就是我们每个人存在困境的缩影,每个人带着自己的一盏心灯前行,它会发出持久的光亮,还是会被强大的暗夜吞没,很大程度上取决于每个人的内心。

2014年3月,中国现代文学馆聘任第三届客座研究员,我有幸忝列其中。一年来得到李敬泽、吴义勤、李洱、计文君、郭瑾、宋嵩等师友的支持,也得到雷达、陈思和、陈晓明、张清华、张志忠等诸多前辈和同道的扶助。"十二铜人"之间的交流更成为我生活中重要的一部分,大家学术兴趣和文章风格各有不同,但每个人都是那么真诚,那么明亮。一起做客座研究员的日子结束了,彼此间的情谊却留在心中。当我为这部书的书名犹豫时,给张定浩发了信,希望他能给我建议。

他问我，想突出什么呢？我说，灯。他看了我的书稿后回信说，《一灯如豆》怎么样呢？我说好，就是《一灯如豆》。而那一刻，他正在上海疾行的地铁里。自然，这部书既是个人成果的总结，也是"铜人"情谊的见证。

《坛经》里说："有灯即光，无灯即暗。"每个人的生命都是一盏灯，批评是这盏灯燃烧的方式之一，虽然光亮微弱，却是此在的有力见证。是为记。

张晓琴

2015 年 8 月 20 日